街のぶーらんじぇりー
Kurihito Muton
ill. 武藤此史
JN031709
定年後は
異世界で
種馬生活
1
モンスター文庫

「はぁ……っ。ルッツ君、本当は……初めてじゃないのでしょう？」
ヘルミーネ
ヘルミーネ・フォン・クリヴィッツ

「いえ、正真正銘、今日が初めてですよ」
「……あなた、天才かもね」
グレーテル
マルグレーテ・フォン・ハノーファー
「うん。二回目も、とても良かった。
「……バッカじゃないの？」
ルッツ
ルートヴィヒ・フォン・フロイデンシュタット

「あの……来ないのか？」
ベアト
ベアトリクス・フォン・
ベルゼンブリュック
翡翠のような深碧の瞳に見つめられて
そんなことをささやかれたら、
いきなり決意が鈍ってしまいそうだ。
たまらず視線を下に落とすと、
新婚モードの薄い夜着の胸に、
可愛らしい二つの突起が。

定年後は異世界で種馬生活①

街のぶーらんじぇりー

CONTENTS

第1章 種馬ってなんだよ？

「ルッツ！　ルッツ！」

「ううん……」

うーん、頭が痛い。俺は、例えて言えば豚骨ラーメンのスープみたいにどろどろ濁った眠りの中から、ようやっと意識を取り戻した。

なぜだか俺は、覚えのない重厚な造りのベッドに寝ていて……銀の髪と茶色の瞳を持つ、やたらと整った顔をした十代後半くらいかと見える美少年に揺さぶられていた。この子が誰なのかさっぱりわからないが、その表情を見れば、彼が本当に俺のことを心配してくれているのがよくわかる。見ず知らずの日本人にこれほど気を遣ってくれるとは、感心なことだ。欧米人はそれほど好きじゃなかった俺だけど、こんないい子がいるのなら、少し考えを改めねばならないか。

いや、とりあえずそれは置いておこう。問題は俺がどうして、こんなとこに寝かされているかだよな。

俺は昨日、めでたく定年退職の日を迎えた。まあ、めでたく……というよりは、ついに来てしまったかという感じではある。大学を出て、昭和の最後の最後で今の会社にぎりぎり滑り込んで以来、もう四十年弱ほど経っている。もはや朝早くに重たいまぶたをこすりつつ電車に乗って会社へ向かうことが、あたかも呼吸をするように当たり前の生活になっているのも、無理ないことだ。これからは会社と関係ないところで生きていく意味を見つけていかなければならないと思うと、若干の戸惑いを感じないわけにもいかないが……それはまあ、おいおい考えればいいだろう。

そんなわけで昨晩は、部下だった奴らと日付が変わるまで、羽目を外して飲み歩いたんだ。会社の中では派閥とか、親分子分を作ることをしてこなかった俺だが、それでも気に入って別れを惜しんでくれる若い連中が、結構な数いたらしい。自分の子供より若い、可愛い女性に泣かれたのにはちょっと参ったが、いい思い出になった。

家まで送るという若者たちの親切な申し出を丁重に断って千鳥足で帰る途中、ふと身体の重さを覚え、たまたまそこにあった木のベンチに座り込んだらやたらと気持ちよく、ちょっとだけ目をつぶったところまでは、記憶にある。そのまま寝入ってしまったんだろうと思うのだが、それならなぜ今の俺は、こんなまともなベッドに寝ているんだろう。親切な誰かが運んでくれたのだろうか？　だけど俺はそれほど痩せてないぞ、大人が二人がかりでもなけりゃ、かつぐなんて無理だし、そこまで大っぴらに運ばれたら、なんぼ俺が酔っ払っていたって、気が付くはずなんだがな。

「ルッツ！」

だけど、さっきからこの少年、俺のことをなんだかかっこいい横文字で呼んでるじゃないか。それもなんだかドイツ風のネーミングだ。俺も海外に出張した時は「キョウと呼んでくれ」と言って回っていたが、こんなゲルマン系ネームとは、縁がなかったはずなんだ。

「あ、ハロー？　うん、英語じゃない？　こんにちは、どうも……通じてるかな？」

少し驚いた顔をする少年だが、俺の言っていることは理解できているらしい。良かった、実のところ、俺は英語がとっても苦手なんだ。部長になるとTO◯IC七百点取るのが義務って会社から言われた時は、気が遠くなったもんだった。

「君がどなただかわからないけど、多分寝込んでた俺を、助けてくれたんだよね。本当にありがとう、このお礼は改めて必ずしよう」

俺の返答を聞くうちに、なぜだか少年の表情が最初は怪訝に、そのうち奇妙なものを見るように……そして最後は、絶望したように変わる。

「ルッツ！　お前、記憶が……なくなったのか？」

いや、記憶はあるんだよ。少なくとも、酔っ払ってあのベンチに座り込むまでは。

「僕がわからないのか？　ずっと一緒に育ってきた……お前の兄さんだぞ？」

うん、わからないんだ……ん？　この少年、今なんて言った？

「兄さん、だって？」

「おいルッツ、本当に、覚えてないのか……？」

「いやだいたい、君のような少年が、俺みたいなジジイの兄さんだなんて言われてもなあ」

少年が、驚きとも呆れともつかない、微妙な反応をする。う〜ん、俺は真面目に答えたつもりなのだが。

「ジジイだって？　ルッツ、お前はいったい、何を言ってるんだ？　よく自分の姿を見てみろよ、どう見たって、僕より年下じゃないか」

そう言われて、少年の指差す先の壁にかかる、やや装飾過剰な鏡を何気なく見た俺は、驚きに固まってしまった。なぜって、そこに映った自分らしき姿が、まごうかたなき十代少年のものであったのだから。

容姿の変化は、若返っただけのものではなかった。髪はサラサラの銀色を呈し、目はエメラルドのような深く濃い碧色（みどりいろ）だ。これってどう見ても、日本の定年後ジジイの姿じゃないよな。

そして、その顔立ちもやたらと無駄に美しい。すっきりしたあごのライン、キュッと細く高い鼻筋、コンパクトな桜色の唇。切れ長の目に、秀麗な細眉。まるで十代の頃、姉貴から借りてよく読んだ、少女マンガのヒーローみたいじゃないか。

「これが……俺だって？」

おい、いったい俺の身に、何が起こったって言うんだ？

自分の姿を見て固まっている俺に、自称兄だという少年が、声のトーンを優しく変えて、語りかける。

「なあルッツ、お前は先週、馬から落ちて頭を強く打って、六日間意識を失っていたんだ。何も覚えていないというのは、そのショックが悪さしているのかもしれないね。ゆっくり休むといいよ、僕は父上と母上にお前が目覚めたことを知らせてくるから」

この少年、見た目が秀麗なだけでなく、どうやら頭脳も優秀らしい。普通ならあわてて取り乱すところだろうに、いち早く落ち着きを取り戻している。動転してしまっている俺より、精神的には大人なのかもな。

　彼が出て行って、俺はもう一度掛け布団をあごまで引き上げ、今の状況を考えてみる。

　なんだか俺の姿が西洋美少年になったことは、夢じゃなく事実のようだ。お約束だがほっぺたをつねってみたりしても、やっぱり痛いと確認できただけのこと。

「これはもしや……俺はこの子に、憑依（ひょうい）してしまったということか？」

　会社ではガチガチの保守派と言われた俺が、ずいぶん突飛なことを思いつくもんだ。まあ俺は、隠れラノベ好きだったから、そういうことに理解があるわけさ。息子がスマホで毎日読んでいたものだから、共通の話題づくりのつもりでちょっと読み始めたら、俺のほうがハマってしまったんだ。

　異世界転生や転移、そして憑依だって何でもあり、現実世界の制約から解き放たれた主人公が思いのままに第二の人生を満喫するストーリーは、定年直前のジジイにも十分楽しめるものだった。というより、理不尽なストレスがやたらと降りかかる五十代の俺が、ちょっとの間現実を忘れられる、そんな趣味だったのかな。

　それはともかくとして、これが夢じゃないということが確かだとすると、この少年の身体に、理由はわからないけど俺の意識が憑依しているとしか考えようがない。この子にもともとあったオリジナルの人格がどうなったのか考えると胸が痛むが……おそらくは落馬で生命を落とし、そこに俺がするっと入り込んだのだろうな。

そう考えると、定年退職したばかりだった元の俺も……やっぱり死んでしまったのだろうか。泥酔してそこら辺のベンチで変死とは、格好つかないことはなはだしい。まあ、悲しむ人が少ないのは幸いか……長年俺を支えてくれた妻は二年前に先立って、家族といえばすでに独立した息子だけだからな。

ということは、俺はこのルッツと呼ばれた少年として生きていかないといけないってことだ。言語は何とかなりそうな感じだが、俺はこの子が今まで家族や友人と過ごしてきた日々の記憶を、まったく覚えてないからなあ。おまけに、俺がたった今いるこの場所がどこかすらわからないんだぜ。壁や柱の造りを見るに、どうも中世ヨーロッパ風だ。こんなごてっとした内装は、今の日本じゃあ地方の勘違い系リゾートホテルでも、お目にかかれない。こんな古風な建物が現役ってことは、やっぱりここは本物のヨーロッパなのかな。

「さっきの『お兄さん』に聞くしかないよなあ」

あの少年は聡いようだったが、こんな荒唐無稽な憑依話を、どこまで説明したものか。そんな悩みに深くため息をついたその時、ばあんとすごい音を立てて、重厚な扉がぶち開けられた。

「ルッツ！　目覚めたのね！」

力強いアルトボイスが響いたかと思うと、燃えるような真紅の長い髪をなびかせた女性が飛び込んできて、俺の頭をがっとその胸に抱き込んだ。なかなか結構な胸部装甲で、力も女性とは思えぬほど強く……うっ、息ができない。

「母上！　ルッツが苦しがっていますっ！」

さっきの少年が助け船を出してくれて、ようやく俺は窒息の危機から免れた。

「あ、ごめんなさい。ルッツが目覚めたって聞いたらもう、居ても立ってもいられなくて……本当に良かったわ。記憶が混乱してるらしいってジークから聞いてるけど……母さんのこと、わからない？」

そう言って、はしばみ色の瞳を向けてくるこの「母さん」は、かなりの美人だ。目鼻立ちがはっきりしていて、表情には活気があふれている。すらりとした身体を中世風デザインのジャケットとパンツに包んだ、四十代にようやく差し掛かったかという見た目の、魅力あふれる活動的な女性だ。

だけど彼女のことを覚えているかと言われても、毛ほども思い出せない。かつてのルッツ少年の記憶は、こうして近親者が触れてきても蘇るものではないようだ。綺麗な女性に嘘をつくこともできなかろうと、俺は口を開く。

「ごめんなさい、全然、思い出せないんです」

「そう……うん、でも、大丈夫。ゆっくり休んで身体を治して、ルッツの好きな場所をゆっくり巡っていけば、思い出せるはず。今は、のんびりすることよ」

「はい、ありがとう……ございます」

「じゃあ、ルッツのお世話は、ジークが指示を出して、アヒムにお願いするわね。アルブレヒトも、もっとついていてあげなくちゃ！」

「そうだね。私もできるだけ様子を見に来ることにしよう」

赤毛の「母さん」が、ちゃきちゃきと命じてゆく。ジークはさっきの少年だとして、深い礼で応える執事風の初老男性がアヒムさんなのだろう。最後に答えたアルブレヒトさん……というのが、ひょっとして俺の父親に当たる人なのだろうか。

「それじゃ、任せたからね！」

大きく右手を振って「母さん」は部屋を出ていった。

たぶん俺の父なのであろうアルブレヒトさんも、同じく忙しいのかそそくさと出ていき、残ったのは執事のアヒムさんと、ジークと呼ばれた……俺の兄だという少年。ジーク兄さんは俺の様子から何か察するところがあったらしく、アヒムさんに俺に与える食事だの飲み物だのを指示して退出を命ずると、ベッド脇の椅子に品よく座って、茶色の目をまっすぐ俺に向けた。

「ルッツ。いや、たぶん君はルッツであって……ルッツではないのだろうね。言いにくいことかもしれないが、よければ僕に事情を話してくれないかな。大丈夫、中身が誰であろうと、ルッツの姿である君を、悪いようにはしないから」

うわっ、やっぱりバレていたか。この身体に意識だけ憑依しているとわかっていたらもう少し取り繕えたと思うが、最初にこの少年の前で見せてしまった反応が、怪し過ぎたからなあ。そして、このジークと言う兄さんは相当切れる頭脳を持っているようだし、「こいつは弟じゃない」って気付かれちゃうのは、しかたない。

　しばらく逡巡(しゅんじゅん)した俺だけど、結局選択肢は二つしかない……徹底的にトボけ倒すか、全部ぶっちゃけて、彼に頼るか。哀れなルッツ君の記憶が今後俺に降ってくることは期待できないし、一人も味方がいない状態で一生トボけ続けるのは、きつ過ぎる。ならばジーク兄さんを、信じてみようか。

「そう、俺は君の言う、ルッツ君ではない。この身体に入る前は、マエダ・キョウヘイという名前だった。ああ、ファーストネームはキョウヘイのほうだよ」

「家名が前に来るのか……はるか東方では、そんな名前の付け方をすると言うけど……」

　はるか東方って？　いや、いくらヨーロッパ人でも、中国とか日本とか学校で習うだろ。ましてやこんな聡明そうな少年なのだ、学びに手を抜いているようには思えないのだが。

「俺は日本人だ。日本は、もちろんわかるよな？」

「ニホン？　そんな領地は知らないぞ？　少なくとも地図には載っていないな」

　そう言ってジーク兄さんが壁を指さす。そこに世界地図が貼られているのを見た俺は、一瞬で絶望した。古めかしいデザインの地図にはアメリカ大陸が存在せず、もちろんと言うべきかオーストラリアも南極も記されていない。ユーラシア大陸にちょっとだけ似た大きな島と、アフリカにちょっと似た島がつながっているだけの世界。すがるような思いで大陸の東端を探しても、そこには日本らしき島は、見当たらない。

　おかしい、ここはヨーロッパではなかったのか。日本で死んだ俺の精神が、ヨーロッパのどこかで運悪く死んだ少年の身体に憑依したということではなかったのか？

俺の脳内に、最悪のケースが浮かぶ。もしやこれはやっぱり、ラノベで言うところの「異世界」なのではないか？

「あの、ちょっと聞いていいかな。俺たちがいるこの国は、なんていう国なのかな？」

それを聞いたジーク少年の顔に「やっぱり」というような表情が浮かぶ。だが彼は余計なことは口にせず、ただ俺の質問に答えてくれた。

「この国は、ベルゼンブリュック王国。西隣がリエージュ公国、東にはポズナン王国、北には……敵対するリュブリアーナ帝国があるね」

ああ、やっぱりだ……俺の頭にある世界地図に、彼の挙げた国は、ひとつもない。ここは、俺の知らない世界なのだ。

「あ、キョウヘイ？　大……丈夫かな？」

気が付けばジーク兄さんが、心配そうな視線を俺に向けている。いかん、六十年も生きてきたはずの俺が、こんな少年に気を遣わせているなんて。動揺する気持ちを抑え、声が震えないようにゆっくりと答える。

「ありがとう、想像もしなかったことが起こって、ちょっと混乱しているだけだよ。どうやら俺は、この世界の人間では、なかったみたいだね」

そして俺は、ジーク兄さんが混乱しないようにできるだけ順々に、ここまでの経緯を話していった。違う世界の日本と言う国で六十年間暮らし、家族もいたこと。酒をしこたま飲んで外のベンチで寝込んだ後、目覚めたらもう、ここにいたこと。

「とても常識から考えたらありえない話だけど、信じるしかないよね。記憶喪失のことはともかく、目覚めた後の人格は、明らかにルッツのものではなかったから。そうか……キョウヘイの話を受け入れると、ルッツの精神はもう、失われてしまったのだろうな。母さんが悲しむだろうけど、しかたない」

まつ毛の長い秀麗な目を伏せつつも、あくまで理性的な考えを口にするジーク兄さん。ずいぶん大人っぽい思考をする少年だけど、いくつなんだろう。せいぜい学生にしか見えないけどなあ。

「今の話を聞く限り、キョウヘイはこの世界で生きて行くことを考えるべきだよね。そして僕は、キョウヘイをルッツ……弟として受け入れないといけないよね」

「多分……そうなるのだろうなあ」

「なら、これから先は君をルッツと呼ぶことにする。そして、君が異世界の人間だってことを、できるだけまわりの人に悟らせないようにしたいね」

「そのほうがいいんだろうね。記憶のことは、戻らなかったと言ってなんとかなるかもしれないけど……この世界の習慣や文化は、俺の暮らしてきたところとずいぶん違うみたいだ。いっぱいボロが出そうだなあ」

「その辺は、僕が教えてあげるよ。可愛い弟のためにね」

ジーク兄さんが、いたずらっぽい表情で笑う。大好きだったであろう弟を失って内心は穏やかでないだろうに……本当に、理性的で優しい少年だよなあ。

「ありがとう……よろしく、兄さん」

俺たち二人はどちらからともなく、笑いあった。

それから数日は、ジーク兄さんが付きっきりで、俺にこの世界のことを教えてくれた。俺もようやく起きられるようになって、屋敷の敷地内くらいなら歩き回れるようになっている。専属の庭師が丹精したのであろう凝った庭園にしつらえられた東屋(あずまや)で、兄さんと紅茶をたしなみながらの勉強会だ。

だが兄さんの話を聞けば聞くほど、予想をはるかに超えて、俺の常識を修正しなくてはならないことがわかってきてしまった。

基本的にこの世界は、元の世界でいう中世的な文化をベースに構成されているらしい。科学の程度も、中世レベル。だが人々の暮らしは俺の知っている中世よりは、話を聞いている限りかなりマシみたいだ。その理由はひとえに、この世界に魔法があるからのようだった。

兄さんの説明によれば、この世界にはいろいろな種類の魔法使いがいるのだとか。彼らは風の魔法で森林を切り拓(ひら)き、土の魔法でそこを畑に変え、干ばつが来れば水の魔法で雨を降らせ、草木の魔法で作物を大きく早く育てる。そしてもしも外国や魔物が襲ってくれば、火の魔法を操る魔法使いが敵を焼き払って民を守るのだという。病や怪我を癒やす者もいれば、錬金を……現代なら化学に相当するのだろうが……得意とする者もいる。そして、強い魔法が使える者たちが、この世界の支配階級……貴族を構成しているのだという。

確かに、それほど多彩な魔法がすでに存在しているなら、科学は発達しないだろう。よく「必要は発明の母」というが、その必要性をみんな魔法が満たしてしまうのだからな。研究なんかしないだろう。

ジジイの身でラノベなどたしなんでいた俺にとっても、この話はなかなか刺激的だ。アニメか小説の中だけに存在していた「魔法」が、手に届くところにあるなんて。俺の脳内に、超絶魔法を自在に操り魔物相手に無双して、襲われていた可憐な姫を助ける、いかにも厨二病的な光景が一瞬広がったのも、無理ないことだよな。

「じゃあ、俺にも魔法が使えるのだろうな。ジーク兄さん、使い方を教えてくれないか？」

そう口にした時にジーク兄さんが驚く顔を見て、俺は当惑していた。確かにずぶの素人である俺がいきなり魔法を使いたいとか、おこがましい言い分かもしれない。だけど兄さんの説明では、この家はフロイデンシュタット伯爵家という、代々優秀な戦闘系魔法使いを輩出してきた伝統ある一族なのだとか。ならばその一員である俺にも、魔法に関してそれなりの素質があってもいいのではないだろうか。

「ああ……そうか、僕たちにとって当たり前でも、異世界から来たルッツは知らないよね」

「どういうこと？」

「うん、よく聞いてね。魔法っていうのは、女性しか使えないんだからね？」

「えええっ！」

終わった、終わってしまった。一瞬夢見た厨二病的ヒーロービジョンは、兄さんの残酷な宣言に、無惨に崩れ去ってしまった。

「女性だけ？」

「そうさ、魔法が必要になるほど大きな仕事ができるのは、女性だけさ。農地を拓くのも、街道を造るのも、戦で外敵をほふるのも……」

マジかよ。この異世界は、男にとってなかなかハードな設定であるらしい。

「戦も、女性の仕事なのか？　男は、役に立たないのか？」

「もちろん戦になれば、男だって前線に出るさ。だけど男の役目なんてせいぜい……」

「せいぜい、何なんだ？」

「魔法使いの女性が必殺の術を練り上げている間、自分の身体を盾にして彼女を守るだけの役目さ。よく言っても肉壁、悪く言えば捨て石ってとこだね」

ジーク兄さんがこともなげに言い捨て、そして続ける。この世界における男の役割は、偉大な魔法を駆使して社会を動かしている女性たちを陰から支え、ひたすら奉仕することなのだと。

「だから王国でも、責任ある地位についている男性は少ないよ。もちろん元首たる国王は女王様だし、閣僚の中でも男性は一人だけ。軍だって将軍級のほとんどは女性だからなあ」

なるほど、魔法に頼るこの社会で魔法が使えないということは、予想以上に致命的なハンデであるらしい。じゃあ男は何をしているのかと言えば、接客業であったり、役所や商家の事務職だったり、高度なスキルのない者は、肉体労働……ただしこの世界では、一人の男が一日作業してようやくできる量の力仕事も、熟練の女性魔法使いなら三十分で片付けてしまう。男性唯一の取り柄であるはずの「身体能力」に、さして意味がないのだ。

それでようやく納得がいった。大貴族であるこのフロイデンシュタット伯爵家の使用人が、ほとんど男だったわけが。母さんと姉さんの世話をする侍女はいるけど、あとはみんな男なのだ。料理人から掃除夫、庭師から洗濯係まで……ことごとく男性であったのは、彼らに魔法が使えず、屋敷の外に仕事がないゆえなのだ。

そして、俺が伯爵家当主だと思い込んでいたアルブレヒトと言う名の父さんは、実は伯爵様じゃなかった。「フロイデンシュタット伯爵」はあくまであの活発な母さんであり、父さんは単なる「婿殿」なのであった。貴族の称号は真に力あるものに与えられるものであって、それは女性でなければならないのだ。この世界の貴族も中世的な「家」の存続と発展を何より重んじているけれど、その「家」はあくまで女系を前提にした「家」ということなんだ。とにかく何から何まで、女性中心で回っているのがこの世界なんだ。

いやあ、これは参ったなあ。

◇◇◇◇◇◇

「すごい世界に来ちゃったんだなあ……男は、価値なしか」

俺が落胆のつぶやきを漏らすと、ジーク兄さんは肩をすくめて、微笑(ほほえ)んでみせる。

「しかたないと思うよ。男と女では能力がヒトケタ違うんだ。そして、種の存続……繁殖のことを考えたって、子供を産むのは女性しかできないことだからね。男は子種を提供する役目があるといえばあるけど、一人いれば何人もの女性を相手にすることができる。そう考えたら、人間が百人いたとして、そのうち男なんて十人もいれば十分で、あとは女性が多い集団のほうが栄えるだろうね」

そうだろうな。優秀な遺伝子をもつ男を少数確保したら、あとはいらないってのが自然だよなあ。「優秀」じゃない男は、いらない子か……ため息が出ちゃうじゃないか。

「まあ今まで『キョウヘイ』が生きてきた、男が威張ってる仕組みとは、ずいぶん違うんだろうね。だけどこれはこれで、居心地悪いものではないよ。僕たちがきちんとリスペクトして支えれば、彼女たちも優しく応え、守ってくれるのさ」

その「守ってくれる」というところから引っかかってしまう俺だ。昭和生まれの俺にとって、女性はフォークソングのタイトルじゃないが「守ってあげたい」対象であって、すがる相手ではなかったからなあ。

だけどジーク兄さんは俺のもやもやなどお構いなしで、先を続ける。

「そういう意味では、男でもみんなから尊敬され憧れられる職業があるよ。トップクラスの人材なら、貴族当主にもなれる」

「えっ？　魔法がなくても尊敬されるって、どんな仕事なの？」

それはすごい。魔法に頼り切ったこの世界で、魔法を使えない男がそれほど尊ばれるって、よほど貴重なスキルを持っているのだろうな。剣の奥義を極めるとか、神剣を打てる鍛冶屋とか……ヤバい、俺の思考もだんだんラノベに染まってきているようだ。

「うん、それはね……『種馬』だよ」

「はあっ？？」

いや、あの……元の世界でも「〇〇〇の種馬」とか呼ばれる男はいたけど、それは大なり小なり皮肉や揶揄を込めた呼び名であって、決して尊敬がこもった言葉ではなかったけどなあ。

「それは……いわゆる『子作り行為』の上手い人ということ？」

「あはは、上手い下手は関係ないよ。その人の子種をもらえば、子供が優秀な魔法使いになる……そう認められた一部の男は『種馬』として尊敬されるんだ。この世界では、優秀な女子を得ることが、家の存続発展に直結しているからね」

思わずスケベ先進国の日本感覚で考えて、恥ずかしい質問をしてしまった。しかし、なるほど……魔法が社会的地位を決めるこの世界なら、そういうのもありえるか。

「男は魔法が使えないけれど、子供への魔法能力遺伝への影響は、大きいっていうこと？」

俺の質問はポイントをうまくついていたらしく、ジーク兄さんが微笑みつつうなずいた。

「子供に伝わる魔力については、ここ数百年深く研究されて、だいたいのところ理論は確立している。もちろん母親の力が強いかどうかも大きな要因だけれど、それよりはるかに父親の血統が重要だってことは、もう定説なんだ」

なんか、元世界の競争馬育成みたいだなあ。牝馬(ひんば)はサンプルが少ないから理論付けしづらいってこともあったんだろうけど、競馬で語られる「血統」は、ほとんど種牡馬(しゅぼば)のものだった。

なんだか懐かしいなあ。若い頃ハマったダ◯スタで勉強したっけ、ナ◯ルーラ系統の種馬を付けると脚はめちゃくちゃ速くなるけど、気性が荒くなってアテにならない馬になるとか……。

「言葉で説明するより、見せたほうが早いか……母さんの書斎に行こう」

出張ばかりでほとんど使われないという当主の書斎には、重厚な装丁の本がたくさん揃えられていた。ジーク兄さんはそのうち一冊を迷わず抜き出すと、テーブルに置く。表紙に金箔が打ってあったりして、いかにも高そうだ。俺の視線から何かを察したのか、兄さんが口を開く。

「ああ、これ一冊で、金貨百枚だよ」

「ひえっ」

思わず、変な声を出してしまった。この世界の通貨はだいたい小銅貨が日本の十円。銅貨が百円、銀貨が千円、金貨が一万円くらいという感覚だ。つまりこの本、ざくっと一冊百万円なのだ。いくら印刷技術が未発達とはいえ、めちゃくちゃ高い。ちなみにこの世界に活版印刷なんてものはなく、書物はみんな魔法で複写されている。

「そして内容は、年度ごとに改訂されてるからね。大貴族はみんな、毎年購入するんだよ」

これはまた、豪勢な……ありていにいえば無駄なことだ。若干皮肉めいた気分で表紙を眺めた俺は、題名に驚くことになる。

『王国スタッドブック　王国暦八百三十四年度　改訂版　魔法血統協会　編著』

スタッドブックって……いわゆる、種牡馬の血統だとかをまとめた「種馬名鑑」ってことだよな。なぜかドイツ語っぽいこの世界なのに、ここだけ英語的に読めるのは不思議だが、そこに突っ込んではいけないのだろう。

「中身、読んでごらん。面白いよ」

いたずらっぽい表情のジーク兄さんに促されるまま、俺はスタッドブックを開いて、さらに仰天することとなった。

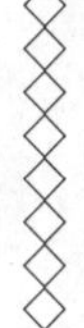

豪華本の一ページ目には、いきなり初老のおじさんの絵姿が描かれ、その下にはこんなデータが詳細に記されていた。

【氏名】アルベルト・フォン・シュトックハイム
【生年】王国暦七百八十三年
【髪色】赤毛　【目の色】ヘイゼル
【評価】SS
【種付料】千三百金貨（一夜契約）
【血統】ロベルト系
父　ローゼルト・フォン・アイデンブルグ

父の父　ベンノ・ツァイス
母の父　ディルク・フォン・ヴァイマール
【適性】火Ｓ　水Ｓ　木Ａ　金Ｂ　土Ａ　風Ａ　光Ｃ　闇－
【魔力】Ｓ　【魔法制御力】Ｓ　【体質】Ｂ　【安定性】Ｓ
【女子出生率】　五十五％（２１９／４０１）
【主な子】アリシア・フォン・シュトックハイム（王国筆頭魔法師）
　ベアトリス・フォン・シュタイナハ（建設省次官）
　クラーラ・フォン・クルムバッハ（国軍第三騎士団長）
【短評】女子さえ生まれれば「外れ」がまったくない抜群の安定性を誇る、王国最高の種馬。シュトックハイム家の婿であるが、依然現役として毎年のように俊英を生み出している。年齢的な面もあり受胎率が低下気味だが、高額の種付料に見合うだけの実績がある。彼の男子たちには後継種馬としての期待がかかっているが、現時点で好成績を残せた者はいないのが残念。

　何だこれは。これってまんまダ◯スタの種牡馬名鑑じゃないか。

「これって、子作り相手を選ぶための……」

「そうさ。女性は一生のうちに産める子供の数が限られる。その中で優れた女子をいかに出すか、それが家の存亡を決めるわけだから……子供の魔法能力の八割を決めると言われている『子種』は、大枚をはたいたって最高のものを購（あがな）いたい。それが貴族女性共通の願いなのさ」

「じゃあ、ここに書いてある金額を払えば……」

「そうだね。一晩、それとも契約によっては妊娠するまで、子作りに励む義務が男に発生するというわけだ」

なんだか人身売買か、管理○春みたいで、どうも気分が良くない。この世界では、男は商品なのだ……こんないかがわしい本に個人情報をびしばし載っけられるのは、たまらんなあ。

そこまで考えた時、俺の背中に寒気が走った。もしかして、貴族の……おそらく魔力遺伝の可能性が高いであろう……俺も、こうやって種馬扱いされて、売られてしまうのか？

「もちろん、そうなるさ。ルッツだって伯爵家の良血だ、愛娘をつがわせたいと思っている貴族や大商人は、多いはずだよ」

俺のイヤそうな顔色を読んだかのように、怜悧（れいり）な兄さんが宣告する。

「ルッツのいた世界の価値観では、あまり気持ちいいことではないのだろうね。だけどこの世界の男が、最もその力を社会から称賛され、家と国の発展に尽くせるのは、種馬として優れた魔法使いをあまた生み出すこと、それ以上のものはないんだよ」

うん、それはだいたい理解した。だけど、自分が子種だけの商品扱いされるところに、まだ割り切れないだけなのさ。

「まあ、そういうのを一切拒否して経理なんかを学んで、一生書類仕事で働く道も、ないことはないけど……競争率が高い割に収入は少なく社会的評価も低くて、生活はとても苦しくなるよ。他に仕事を持ったっていいけど、自分の種馬としての才能くらいは、知っておくべきじゃないかと思うな」

　押し付けがましい言い方を嫌うジーク兄さんが、ここだけはぐいっと押してくる。俺が異世界の価値観に縛られて、生きる道を狭めてしまうことを、本気で心配してくれてるのだろうな。精神は俺のほうがずっと年寄りなのに、なんだか彼のほうが、ずっと大人だ。俺は少しだけ気分を前向きにして、兄さんに問い返す。

「じゃあ、兄さんもこの『スタッドブック』に載ってるのかい？」

「もちろんさ！　見てみる？」

　なぜか嬉しそうな顔で、ジーク兄さんは綺麗な緑色のしおりが挟んであるページを開く。そこには、清冽な美貌を持つ凛々しい絵姿とともに、彼の「種馬」としての評価が記されていた。

【氏名】ジークフリート・フォン・フロイデンシュタット
【生年】王国暦八百十九年生
【髪色】銀【目の色】茶
【評価】B
【種付料】百金貨（一夜契約）
【血統】エグモント系
父　アルブレヒト・フォン・フロイデンシュタット
父の父　エルヴィン・フォン・アイスフェルト

母の父　エーリッヒ・フォン・ヘルブルグ
【適性】火Ｂ　水Ｂ　木Ｂ　金Ｃ　土Ｂ　風―　光―　闇―
【魔力】Ｂ＋　【魔法制御力】？　【体質】？　【安定性】？
【女子出生率】六十三％（５／８）
【主な子】　成人済の子供なし
【短評】国軍の英雄であるフロイデンシュタット伯ヒルデガルドを母に持つ良血。まだ実績はないが、洗礼で儲けた五人の娘はすべて高位の魔力持ちであり、今後確実に頭角を顕（あらわ）すであろう逸材。

「これって、結構高い評価……なんだよね？」

　自分では魔法が使えないのだから、「子供」が能力を示さない限り、種馬としての力は評価されないはず。兄さんはようやく今年成人の仲間入りしたばかり、すでに一晩百万円の種付料って、どうやって付いたんだろう？

「うん、相当高い評価だね。トップ種馬のアルベルト卿だって、デビュー時にはこれほど評価されていなかったと思うな」

「じゃあ、なぜこの評価に？　まさかもう兄さんの子供が、たくさんいるのかい？」

「そうだね、ほら、女子出生率のとこに５／８って書いてあるだろ。八人子供がいるんだよ。そのうち五人が女の子で、かなりの魔力持ちなんだ」

「は、八人！　いったい兄さん、どうやってそんなにたくさんの女性と？」

「ははは……洗礼であてがわれただけなんだけどね」

それっていったい、どういうけしからん洗礼なんだよ！

「まあ、そういうわけでね。『種馬』だって子供の活躍次第で、社会的評価も富も得ることができるんだよ。実際にそれを職業とするかどうかは別にして、可能性は排除しないで欲しいかな」

「ジーク兄さんが俺のために言ってくれてることはわかってる。まだ迷ってるけど、能力を測るくらいは、やろうかなと思ってるんだ。だけど、とりあえず何をすればいいのかな？　種馬やるための鍛錬も、勉強もないのだろう？」

俺の答えに、やっとわかってくれたかというように兄さんは口元を緩める。

「勉強だって、あるよ。少なくとも種付けする女性に好感を持ってもらえる程度の教養や会話術、立ち居振る舞いや身繕い、化粧や香水に関する知識だって必要だね」

「うは～、それ一番苦手な分野だし……」

「そう言わず、一般教養だと思って受け入れてくれよ。最低限をこなせば、あとはルッツの好きな仕事につくための勉強をすればいいからさ。経理でも料理でも、剣術でも……」

そこで、兄さんが一旦言葉を止めて、俺にまっすぐ視線を向ける。

「だけど『種馬』になるために、絶対やるべきことが、一つある」

「それは？」

「言ったろ？　『洗礼』だよ。ルッツは今年、ちょうど『洗礼』を受ける齢なんだ。実は……一ケ月後に受けるよう、もう父上が手配を進めているはずだよ」

「ええっ？」

この世界の「洗礼」は、元の世界で行われている「洗礼」とは、まったく違うものだ。ある程度良い血統を持つ男子が、協会が選ぶ複数の相手と、初めての子作りをする儀式なのだと、ジーク兄さんが教えてくれた。元の世界なら「教会」で行う洗礼だが、ここでは「協会」つまり、あのスタッドブックを発行している魔法血統協会で授けられるわけだ。お相手は、その種馬の能力ができるだけ正確に見積もれるような血統の女性を、慎重に「協会」が選んでくれるのだという。つまり、俺の好みなんかは完全に無視されるということ。

「気が進まないなあ……」

「だけど『洗礼』を受けないと、種馬としてのスタートラインがずっと後ろになってしまうよ。それに『洗礼』は、僕たち『良血』と言われる貴族の特権なんだ、使わない手はないと思うけど」

そう、兄さんの言うことは、頭ではわかっているんだ。だけど元の世界でしみついた頑固な倫理観が、愛のない子作りを唯々諾々（いいだくだく）と受け入れることを良しとしないのだ。俺は、大きく一つため息をついて、空を見上げた。

その晩、家や領地の管理でいつも忙しく飛び回っているはずのアルブレヒト父さんが珍しく俺たちと夕食を共にしたかと思ったら、その場で俺の「洗礼」が一ケ月後に決まったと告げられた。

「あの……それ、しばらく延期したりできないかな？」

もちろんそれを拒否するわけではないけど、少しこの気持ちを整理する時間が欲しい、そう思ってのお願いだった。だけど、俺が目覚めて以来ひたすら優しかった父さんが、ここだけは語気を強めた。

「ルッツ、これは王国貴族男子の、神聖な義務なんだ。国の礎を支える仕組みを、我々有力貴族が否定してはならないんだよ、これは父の命令と思うのだ。心配するな、『洗礼』さえきちんとすませてしまえば、意に染まない種付けをさせるため無理やり他家に送るようなことはしないから」

やっぱりこの父は、優しい。俺の価値観は認めたうえで、最低限の義務は果たせと諭してくれているんだ。しかたない、減るものじゃないし、ここは……我慢しようか。

「ふん、たまたまジークの『洗礼』がうまくいったからと、ルッツも使ってせこく稼ごうとしているのだろう、卑しいことだな。二匹目のどじょうなんてのは、そういないもんだぜ」

俺が渋々覚悟を決めたところに、無遠慮な声が割り込んでくる。振り返るとそこには、二人の青年がいた。貴族とは思い難いほど崩れた雰囲気を漂わせる彼らは、フロイデンシュタット家「種違い」の兄たちだ。俺もジーク兄さんもアルブレヒト父さんの銀髪を受け継いでいるが、それぞれ父親が違う二人の兄は、金髪と茶髪。

「マテウス殿、ニクラウス殿。優れた遺伝子で優秀な魔法使いを作ることは、卑しきことではありませんよ。王国の未来を創るために、必要なことです」

「ふん」

父さんが呼び方にまで気を使って丁寧に諭しても、馬鹿にしたような態度で鼻を鳴らす二人。いくら血はつながっていなくても彼らにとって年上であり、一応義理の父であるはずの父さんに対して、その態度はないだろう。

怒りに立ち上がりかけた俺の肩を、ジーク兄さんが押さえる。兄さんの目にも静かな怒りの炎が燃えているのを確かめて、俺も冷静さを取り戻して、二人をぐっとにらむ。

「ねえ、兄さんたち。僕の種付料をうらやむ暇があったら、『種馬』以外で稼ぐ技術を磨かれたらいかがですか……経理学や法律の勉強でも、剣術でも。そういう努力をしないで僕やルッツを蔑(さげす)むのは、やめてもらえませんか」

「うらやむだと?」「貴様、兄に向かって無礼な……」

「そう、年上の者に対し、僕の言いようは無礼かもしれませんね。ならばあなた方も、我が父アルブレヒトに対して吐いた無礼な言葉を詫びてください。そうすれば、僕も兄さんたちに敬意を払いますよ」

口調は穏やかだったが、その言葉には鋭い刃が仕込まれている。俺に対してはただただ優しく綺麗な兄だったジークの茶色の視線が、長兄と次兄に突き刺さる。二人はしばらく頬をぴくぴくと痙攣させていたが、やがてお決まりの捨て台詞を吐いて退散した。
「くそっ、覚えていろ！」

「すまないな、私にもう少し力があれば、ジークを矢面に立たせずにすむのだが」
「父さんは謙虚過ぎます。父さんがいなければ、後継ぎたるリーゼ姉さんは生まれていないのですからね」

フロイデンシュタット家の子作り事情は、ジーク兄さんから最重要知識として教えられている。ヒルデガルド母さんは、他の追随を許さぬ偉大な火炎魔法を操り、十六歳でリュブリアーナ帝国との戦で大功を立て、「英雄」と呼ばれる身となった。そうなると皆、後継ぎとなる女子もどれほど優秀であろうかと期待するのも、無理ないことだった。

母さんはまだその頃、子供をつくることに乗り気でなかったと言うのだが、当時存命だった前当主の強い意向には逆らえなかった。当時最高の種付料を誇った超良血の「種馬」が選ばれ、めでたく受胎したものの、生まれたのは男子。休むことなく別の良血男と種付けが行われたが、生まれたのはやはり男子。この二人がさっきの、マテウスとニクラウスだ。

次の種付けをするよう母さんに命じた当主だが、その後すぐに悪い疫病にやられて、ぽっくり死んでしまった。母さんは十代の若さで家督を継ぎ、領地管理や軍務が忙しいからと言う理由で、子作りからしばらく離れたのだそうだ。

そして魔法師団で忙しく働くうちに、事務官として働いていた父さんと出会ったらしい。真面目に補佐してくれる父さんの姿を毎日見るうちに、いつしか気持ちが芽生えて、母さんのほうから結婚を申し出たのだという。父さんは男爵家の出で家格は低いし、種馬としての評価は「Cランク」だったから、親戚の重鎮たちにひどく反対されたというけど、当主権限で押し切ったんだって。この世界でもこういうロマンあふれる恋愛結婚が成り立っているんだと思うと、ちょっと俺もほっこりしてしまう。女性主導ってところは、変わらないけどな。

そして二人が結婚して一年後に、待望の女子であるアンネリーゼ姉さんが生まれ、「英雄の子誕生」に王国貴族は沸き返った。最低レベルだった父さんへの評価も、女子を儲けたことでぐっと上がったそうだ。父さんとの「子作り」は母さんにとって、最初の二人とのそれと違ってそれなりに心地よいものであったようで、その後二年おきにさらに二人の子を産んだけれど、結局それはジーク兄さんと俺という男子二人……うまくいかないもんだよな。

ジーク兄さんの洗礼で生まれた子供の魔力が優れていたということで、父さんの種馬ランクは「B」に上昇している。父親のランクが「S」だったことだけが誇りであった長兄次兄たちとしてはこれが面白くなく、こうやってことあるごとに嫌味をぶつけてくるけれど、穏やかで争いを好まない父さんは、相変わらず謙虚に彼らを立てているというわけだ。ジーク兄さんが不満を漏らすのも、しかたないことだろう。

「うむ……だが、彼らも気の毒な立場なのだ。王国の英雄が最高の種を受けて身籠った子供ということで、周囲が過剰な期待を抱いてしまったところへ、本人は男子。せめて良血であるところを活かして種馬として好成績を残せればよかったのだが……」

ジーク兄さんが、とあるページを開いた「スタッドブック」を滑らせてくる。兄さんが載っていたページより、かなり後ろ……つまり、低ランク種馬の情報だ。

【氏名】マテウス・フォン・フロイデンシュタット
【生年】王国暦八百十一年
【髪色】金　【目の色】茶
【評価】D
【種付料】一金貨（一夜契約）
【血統】ロベルト系
父　エルンスト・フォン・ドレスデン
父の父　エメリッヒ・フォン・ロストク
母の父　エーリッヒ・フォン・ヘルブルグ
【適性】火―　水D　木D　金D　土D　風D　光―　闇―
【魔力】D　【魔法制御力】D　【体質】B　【安定性】C
【女子出生率】　四十九％（25／51）
【主な子】　成人済の子供なし
【短評】王国最高の種馬であったエルンスト卿と英雄ヒルデガルド卿の子という超良血である。

この血統を良しとして当初多くの種付けを行ったが、子供の魔法能力は振るわない。現在は平民階級からの種付け申し込みしかなくなり、さらに成績を落としている状況。

これが長兄マテウスの評価だ。Dランクは、高位貴族としては最悪の格付けであると言ってよい。Bランクのジーク兄さんとは、種付料も二ケタ違う。これじゃあ「種馬以外で食う手段を見つけろ」って言われても、しかたないよなあ。次兄ニクラウスのページも一応チェックしてみたけど……やっぱりDランクだ。

「何度か、経営を学んで地方領の代官職を目指すことなどを勧めてみたのだが……かえって怒らせることになってしまってな。やはり、プライドを捨てることは難しいのだろう」

プライドか……その誇りって、父と母の血統がいいってことだけなんだよなあ。本人の努力とか才能とかを褒められるんならともかく、そんなものにどうしてしがみつけるんだろうな、現代日本を生きてきた俺には、理解不能だ。

「とはいえ『種馬』として認められることが、お前がこの国で生きる道をぐっと広げてくれることは間違いないのだ。母さんも無理強いはしないと言っているが、『洗礼』だけは大人しく受けてくれるな?」

「……わかりました、父さん」

こうして、俺は「洗礼」という名の種馬試験に臨むことになるのだった。

第２章　けしからん洗礼

「はぁ……っ。ルッツ君、本当は……初めてじゃないのでしょう？　そんなに綺麗な容姿なのだから、お嬢さんたちが放っておかなかったのね」

「いえ、正真正銘、今日が初めてですよ」

「……あなた、天才かもね」

「協会」敷地内にある離れのベッドから起き上がって、俺と、初めてのお相手であるお姉さんがまったりと会話を交わす。

　別に俺が特別上手だったわけではない。ただお姉さんの身体があまりに綺麗だったのでちょっと舞い上がっちゃって、スケベ大国日本では当たり前だった技を、思わず普通に使ってしまっただけのことだ。この世界の「種付け」は最低限必要なこと以外はしないようだから、珍しがられたのだろう。それにしても、元の世界で経験していたものより、なぜだか今日のそれはかなり良かった。重要なのでもう一回言う、うん、かなり良かった。

　今日は「洗礼」の一日目だ。これから八日間、俺はこの離れに缶詰めになって、毎日違うお相手と「種付け」をすることになる。

　お相手を選ぶ権利は、まったくない。「魔法血統協会」が、俺の能力を分析するために最も適した女性を、厳正に選ぶのだ。主に下級貴族や騎士、そして有力官僚家などから、魔法の基本八属性である火、水、木、金、土、風、光、闇を持つ女性を一人ずつセレクトして、あてがうというわけだ。

この女性上位の社会の中で、そんな実験相手みたいな相手に立候補してくれる人はいないだろうと思っていたら、意外にも希望者が引きも切らないのだという。下級貴族にはスタッドブック上位者の種付料を払う金銭的余裕はないが、「洗礼」であれば格付け前だが高位貴族の種が無料で得られるからだ。もちろんマテウス兄のように「ハズレ」もあるけれど、多くの場合高位貴族ほど能力が高いもので……リスクとメリットを天秤にかけると、俺みたいな伯爵家子息の「洗礼」は、かなりお得なボーナスイベントなのだとか。

そんなわけで目の前にいる初めてのお相手は、男爵家の次女であるというヘルミーネさん。丸くて小さい顔と、少し垂れ気味のはしばみ色した目が印象的な、優しく包み込んでくれるタイプの女性だ。まだお肌の張りもバッチリの二十三歳、土魔法を武器に農務省で働いていると言うのだが、子供は男子が一人だけ、どうしても女子が欲しい、それも魔力の高い……というわけで、応募してきたのだそうだ。

「これほど幸せな種付けをしてもらったのだから……九ケ月後が、楽しみだわ」

お腹をゆっくりさすりながら、目を細めてそんな可愛いことをつぶやかれたら、俺も嬉しくてついまた元気になってしまう。彼女の目的は良血貴族の「種」なのだが、どうやら俺自身もお気に召していただけたらしい、ちょっとうれしいな。

お姉さんもそれを目ざとく見つけて、

「あら？　若いっていいわよね。もう一度……する？」

「はい、ぜひお願いします」

うん。二回目も、とても良かった。

「おう、ルッツ様、よろしく頼むぜ！　あたしゃコロナってもんだよ！」

洗礼も二日目。

対面するなり、なんだか気風のいい言葉で名乗られ、呆然としていると背中を手荒くばんばん叩かれる。胸を覆う黒い防具と、黒い籠手。腕や肩、そしてへそのあたりは素肌がむき出し、下肢はタイトで分厚いヨガパンツみたいなボトムで覆われているが、この時代としてはなかなか煽情的で、攻めたスタイルだ。

「うん？　あたしの格好、気に入ってくれたかい？　冒険者は見た目も大事だからね。だけどそろそろ私もトシさ、こんな服はそろそろ似合わなくなってきてね」

そう言う火属性のコロナさんはちょうど三十歳、なんと十四歳の子供までいるという。その子が冒険者デビューするのを機に、二人目の子をつくって引退し、夢だった食堂を経営したいのだそうだ。

三十歳と言われてびっくりだ。ウルフカットの弾む赤毛とハリのある肌、そして野性的なギラギラした眼光を放つ目と、生き生きとした唇、ムキムキ筋肉のついた肢体、引き締まったヒップ……二十代前半でも通ると思うぞ。

「さ、さっさとすませようぜ！　こんなのは二分で終わるからよ！」

ゆっくりお茶でも飲んでお互いの気持ちをほぐしてから……なんて思っていた俺は、甘かった。彼女はいきなり俺をベッドに押し倒し、どすんと上に乗っかってきたのだから。

「ルッツ様、あたしが間違ってたよ。本当の子作りってのは、素晴らしいもんなんだねえ」

コロナさんの感想にほっとする俺だ。いきなり乗っかってきた彼女を必死でなだめて、スケベ大国日本仕込みの準備運動をたっぷり施した結果がこれだ。満足していただいたようで、何よりだなあ。

「だけどさあ、あたしのほうからは何もしなかったよ、ルッツ様はそれでよかったのかい？」

「俺も、大満足ですよ」

そうだ。魔力クラスの低さを肉体の鍛錬で補い、魔法戦士として生きてきたコロナさんの筋肉質の身体は、ヘルミーネさんのふにゅっとした心地よさとは別の、実にえもいわれぬ気持ちよさがある。彼女と楽しむそれは、まるで野生馬を乗りこなしているがごとき喜びがあるのだ。

「あたしみたいな年増で満足してくれるのはうれしいけど、ルッツ様はまだイケるよね。さっきは攻められちゃったけど、あたしゃ本当は自分が攻めるほうが得意なんだ、リベンジさせてもらっていいかい？」

「……お手柔らかに」

コロナさんの攻めは、さすが攻撃職……俺はあっさり陥落した。

三日目ともなると、夕方に現れる女性をわくわく楽しみに待つようになる。今日のお相手は、光属性のダニエラさんだ。二十五歳だと言うが、チョコブラウンのストレートをセミロングにして自然に流し、「清純」を絵に描いたような澄んだ容貌の持ち主だ。特別な美人というわけではないが、俺が手を握っただけで震えるピュアさが、俺の昭和メンタリティをぐっとくすぐる。

聖職属性とも呼ばれる、戦闘にも治癒にも活躍できる貴重な光属性。彼女の家も代々聖職者を輩出し、光属性の娘を産むことが家門の存続に関わる問題となっているのだと言うが……初子は金属性だったそうで、どうしても光属性の子が欲しいのだと、ぽつぽつと語ってくれた。

「お家のことを考えると大変だと思いますが……今日は俺のことだけ考えてください」

「で、でも、私は神に心を捧げており……」

「それで構いません。俺に任せておいてください」

わずか二日前まで未経験だったのに、いきなりベテランみたいに偉そうな口を利く俺だ。だけどダニエラさんは素直にこくんとうなずいて……俺は静かに彼女に口づけた。

「途中から、自分が神のしもべであることを忘れてしまいました……ああ、罪深きこの身に神のご慈悲を……」

うん、最高の賛辞だ。いろいろと、頑張った甲斐(かい)があったなあ。

やっぱり、聖職にある女性を抱くのは、その背徳感がたまらない。している最中に「神よ、どうかお許しください……」とか、かすれた声でつぶやかれたら……思わず燃えちゃうってのは、男の性ってもんじゃないか。

「大丈夫です、これも、神に仕える選ばれた者を産み育てるための神聖な儀式なのです。そこに心地よさが伴うのは、神の恩寵(おんちょう)というものでしょう?」

「ルッツ様……」

まさにテキトーなことをささやく俺に自分ながら呆れるが、そんなくだらない睦言(むつごと)にも感動に目を潤ませるダニエラさん、純粋過ぎるでしょ。なんか怪しい壺とか消火器とか売り付けられそうで、心配だよなあ。でも、俺にとっては好都合だ。

「では、もう一度神から恩寵をいただきましょう、俺と一緒に……」

伸ばした手を、ダニエラさんは拒まなかった。このひと、チョロ過ぎる……。

　四日目は金属性のレオノーラさん。いかにも学者って感じの、細縁で大ぶりの丸眼鏡をかけた、これまた純粋そうな二十二歳の、細面の控えめな……無機質ともいえる美貌を持つ女性だ。子爵家の後継ぎだっていうけど、令嬢然としたところはまったくなくて、元世界のリケジョっぽい感じ。いやまあ、もう令和になったらリケジョなんて呼び方、滅んでいたっけか。

「そんなわけで、私にはやるべき研究がたくさんある。恋愛沙汰をやっている暇はないから、一人目は種馬にお願いしたけど、男の子だった。可愛いけど男は後継ぎにできないと、家の者がうるさい。だからできれば、女の子が欲しいのだが」

　発する言葉から、色気もなにも感じられない。まあ、研究が大好きなんだろうな。ちなみに、今取り組んでいるテーマに話を振ってみたら、一発で頬にぽっと紅みが差し、雄弁に製薬のレシピを語りだして止まらない。まあ、研究オタクって、どこの世界でもこういうもんなんだな……。

「それで、これが私の開発した精力増進薬だ。ぜひ使ってみて欲しい」

「俺にそれが必要だと思いますか？」

　意外そうな表情でポカンと俺を見ている彼女の唇を奪って、そのままベッドにゆっくりと倒す。精力薬なんかなくったってバッチリできることを、思い知らせてやるぞ。思春期の猿、なめんなよ。

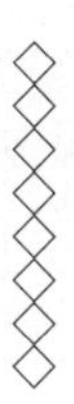

「しまった。男の子ができてしまうかもしれない」

コトの後、腕枕などしていちゃいちゃまったりしていたはずなのに、レオノーラさんが急に真顔になる。

「何のことです？」

「女性が満足すると男の子ができやすいことは統計的に証明されている」

そういえばそんなこと、元世界でも聞いたよなあ。うん？　ってことは、レオノーラさんが俺とのそれに、いたく満足されたということでいいんだよな。男としてのちっちゃい自尊心がくすぐられるぞ。

「精力増進薬が必要ないことは、わかってもらえましたね？」

「……一回しただけでは、証明できたとはいえない。追試で再現性を確認する必要がある」

む、それは。ものすごく学者っぽい言い回しではあるけど、「もう一回プリーズ」ということなんだよね？　言葉にして問い返すのも愚かなことだ、俺は無言で彼女の胸に、顔を埋めた。

五日目。風属性のフィリーネさんは……どう見ても俺より年下だった。身長は百四十センチもないくらいだし……顔だって幼い。下手すれば十歳くらいに見えてしまうのだが……勘弁してくれよ。確かに俺は若い子が好きだけど、さすがにロ〇コン趣味はないぜ？

「あの、女性にこれを聞くのは失礼だとわかっているのですが……フィリーネさんは、おいくつですか？」

「はい？　三十三歳ですけど？　もちろん、子供もいますよ？」

まじか。三十歳過ぎでそのベビーフェイスって、マズいだろ。だけど彼女をよく見れば、耳が少しとがってたり、髪が緑色だったり、なんか普通の人間じゃないよな。

「もしかして、異種族の方ですか？」

「はい、妖精族の血を引いています」

　なんでも、彼女のおばあちゃんが二百五十年ばかり前に、人間の男性と熱い恋に落ちたのだそうで……長命で見た目の成長が遅い妖精族の血が働いて、こんなロリルックスに仕上がったものらしい。だが偉大な風属性魔法使いだった祖母の血は交配で薄まり、彼女はただのＣクラス。何とか高位貴族の種で少しでも魔力の高い娘を儲けられないかと、「洗礼」に応募してきたのだそうだ。

「見た目と違って子供ではありませんから、ルッツ様のしたいことをしていいんですよ？　男の人はそういうシチュエーション、大好きなんだから……」

　おいおい、男みんながそういうの好きってわけではないぞ、少なくとも俺は……。

　いや残念ながら、その後すっごく盛り上がった。やっぱりそういう背徳感が、強烈なスパイスになって……俺ってやっぱり、おじさんマインドなのかなあ。

◇◇◇◇◇◇◇◇

六日目になっても、俺は元気いっぱいだ。元世界では、何回もした翌日は疲れが残ったものだが……ルッツ君の身体は、そういう意味ですごく優秀らしい。さすがは思春期。それとも、これも転生チートなのか。

現れたお相手は準男爵家次女、水属性魔法使いのアルマさんだ。ちょっとだけお肉余り気味の身体を気にする二十歳（はたち）の女性だが、俺の目から見たら大して太ってるようには見えないんだけどな。むしろそのマシュマロみたいに白く柔らかい身体でふにゅっと受け止めてくれる感覚に、とっても癒やされる。

スタイルに自信がないということなので、意識して途中でも「綺麗ですね」「素敵ですよ」って言葉を挟みながら続けていくと、そのたびにむちむちの太ももがきゅっと締め付けてくれる体験は、実に心地良かった。そういや前世の妻も、その前に付き合った彼女も、むっちり太ももで……そこに包まれるのが大好きだった俺なのだ。

うん、大満足……アルマさんも別れがたい風情を漂わせつつ帰って行ってくれたので、おそらく満足してくれたのだろう。

七日目は木属性、ヴァレリーさんという二十二歳の、ビスケット色した髪とアンバーの瞳がマッチした、大人し気（げ）な風情（ふぜい）の女性だ。いつもは辺境の小さな領地でせっせと魔法で農作物を育てることに一生懸命なんだそうだけど……今日のために馬車で三日もかけて、わざわざ王都に来てくれたんだそうだ。高位貴族の種ってやつは、そこまでする魅力があるものらしい。

地方巡回している種馬さんに付けてもらったという男の子が一人いるというから、経験はあるはずなんだけど、そうは思えないほど控えめで恥ずかしがり屋さんだった。放っておくとずっと固まったままでいそうだったので、年下の俺が終始リードしないといけなかったけど……何て言うか、固く閉じたつぼみをゆっくりと解きほぐして花咲かせるようなプロセス、結構楽しいし、達成感あるんだよね。これって、オヤジっぽい思考かな？

ま、二回戦目くらいになると彼女の心も十分リラックスできてきたらしく、かなり楽しんでもらえたみたいだった。だけど翌朝気が付いたら、ベッドの近くに置いてあった鉢植えの観葉植物が異常に成長して、木の魔物みたいになっていたのにはマジでびっくりした。なんだかコトの間に夢中になり過ぎて、無意識に成長を促す魔法を発動していたらしく……本気で楽しんでくれたことはうれしいけど、危ないよなあ。

彼女が木属性でよかったと、胸を撫でおろす俺だった。火とかだったら……怖っ！

そして、今日は最終日。

こんな「洗礼」だったら何日続いてもいいと思うけど、ジーク兄さんに言わせると、あまり最初から数をこなして中途半端な能力の子を作ってしまうと、かえって価値が下がるのだそうだ。「洗礼」で将来性を示してから、あとは血筋のよい女性に限定して種付けをしていくことで、年々自分の値段を上げていくのが理想なのだという。

ならば今日を逃すとしばらくはできないんだ、お相手が許してくれる限り一晩中でも頑張るぞと、余分な気合を入れる俺だ。

「ルートヴィヒ様、よろしくお願いします」

現れたお姉さんは、意外なくらい若かった。どう見ても、二十歳に届いていない。カラスの濡れ羽色とでも例えられそうな黒髪と、同じく黒い、惹き込まれそうな瞳。丁寧な所作で三つ指をついて俺に頭を下げる姿は、まるで元世界の日本……いや、もう日本にこんな古風な習慣、滅びていたっけか。

「お姉……いや、アヤカさん、畏まらないでください。どうかルッツと呼んで」

「では、ルッツ様」

やけに硬いが、身分が違い過ぎるし、しかたないか。八属性のうち最も適性ある者が少ない「闇」の候補者は少なく、多少血統の怪しい女性も採用される。アヤカさんも、二代前にはるか東方から移り住んできた一族の人で、もちろん貴族ではない。一族は闇魔法と暗殺術に優れ、王国の後ろ暗い部分を担当していて……それを束ねる族長の、姪にあたるのだとか。

「それでは、参りますね」

そう言って優しく背中に掌を当てたつもりだが、彼女が感電でもしたかのようにびくっと反応する。そっと唇を重ねると、細かい震えが伝わってくる。

「アヤカさん、もしかして……」

「はい、殿方と契るのは、初めてです」

これには俺も驚いた。「洗礼」はあくまで種馬の能力を測るのが目的だ、お相手は一人以上子供を産んだ女性が選ばれるのが通例であるはずだ。

「闇属性の能力者は、我らの一族でも減っております。その力を必ず強く残せという、族長の命令ですので」

黒い瞳に覚悟を込めて、アヤカさんは俺をじっと見つめている。何だかぐっときてしまった俺は、まだ震えている細い手を、両側から包み込むように握った。

「大丈夫です、優しくしますから」

嵐のような「洗礼」の八日間が過ぎて、日常が戻ってきた。あとはおよそ九ケ月後、どんな子供が生まれるかで、種馬としての評価が決まるのだ。結果にはそれほど興味はない、むしろ、この世界で生きていくための勉強に励まないといけないだろう。俺はジーク兄さんに剣術や盾術を習いつつ、家にある膨大な書物をひたすら読み込んでいる。

王立学校にも復学した。王族、貴族、そして商家など裕福な平民が通う五年制の学校で、女性向けには魔法科、政治科、軍事科、男に対しては騎士科、領地経営科、執事科の他に……種馬科なんてクラスまで用意されている。この社会における男女の役割がよくわかる学科分けだ。

ルッツとしての記憶がまったくない俺としては、学校の仲間に溶け込めるか不安が大きかったのだが……。

「ルッツ！　大丈夫か……そっか、覚えてないんだっけか。俺はクラウスだ！」

「僕はディーター。記憶がなくなってしまったのなら、もう一度ゼロから友達になろう」

たぶん、俺が乗っ取る形になってしまったルッツ君は、普段から友人とよい付き合いをしていたのだろう。友人と名乗って来る若者たちはみんな優しく、当惑している俺に気を使って、さわやかに友情を示してくれた。俺は予想以上に恵まれた環境に驚くとともに、かつての「ルッツ君」へ感謝を捧げた。

学業のほうは……ぜんぜん心配することはなかった。ルッツ君は領地経営科に属していたが、この世界でいう経営教育は、きちんと帳面がつけられればできる程度のもので、算術もごく初歩的なもの。現代日本で管理職を長年やってきた俺には、まあ一言でいえばチョロい。言語の違いだけが心配だったが、なぜだか読めるし、書けてしまう。これはやっぱり、ラノベで言う転生チート的なアレなのだろうか。

そんなわけで、でしゃばらない程度に教師の質問に的確に答えると、遅れを心配していた学友も胸を撫でおろしたようだった。後は一緒に昼飯を食ったり、休み時間には芝生（しばふ）に寝転がってとりとめない話をする気楽な時間だ。話の中心はこの間終わったばっかりの、俺の「洗礼」になってしまうのはしかたない。

「で、どうだった？　うまくできたか？」

「上手いか下手かなんて、自分でわかるわけないじゃないか。だけど、お相手は満足してくれたみたいだぞ」

「言ってくれるじゃないか、ルッツ！」

ばあんと手荒く、背中をぶっ叩かれる。クラウスはいい奴だが、手加減と言うものを知らない。ちなみに子爵家長男の彼もひと月前に「洗礼」をすませている。隣で笑っている伯爵家のディーターは、来月「洗礼」だ。

「よし、ディーターのために、俺たちが実地で学んだ体験を……」

「……バッカじゃないの？」

「うぐっ」

恥ずかしいことを堂々としゃべっていたクラウスの大声をさえぎったのは、ストロベリーブロンドの少し波打つ髪と大きなグレーの瞳が印象的な美少女。ぷっくり膨らんだピンク色の唇がとても魅力的だが、そこから飛び出してくる言葉は、残酷なくらいぐさりと胸に突き刺さる。

「そういうことはもっと、密やかに話しなさいよ、いいこと？」

「は、はい……すんません」

さっきはオラオラと胸を張っていたはずのクラウスが、素直に謝って小さくなっている。まあ、怖いんだろうなあ。

この美少女は、マルグレーテ・フォン・ハノーファー。侯爵家の跡取り娘で、俺たちと同学年。学校では軍事科のトップを張り、光魔法を剣や弓、あるいは拳と組み合わせることが巧みなのだとか。すでに戦闘能力では最上級生や教師でも敵う者がおらず、「英雄の再来」とか呼ばれている。まあその「英雄」ってのは、うちの母さんだったりするわけなんだが。

「そう、ルッツに用があって来たのよ。ねえ、放課後、暇よね？」

「うん……帰って本を読むくらいしか、することがないかな」

「じゃ、付き合いなさい。十五時半に正門前、いいわね？」

勝手に言いたいことだけ言って、颯爽と背を向けて去っていく美少女の姿に、ディーターが憧憬をこめたため息をつく。

「綺麗だなあ……ルッツはいいよな。憧れの君、マルグレーテ様のご友人なんだものな」

「それほど、いいものではないけどね。結構怖いよ、グレーテルは」

そう、たった今グレーテルと呼んだハノーファー侯爵令嬢は、俺の幼馴染であるらしい。らしい、とか言ってしまうのは、例によってそれは昔の「ルッツ」に関することで、俺は何にも覚えちゃいないからだ。お互いの母親同士が親友で、彼女も「英雄」と讃えられている母さんに憧れてたから、小さい時からうちに入りびたっていたわけなんだよな。そしたら自然に年が近い俺やジーク兄さんと遊ぶ機会も多くなって、自然に「ご友人」という立場になっていったわけなんだとか。

そのグレーテルも、俺の記憶がきれいさっぱり飛んだことにひどくショックを受けていたけど、すぐに気を取り直して凛々しく宣言すると、俺をぎゅっと抱きしめた。

「大丈夫、ルッツの記憶は私が取り戻してあげるわ！」

まあそんなわけで、このひと月ちょっと、かなり過剰に構ってもらっている気がする。この世界は男女関係も厳格かつ保守的で、若い男女が不必要に近づくのはよろしくないはずなのだが……グレーテルも、お互いの母親たちも気にする様子もない。まあ、大人から見れば俺たちは子供枠なのかもなあ。

「ルッツはいいよなあ……」「あの凛々しい後ろ姿、推せるよなあ……」

俺の親友たちは、すでに姿の見えなくなった彼女が走り去った方向を、まだ未練たらしく見つめているのだった。

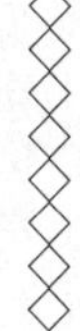

「それで、今日の用事は何だい、グレーテル？」

「重要ミッションよ。教会のはす向かいにできたカフェで、新作ケーキができたのよ。食べないわけにはいかないわ、付き合いなさい！」

「何が重要なんだか俺には……」

「文句あるの？」

「……ありませんよ、お嬢様」

「よろしい」

なんだかこの幼馴染らしい娘は、かなりアレな性格をしているらしい。かつてのルッツ君も、よくこんなのと……疲れなかったのかなあ。ま、中身は定年ジジイの俺から見たら、可愛らしいものなんだけれど。

お目当ての店は、中心街の角地に広々としたテラスをしつらえた、贅沢な造りだ。その分お値段も素敵で、客層は貴族やら、金持ちの平民なんかが多い。新作のケーキは、元の世界で言うとモンブランのような奴で、栗をたっぷり使った重量級だ。グレーテルはさっきまでの偉そうな表情を緩め、幸せそうに褐色のクリームをすくっている。向かいに座る俺は、レアチーズケーキだ。この世界のケーキ類は、日本で食っていたそれより、甘みが控えめで素材の味が勝っていて、俺好みだ。砂糖が高いからなのかなあ。

二杯目の渋め紅茶にミルクをたっぷり注ぎながら、グレーテルはひたすらしゃべりまくる。適当に相槌を打っていると怒られるので、彼女の目を見てそれなりのお答えを返さないといけないのが、面倒なところだ。そして彼女の話題は、突然百八十度方向が変わる。侯爵家で飼っている猫が産んだ子供の話をしていたかと思えば、今は先週駆り出された魔物討伐実習の自慢をしている。なんだか、忙しいことだ。

「それでね、引率の冒険者がいい加減でね、いきなり生徒の後ろからオークが十体も現れたわけよ。後方は荷物持ちの男子ばっかりで戦闘能力なんかないわけ、焦ったわよ……ね、聞いてる？」

ほら来た、このお嬢さんは俺の視線がティーカップに落ちたりすると、いきなりご機嫌が悪くなる。

「もちろん。だけど君のことだから先頭を切って駆け戻って、オークくらいなら一人で全滅させたんだろう？」

俺の信頼が伝わったのか、グレーテルは得意気にそのツンと高い鼻をうごめかし、わざわざ胸を張って見せる。小さいんだから張っても張らなくても変わんないだろ。

「むっ……今、何か邪悪なことを考えなかった？」

「……キノセイダトオモイマス」

「まあいいわ、それでね、私の魔法剣で……」

危ない危ない。やっぱり女の子ってのは、視線に敏感だよな。

「頑張ったよね、やっぱり強いよな。だけど俺は、グレーテルが無事に戻って来たことが、一番うれしいよ。君は強いけど、あまり無理をしないでくれよな」

「なっ、あ、うん……気をつけるわ」

討伐自慢が落ち着いたところで、何気なくフォローを入れたつもりだったのだが、いきなりグレーテルが挙動不審になり、その頬が紅に染まる。しばらく無言の間が続いて……俺が話題を変えようと口を開きかけた時、彼女がぐいっと前に乗り出し、俺をまっすぐに見て切り出した。

「あ、あの……あのね、その……」

勢い込んでしゃべりだしたくせに、なにやらもごもご口ごもるグレーテル。だがやがて一回大きく息を吸い込むと、意を決したように言葉をほとばしらせた。

「せ、『洗礼』は、どうだった？　うまくいったの？」

ああ、聞きたいのはそこだったのか。やっぱり彼女も思春期だよな。なんと答えたものだろう……「すっごく気持ちよかった」とか口に出したら、キレて攻撃魔法を飛ばしてきそうだ。

「うん、まあ……きちんとできた、と思う」

「そ、そっか……お相手は、どんな人だった？」

それから、延々「お相手」情報を吐き出させられた。おかしなことを言うと怒りのスイッチを入れてしまいそうだったので、俺なりに慎重に言葉を選んだつもりだ。もちろんグレーテルだって「洗礼」システムのことは高位貴族の常識として知っているし、俺がお相手に対して「気持ち」を抱いてないことだって、当然わきまえている。だのになぜ、こんなに執拗に「お相手」のことを知りたがるのだろう？

概ね落ち着いて聞いていたグレーテルが動揺したのは、アヤカさんの話をした時だけだった。彼女にとって俺が初めてだったということを口にした時の驚きは、こっちが引いてしまうくらいだった。

「え、いくら『闇』適性の女性が少ないと言っても、それは……」

「え？　俺は協会が選んだお相手だからって納得してたけど、そんなおかしいことなの？」

「いや、だって……」

彼女にしては珍しくもごもごと口ごもる。どうも、異性には説明しにくい何かがあるらしいのだが、この世界の常識をまったく知らない俺には、推し量りようもないことだ。

「きっとその人、ルッツを知ってたはずだよね……」

「わかんないよ、だって俺には、二ケ月より前の記憶が、ないんだから」

さっきまでの勢いはどこかへやってしまったかのように、ポッポッと彼女が語ったところによると、初子を儲ける相手に「洗礼」の少年を選ぶ女性など、いないはずだという。いくら良血とはいえ、なんのデータもない種馬相手では、まさに当たり率の悪いガチャを引くようなもの。かなりドライなこの世界の「種付け」でも、最初の相手というのには気合が入る。スタッドブックを穴が開くほど読み込んで最適な男を選ぶ……それも希少な「闇」属性のアヤカさんなら間違いなく選び放題で、種付料もおそらく大きく値引きされるだろう。それを捨てて「洗礼」に応募してきたということは、おそらく俺に対して、何か特別な想いを持っているはずだと、グレーテルは断言した。

「そうなのか……まあ初々(ういうい)しくてしとやかで、可愛いお姉さんだったけど」

思わず口に出した次の瞬間、俺は自分の失敗を悟る。吊り上がったグレーの瞳と、魔力を帯びてぶわっと膨らんだストロベリーブロンドが、俺の真正面にあった。

「そう……そんなに可愛かったわけね。ふうん……今日はルッツとまったりお茶を楽しむつもりだったけど、気が変わったわ。これから、訓練場に行くわよ、たっぷり稽古をつけてあげる！　逃げちゃだめよ、暇なんでしょう？」

ああ、終わった。

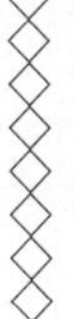

「うっ、いてて。もう少し優しくして……」

馬車に放り込まれ、ほうほうのていで伯爵家に帰った俺は、ジーク兄さんと執事のアヒムから甲斐甲斐しく手当てをしてもらっている。突然鬼になったグレーテルにめちゃくちゃしごかれ、全身が打ち身と筋肉痛だ。そもそも魔法抜きでも絶対敵わないのに、奴は光魔法の身体強化をたっぷり乗せて俺を打ち据え、投げ飛ばし、しまいにはヤクザキックまで入れてきやがった。

「グレーテルは、英雄の再来と言われている若き女傑だからね。さすがにここまで痛めつけるのはやり過ぎかなと思うけど……話を聞く限り、今日はルッツが悪いよ」

「何でだよ……」

「どう見ても、彼女はルッツに好意を持ってるじゃないか。好きな男が目の前で、別の女……それも情を交わした女を、鼻の下を伸ばしてべた褒めしているんだ。鬼にもなろうってもんじゃないか」

いや、さすがにそれはないわ。確かに幼馴染で、遊び相手としては結構気に入られている自覚はあるけど、異性としては見られていないだろ。そういう色っぽい感情があったら、ここまでいたぶられるとは思えないが。

「彼女の性格は、苛烈だからねえ。気に入られたのが運の尽きと、あきらめるんだね」

兄さんは独り決めしてにやにや笑っているけど、俺は納得いかないぞ。まあ確かにグレーテルは非の打ち所がない美少女だし、魔法剣を振るう姿は惚れ惚れするほど美しい。性格はかなりアレだけど、彼女の隣に立つ自分の姿を想像すると、ちょっと胸が浮き立つような感じがする。あくまで、ちょっとだけだけどな。

だけど、俺と彼女が手を取り合って生きる未来は、どう考えてもないだろう。グレーテルは名門ハノーファー侯爵家の跡取り娘で、おまけに「英雄の再来」だ。本人がどう思おうと、侯爵家当主はこの貴重な娘に、最高の種馬をつけなければならないと思っているはずだ。

この世界で家門を栄えさせるためには、どれだけ優秀で魔力の高い女子を儲けるかにかかっている……男と違って子供を何十人も作るわけにいかない女性の立場からしたら、子供が持つ魔力の八割を決めると言われている「種」を厳選するのは、当然のことだ。おまけに侯爵家は豊かな領地のおかげでカネに困っていない。天賦の才に恵まれた彼女が成人したら、さっそくスタッドブックの一ページ目か、悪くたって三ページ目あたりの「種馬」が、間違いなくあてがわれるはずだ。かつて「英雄」と讃えられた母さんも、そうであったように。

そんなことを思って憂鬱な表情になった俺を元気づけるように、ジーク兄さんがポンと背中を叩いて去っていく。それはごくごく軽い一撃だったけど、グレーテルに痛めつけられた背中が悲鳴を上げて、俺はしばらくベッドで悶絶するのだった。

その晩はとっても珍しいことに、晩餐(ばんさん)の席に母さんと父さんが揃っていた。並んで座る二人の向かい側には、俺とジーク兄さん、そしてリーゼ姉さん。長兄次兄の二人がいないのは、いつものことだ。超良血の血統だけをセールスポイントにして、今晩も一夜のお相手に自分を大

安売りしているのだろう。

「あら、グレーテルちゃんが、そんなにルッツを気に入ってくれてるのね。これは近々侯爵家に、ごあいさつに行かないといけないかな？」

「いや母さん、そういうんじゃないから……」

さっきの話を兄さんが面白おかしくみんなに披露してしまったので、俺は必死で言いわけをする羽目になっていた。

「まあ、そうじゃないかとは思っていたのよね。ルッツとグレーテルちゃんはちっちゃい頃から特別仲良しだったし……侯爵家の『婿様』狙ってみる？」

「俺はそんなの興味ないよ」

「あらあ、お婿さんは悪いものではないわよ。立場が安定して、老後の心配もしなくていいし、ある程度は尊敬もしてもらえるしね。まあ、それなりに家門のために役に立たないといけないけど……」

そう言いながら母さんが、傍ら（かたわ）の父さんに視線を向ける。

「わが伯爵家は、有能なお婿さんに来てもらって幸せよ、アルブレヒト。こんなにいい子たちを授けてくれたし、ね」

「うむ、そう言ってもらえるとうれしいよ。私も貴女と寄り添えて、これ以上の幸せはない」

なんだか目の前で、くっさいメロドラマが展開されている。仲良きことは結構だけど、できれば子供のいないところでやって欲しい。

「だからルッツも、頑張りなさい。グレーテルちゃんは可愛いけど、稀代のじゃじゃ馬と言われているわ。嫌われないようにね？　ルッツだって彼女が、好きなんでしょう？」

「まあ、嫌いじゃないけど……彼女の才能を考えたら、一人目や二人目の種付け相手に、無名の俺が選ばれる可能性は、ないんじゃないかな」

「そうね……だけど、彼女は特別意志の強い娘よ。本当に好きな人との子を授かるためなら、何でもやるはず。侯爵様の意向に背いても、ね」

お願いだ、母さん。怖い予言はやめて欲しい。自分が狩りの獲物みたいに思えてきたよ。だけど……グレーテルがそこまで俺を気に入ってくれてるとは、思えないけどなあ。

華やかで明るい母さんは、いつだって場の主役だ。ワインで頬を染めつつ、まだにぎやかにしゃべりまくっている。俺をいじるのにようやく飽きたのか、そのはしばみ色の瞳を、姉さんに向ける。

「来週は卒業のパーティーね、あつらえたドレスの寸法は、大丈夫だったかしら？」

「ええ、ぴったりだわ。ぴったり過ぎるから、今週はちょっと食べるのを我慢しないと、ふふっ」

当主と跡取り娘が嬉しそうに会話を交わす姿に、父さんも頬を緩める。そう、来週はリーゼ姉さんが王立学校を卒業するのだ。最終学年かつ優秀な成績であった姉さんは、ここしばらく学校には通っていなかったけれど……卒業のパーティーには華やかに装って出席するはずだ。

「それで、エスコートのお相手は決めたのかしら？」

「それが、まだ……きちんと選べそうもないから、お父さんにお願いしていいかな？」

そう、社交の様相を呈する卒業パーティーでは、女生徒は男性のパートナーを見繕ってエスコートさせるのが通例だ。女生徒は卒業後すぐ子作りしてから職に就く者が多く、その場合は初子を儲ける相手の種馬男にエスコートを依頼するのが普通で、男の側でも選ばれることは名誉であり格好の宣伝となるから、喜んで受けるのだ。だから母さんの問いの真意は「初めての種馬を決めたのか？」ということであり、姉さんの答えは「しばらく子供を作る気はないよ」ということなのだ……なかなか婉曲的で、わかりにくいよなあ。

「そっか、リーゼはやっぱり、領地経営に専念するつもりなのね……」

姉さんはSクラスの魔力を持っていながら、軍に入ることも、魔法省に勤めることもせず、領地に帰るのだと言っていた。魔力SSである母さんには一歩を譲るとしても、王国有数の魔法素質を持っているというのに、それを活かすつもりはないらしい。優しい母さんは愛娘の決断を尊重しながらも、言葉の端に残念さをのぞかせている。

「ごめんね、母さん。私がハズレ属性じゃなかったら……」

「何を言ってるのリーゼ、水属性はハズレ属性じゃないわ」

母さんがあわてて否定するけれど、この国で水属性の魔法適性を持つ者が公然と「ハズレガチャ」扱いされていることは事実。それは派手な戦いにも向かず、開発や土木工事にも向かないとされているからだ。普段は明るい姉さんが、長いまつげを揺らして、テーブルに目を落とした。

　母さんのような火魔法使いは、戦において最強だ。グレーテルの「光」も聖職属性と言われ、高い戦闘能力と治癒や浄化を併せ持つ貴重な資質だ。そして「土」は軍においては防壁造りから塹壕（ざんごう）掘り、築城に至るまで重宝され、民生においては治水工事でも開墾（かいこん）でも、土木関係なら何でもこなすスーパー属性。「風」は空気弾による戦闘と、森の伐採などで大活躍するし、「木」は民生専門だが農業生産性を数倍にする、稼げる属性だ。「金」属性の者が操る錬金術は、特殊な薬や上級金属を生み出して……当然カネになる。「闇」はもともと数が少ないうえに、暗殺系やデバフ系に長け、王室が後ろ暗い仕事をさせるために抱え込んでいるらしい。

　それに比べると「水」魔法は使い道が少ないと言われる。一般的には目の前にある水を自在に操るだけ……殺傷力はほぼないとされ、街で火事が起こった時に、放水して火を消す役として駆り出されるくらいだ。もちろん干ばつになった際には雨を呼び、農民から女神のように感謝されるのであるが……このベルゼンブリュック王国が渇きから飢饉（ききん）になったことなど、ここ二十年ほどないという。治癒魔法も少しなら使えるが、まあ言うなれば漢方薬のような効き目で……光属性の魔法使いのように、その場で奇跡的回復をもたらすものではない。ようは、八属性中で一番の、おミソ扱いなのである。

　姉さんは王立学校の魔法科生徒のうち、魔力は随一。魔法制御力もダントツで日々の努力も怠ることなく、五年間トップを守り続けた。だけど「使えない」水属性であることで同級生に侮られ、何かと嫌がらせを受けてきたのだという。むしろ、そんな属性であるにもかかわらずトップを譲らなかったその優秀さが、余計に嫉まれる要因になったのだろうな。

「リーゼ……」

そんな事情を知っている母さんの表情が、切なげに歪む。母さんも王立学校に在籍していたけれど、十五歳の時に戦争が起こって軍に身を投じたから、卒業していない。それだけに娘の晴れ姿を楽しみにしていたのだが……姉さんはできることなら卒業パーティーなどパスしたいという顔をしている。

「心配しないで、母さん。卒業パーティーには、ちゃんと出るわよ。だけどオルテンブルグ侯爵家のコンスタンツェ様あたりが、こっちが黙っていても勝手に絡んでくるでしょうね。『貴女の魔法はチーズすら切れないでしょ』ってドヤ顔で言うシーンが、目に見えるようだわ……」

うん？　チーズを切るだって？　その言葉を聞いた瞬間、元世界の知識がちらっと頭をよぎる。もしかして、水魔法って最強じゃね？

「姉さん、ちょっと試して欲しいことがあるんだけど、いいかな？」

王立学校に併設された迎賓館は、卒業を迎えた学生とそのパートナーで賑わっている。順々に名前を呼ばれ、パートナーとともにホールに入場していくのだ。成績優秀者ほど、後のほう

で呼ばれることになり、最も格上とされる魔法科女子首席が、最後にコールされる。

「魔法科首席卒業！　アンネリーゼ・フォン・フロイデンシュタット様、パートナーは弟君、ルートヴィヒ・フォン・フロイデンシュタット殿！」

なんだかんだ話し合った後で、姉さんは結局俺をパーティーのエスコート役に指名した。俺が新しい水魔法の使い方を提案したのがよほど気に入ったらしく、やたらと絡んで来るようになったのだ。パーティーとか、あんまり興味ないんだけど「種馬として生きていくなら、できるだけ多くの令嬢に、顔を覚えてもらうことよ」とか言われて、無理やり連れてこられたんだ。

リーゼ姉さんと俺は、腕を組んで会場に一歩を踏み出す。今日の姉さんは柔らかく光を放つピンク色のドレスに身を包み、ライトブルーの髪をハーフアップにまとめている。キュッと背筋を伸ばし、柔らかく微笑みを振りまく姿は、我が姉ながらなかなかのものだと思う。称賛のつぶやきが耳に飛び込んでくるけれど、嫌味のこもったささやきのほうが多く聞こえてくる。「英雄の娘」という立場は、羨望より嫉妬を呼び込むものであるらしい。

「まあ、ここぞとばかりに派手に装って……嫌な女だわ」

「成績首席と言っても、所詮ハズレ属性でしょう？　就職の誘いもなく、すごすご田舎に帰るそうよ。だったら次席でも火属性のコンスタンツェ様に、ラストを飾る名誉を譲るべきだったのよ」

「弟なんかをパートナーに連れて来るなんて……良い種馬には断られたのでしょうね」

「英雄ヒルデガルド様の後継ぎだというのに、なんとも地味な娘よね。本当に英雄様のお子なのかしら……それともよほど、種馬様の質がよろしくなかったのかしらねえ？」

　ここそこ話しているようで、微妙にこっちにも聞こえるくらいの音量で発せられる陰口。その中には聞くに堪えない下品な誹謗中傷も含まれている。思わずぐっと拳を握り締める俺だが、ここで俺が暴発したって、姉さんの評判をさらに下げるだけだ。それに……姉さんはこの悪口雑言に五年間耐え続けながら、研鑽を続けてきたんだ。おそらくそれは「英雄」と讃えられる母さんの名誉に、傷をつけないために。

　その姉さんは陰口など耳に入らないかのように超然とし、彼女を誹謗しない穏やかな友人たちには、柔らかく微笑みを送っている。イラついた令嬢たちがもっと攻撃的な言葉を投げかけようとした時、ひときわ大きいコールがホールに響いた。

「ベルゼンブリュックの輝ける太陽、エリザーベト女王陛下の、ご入来！」

　姉様も俺も、そして何やら悪態をついていた令嬢たちも、皆一斉に頭を垂れた。

「……五年の学びを終え、ここに集った若者たちが、これからある時は民を守る剣となり盾となり、またある時は民を養う大地となり慈雨となり、そしてある時は母となり父となって、このベルゼンブリュックを末永く支え守ってくれることを願って、祝いの言葉と致しましょう。今日はおめでとう、あとは存分に、楽しみましょう！」

「女王様、万歳！」「女王様、素敵……」

「ベルゼンブリュックに栄光あれ！」

「私たちの前途に祝福を！」

女王の短い祝辞が終わると、会場は歓呼の声に満ちる。当代の王であるエリザーベト陛下は四十代前半、たしか母さんより一つかそこら年上だったはずだが、まるで黄金そのもののように色濃い金髪をきゅっと結い上げ、翡翠のように深い碧の瞳をまっすぐ聴衆に向けながら軽く口角をあげて賛辞に応えるその姿は、俺の目で見ても実に美しく、魅力的だ。そういや王立学校の二級上、ジーク兄さんと同学年に第二王女様がいたっけ、ものすごいクール系美少女だけど、彼女が年を取ったら、あんなふうになるのだろうか。

パーティーは立食形式だけど、着くべきテーブルはだいたい決められている。姉さんと俺は、各学科の首席と次席だけが許される、会場正面のテーブルだ。まあ姉さんは実力でこの席を勝ち取っているのだからいいけど、俺はただ適当なエスコート役として連れて来られただけの人間だ。こんな華やかで肩の凝る場所は、居づらくてしかたない。

加えてさっきから、姉さんに突き刺すような視線を送る令嬢がいるのが、さらに居心地を悪くしている。おそらくこいつが、姉さんがいたおかげで万年次席だったという、オルテンブルグ侯爵令嬢のコンスタンツェ様なのだろう。母さんほど鮮やかではないけど火属性にふさわしい赤毛に、きゅっと切れ上がった青い目、全体的にパーツが大きく、派手な顔立ち。可愛い系が好きな俺にはちょっと合わない感じだけど、普通にしていれば十分美人の部類だろう。あくまでも、普通にしていれば。

「あら、アンネリーゼ様。今日の装いには、珍しく力が入っていらっしゃいますわね。いつもは地味……ああ失礼、質素なものばかりお召しになっていますから、華やかなファッションがお嫌いなのかと……」

そら来た。参ったなあ、まだパーティーが始まったばっかりなのに……これからどれだけ、この嫌味攻撃を受け続けないといけないんだよ。

「ええ、普段は魔法実習を致しますので、汚れが気にならない服装が必要ですから」

精神的に大人の姉さんは、コンスタンツェ嬢の挑発をさらりと受け流す。姉さんにとってはいつものこと」なのだろう……内心はともかく、軽く微笑みながら答えている。

「そうですわね。アンネリーゼ様は来る日も来る日も井戸掘りや水路整備ばかりで……泥にまみれて農民と変わらない生活ですものね、しかたありませんわ」

しかしこの女、姉さんが強く言い返さないことに甘えて、カサにかかって貶してくる。確かに水魔法使いの最も大切な仕事とされるのは、民のために水脈を見つけ、効果的に井戸を掘ったり、農業用水を確保したりすることだ。俺から見たらそれは戦で敵を焼き払うよりも国のためになる建設的な仕事だと思うのだが、貴族の魔法使いから見たら「農民並み」と言いたくなるのだろう。

「そう言えば、卒業後はご領地に帰られるのでしたわね。田舎にはきっとアンネリーゼ様にぴったりの、泥臭いお仕事がたくさんあるのでしょうねえ。私には、とても真似できませんわ」

そこまで令嬢が口にした時、隣に立っていた男が追従した。

「コンスタンツェ嬢、しかたないではありませんか。戦闘最優と言われる火属性をお持ちの貴女様は、国軍に三顧の礼で迎えられる実力者。ひるがえってあちらの令嬢は残念ながら……軍だけでなく官庁にもこれといった仕事のない水属性、無理をなさらず田舎で静かな生活を送られるのが幸せと言うものでしょう」

おい、あのいけ好かない侯爵令嬢が姉さんをねたんであれこれ言うのはわかるが、何で連れてきた男までその尻馬に乗って姉さんに無礼な言葉を吐くんだ？　見れば四十過ぎのオヤジじゃないか、多分スタッドブックから抜き出してきた種馬なんだろうけど。

「そんなわけで、今日のこの場を終えれば、王都社交会に当分顔を出すことはできない……そう思えば、懸命に装うのも無理なき事でしょうなあ」

分別臭い顔でペラペラ不愉快な言葉を吐き出すこの種馬には、中身六十代の俺もキレた。

「そこのオッサン、自分の子供みたいな娘たちの争いに肩入れして火に油を注ぐって行為は、どうなんだ？　まともな大人のすることなのか？」

近くで聞いていた人々のうち幾人かが、ぷっと吹き出す。さすがにこのオヤジのやり方はみっともないと思う人たちが、多いのだろう。

「オッサンだと？　無礼な、私を誰だと思っているのだ。魔法血統協会がAランクに認定した、ヨハネス・ゴルセンであるぞ、スタッドブックにも載っていない若造が何を……」

「あんたが何者であろうが、俺が誰であろうが、関係ない。あんたのやっていることが、美しくないって言ってるんだ。種付け相手の歓心を買おうとして、首席卒業の才媛に当てこすりを仕掛けるとは、大した度胸だな」

「き、貴様……」

この種馬男、令嬢にはヘコヘコしていたくせに、相手が男、それも格下とみるや途端に威圧的な態度で臨んでくる……こんな奴にはビビったら負けだ。俺が言い返すと、何だか顔面を真っ赤にして怒りでプルプル震えてやがる。種馬が俺のほうに一歩を踏み出そうとした時、綺麗なメゾソプラノの声が耳を打った。

「さあ、将来有望な首席次席の皆さん、今後の抱負を聞かせて下さいね」

そこには豪奢（ごうしゃ）な金髪と翡翠の瞳を持つ……女王陛下がお見えになっていた。令嬢たちも、俺も種馬氏も、一斉に敬礼を施した。

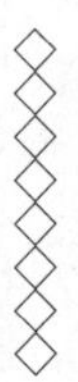

「そう……領地経営科首席のヨーナスは、ローテンブルク伯爵家に婿入りなのですね」

「はい、有難いことに私の経理能力を見込まれ、望んでいただきました。ですが種馬としての能力は平凡のようですので、伯爵家の善（よ）き後継者を儲けることに対しては貢献できず……そこは他の種馬殿にお願いするしかないかと」

生真面目に答える若者に、女王陛下は少し気遣わし気な視線を向ける。優秀な学生や官僚を当主の婿に迎え、領地や事業の経営を任せる貴族は多いが、その「婿入り」は当主たる女性を独占できることを意味しない。貴族にとって魔法使いとして優秀な後継者を儲けることは神聖な義務であり、種馬としての評価が低い「婿」は、家門を守るために妻の身を優秀な種馬に委ねねばならないことが、ままあるのだ。

「初子でいい娘ができることを祈っています」

そう、種馬評価の低い婿でも、一回くらいはチャンスをくれる家が多いのだそうだ。最初に産まれた子が女子で、かつ魔力が標準以上であれば、当主の「唯一の連れ合い」という地位を維持できるのである。成功確率は、必ずしも高くないのだが。

しかしそれは、この国のシステムを考えれば致し方ないことだ。女王陛下は一瞬曇った顔に笑みを戻して、今度はリーゼ姉さんのほうを向いた。

「今年の魔法科首席は、英雄ヒルデガルドの娘ですね。アンネリーゼ嬢、貴女は領地経営に専念すると聞いていますが……」

公式の場だからよそ行きの言葉を使っているけれど、母さんと陛下はお年も近く、さきの戦で背中を守り合った親友だ。だから陛下は姉さんが幼い頃から「リーゼちゃん」と呼んで可愛がってくれていて、今回の「田舎へ帰る」という決断を、かなり気にかけてくださっているそうなのだ。

「ええ、陛下。水属性魔法は農業と親和性が高いですから、領民の暮らしに寄り添って参りたいと思っておりますわ」

姉さんもここではきちんと主従の礼を守って答える。陛下は少し眉尻を下げて、我が子に言い聞かせるような口調で語りかける。

「アンネリーゼ嬢。領地に帰るのはいつでもできます。貴女の類まれな魔力を、国のために活かすことは……」

「陛下！　水魔法使いにそんなものを求めても無駄ですわ！」

食い気味にかぶさった声に、周囲の者たちが一斉に凍り付いた。

「水魔法使いは、戦においても国土開発においても、主たる役割を果たすことができませんわ。せいぜい雨乞いをするか、井戸を掘るか、症状の軽い病人を癒やすか……アンネリーゼ様のように『優秀な』方でも、その程度なのです。国はもっと、魔法属性を重視すべきだと思いますわ。軍には火属性を、国土開発には土属性を、聖職には光属性を……そうすれば、もっと効率の良い社会になりますわ」

至尊の地位におられる方の言葉をさえぎったあげく、ドヤ顔の上から目線で指南するコンスタンツェ嬢。貴族社会には疎い俺も、これが目一杯ヤバい行為だってことはわかる。陛下お付きの方々はもとより、同じテーブルにいる成績優秀者たちも、完全に固まっている。あの偉そうな種馬オヤジまで、さっきまでの赤ら顔を青くしている。

「オルテンブルグ侯爵令嬢……だったかしら。貴女はもう少し貴族の礼節を学んだほうが良いようですが……ようは、水魔法が役に立たないと言いたいのですか？」

「ええ、陛下。水魔法は水の存在を感じ、動かすのみ。価値あるものを造り出すことも、破壊することもできません」

偏りまくったコンスタンツェ嬢の自説に、さすがの陛下のこめかみにも、青筋が立つ。その

頬がぴくっと震え、端麗な唇から悪態と叱責が飛び出そうとする刹那、沈黙を守っていたリーゼ姉さんが、落ち着いたアルトを発した。

「なるほど、侯爵令嬢は、水魔法では創作も破壊もできないとおっしゃるのですね」

「だって、事実じゃないのっ！」

「では、今から私が使う水魔法を見ていてください。貴女の主張していることが事実ではないと、証明して見せましょう」

そう宣言すると、姉さんは種馬氏が持っている赤ワインを満たしたグラスに、その白く滑らかな指を向けた。

「……はっ！」

低い気合の声が響くと、グラスの外面が何やら濡れ始めた。俺が胸の中で五つばかり数えた時、グラスの上半分がするっと斜めに滑り落ち、こぼれた赤ワインが種馬氏のお高そうな白いスーツをべっちょりと汚した。だが種馬氏は怒り狂うこともなく、ただ驚き震えながら己の持つグラスを見つめていた。グラスは斜めにまっすぐ断ち割られ、その断面は滑らかで、欠けもささくれすらもない。

「嘘っ！　水魔法でこんなことができるわけは……」

「私が水属性しか持っていないことは、貴女が一番よく知っているでしょう。さあ、間違いがわかったのですから、陛下に対する先ほどの無礼を、お詫びしなさいっ！」

俺もちょっと驚いていた。いや、魔法そのものにじゃなく、いつも穏やかで声を荒らげることなんかなかった姉さんが、今にも刺し殺しそうな視線で、コンスタンツェ嬢を威圧していたことにだ。自分のことならいくら貶されても流す姉さんが、母さんの親友、敬愛する女王陛下に対する無礼には、心の底から怒っていたのだ。

いつしか、会場の視線が俺たちのテーブルに集まる。その半分は姉さんの精密な魔法への驚嘆の視線、そして残る半分は、首席卒業生を貶めるだけでなく陛下にまで礼を失することになった侯爵令嬢への、呆れの視線だ。

「な、何よ、皆で寄ってたかって私を……見てらっしゃい！」

結局コンスタンツェ嬢は、姉さんにも陛下にも一言の謝罪すらしないまま、捨て台詞を吐いて会場から走り去っていった。

「困った娘ですね。オルテンブルグ侯爵には厳しく説諭しておきましょう」

「御意に」

リーゼ姉さんが、賛同の意を示す。

ずいぶん優しい陛下だと、俺は思った。この中世的絶対君主制の国でこんな無礼を働いたら、家門断絶させられても文句は言えないところだろうに。この女王様だと「説諭」で済んじゃうんだなあ。優しさが「甘さ」にならないことを、国のためには祈りたいところだ。

「それにしても……アンネリーゼ嬢。あのような水魔法、私も初めて見ました。貴女が、開発したのですか？」

「はい、私が初めて実用化したことに間違いはございません。ですが、あの使い方を考案したのは、私ではございません」

「ほう？　さぞかし高名な魔法使いに師事したのでしょうね、何と申す者ですか？　ぜひ知己を得たいものです」

ヤバいと思って俺はリーゼ姉さんのドレスの袖を引っ張ったが、それより早く姉さんの口が動き出していた。

「その人の名は、ルートヴィヒ・フォン・フロイデンシュタット。たった今隣にいる、私の弟でございますわっ！」

ああ、終わった。

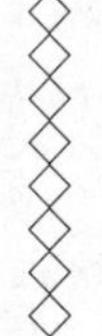

「それで、ルッツ君？　君は、リーゼちゃんにどんな指南をしたのかな、うん？」

パーティーは続いているけれど、俺とリーゼ姉さんは陛下に無理やり連れ出され、別室でこってりねっとり尋問されているところだ。

陛下の驚きも、わからなくはない。そもそも魔法を扱えるのが女性に限られるこの世界で、新しい魔法を男が編み出すということなど、とうてい考えにくいことだ。

加えて「水魔法」はあのクレイジーな令嬢が言い放ったとおり、破壊活動には向かない。水を感じ、生み出し、意のままに動かすことはできるが、言ってしまえばそれだけなのだ。この世界の常識だけで判断するならば、戦や開拓に使うことは難しい。

だが、俺は日本で得た知識も持っている。今回はそれを、ちょっと活かしただけなのだ。

「怖いことしないから、言ってごらん？」

そう口にしつつ迫ってくる陛下の圧がすごい。すでに「怖いこと」されている感満々だが、どうせ俺がしゃべらなくてもリーゼ姉さんは陛下に傾倒している。ちょっと猫撫で声を掛けられればあっさり吐いてしまうだろう。ままよ、ここはしゃべっちゃうか。

「それは……」

「水を、細く噴出するだけだというのか？」

「ええ、あたかも糸のようにできるだけ細く、但しその速度を目一杯早く。その細く速い水流をぶつければ、たいがいの物は、切断できます」

女王様の眼が、驚きに丸くなる。この世界の人にとって水は、優しく包み込み、癒やしてくれるものであっても、物体を切ったり穴を開けたりできるようなものではないから。

だけど現代日本に生きてきた俺は、ウォーターカッターという技術を知っている。水を精密なノズルから細く、高圧で噴き出せば、プラスチックやガラス、果ては鉄板まで綺麗な断面で切れるのだ。あんまり一般的なもんじゃないが、取引先の工場に設備があったんだよなあ。

この考えを伝えた時、リーゼ姉さんも全然信じてくれなかった。だけど家族思いの彼女は、真剣に頼み込む俺のために一回だけ本気の水流を出して……それをスプーンの柄に当ててくれた。すぱっと真ん中から綺麗に切れた銀製の柄を見た姉さんの顔は、泣き笑いだった。

一回実験で効果を体感すれば、あとは簡単だった。もともと姉さんの魔力は強く、制御の精密さはずば抜けている。ちょっと練習すれば、水流はますます精密に、そして高速になっていく。そして昨日はついに、ひと抱えほどもある火山岩を両断するまでになっていた。

「これもリーゼ姉さんの造ったものです」

俺は内ポケットから、数枚のコースターを取り出し、テーブルに広げる。それは大理石を薄くスライスしたもので、木目のような文様が美しく目をひく。

「綺麗に磨いてあるのだな」

「いえ、これは研磨作業を入れていません。姉さんの水魔法でカットした、そのままの断面です。普通の石切りでは、こうはいきません」

そう説明しながら、俺はもう一枚の石板をテーブルに載せる。同じように薄い大理石のコースターだが、そこには水魔法で穿(うが)たれた複雑な形の孔(あな)が開いている。光に透かして見れば、その貫通孔は文字をなしており……エリザーベトと読める。

「これは素敵だな……」

「女王陛下のために姉さんがおつくりした物です。そしてこれも」

俺は同じようなコースターをその横に並べる。刻印された文字はベアトリクス……王太女となることが有力と言われる、第二王女の名だ。

「こんな精密制御は姉さんしかできませんので、今回は細かい加工品をお持ちしましたけど、姉さんの魔力なら大きなものでも切れるはずです。例えば、石造り建物の基礎石とかも……」

「そこまで」

ここぞとばかり姉さんをプロモーションする俺の言葉を、陛下がさえぎった。さっきまで驚きの表情を浮かべていた彼女が、今は支配者の顔に戻っている。

「フロイデンシュタット伯爵令嬢アンネリーゼよ」

「はい、陛下」

「貴女に命じます。領地に戻ることは許しません、明日午後直ちに王宮に出頭しなさい。各省の局長級、および国軍の将軍を集めておきます、彼女らの面接を受けるように」

「陛下、それは……」

「このように可能性豊かな魔法使いを、いち地方領に置いておく余裕は、今の王国にはありません。この力を国のために捧げなさい……これは、国王命令です」

「……」

「どうしましたか、アンネリーゼ！」

「……はっ、はいっ！　陛下の御諚、謹んで拝受致しますっ！」

姉さんのアルトが感動に震え、その目から透明な雫があふれ出す。そう、本当は姉さんだって、英雄たる母さんの背中を見て育ってきたのだ。母さんと同じように女王様のお役に立ちたいと、願っていなかったはずはない。水属性というハンデを背負ったことで、その想いを押し殺していただけのことなのだ。

敬礼したまま、涙を流し続けている姉さんの背中に優しく掌を当てたエリザーベト陛下が、不意に俺のほうに視線を向けた。

「さすがは我が親友、英雄ヒルデガルドと言うべきか。その娘だけでなく息子にも非凡な者が出たというわけだ。ルートヴィヒ君と言ったな。その名前、覚えておくよ。もう、洗礼は受けたのかな？」

「はい、半年前に」

「そう……結果が楽しみだな」

そう口にして俺をじいっと見つめる陛下の顔は、まったく笑っていなかった。

卒業パーティーから二週間。

工部省と国軍、そして農務省の間でリーゼ姉さんの争奪戦が激しく繰り広げられたらしいけれど、結局彼女は母さんと同じく国軍に入ることを選んだ。だけど違うのは、自分の適性を考慮して戦闘部隊ではなく工兵部隊を目指したってこと。ほんの一ケ月前には穏やかな表情で地方領に帰ると言っていた姉さんだけど、今や嬉々とした表情で、入営していった。

「ルッツ、卒業パーティーではずいぶん活躍したらしいわね」

姉さんのいなくなった晩餐の席で、母さんがからかうような調子で俺に話を振る。

「ごめん、ちょっと目立ち過ぎた……」

「ありがとう、ルッツ……」

声の調子を急に変えた母さんのほうを見れば、なんだか泣きそうな顔をしている。

「俺は何も……あれはもともと姉さんが持って、鍛えてきた力だし……」

「そうね。だけどルッツがあの子の力をきちんと見抜いて、最適な使い方を提案してくれなかったら、今頃リーゼは領地行きの馬車に揺られていたでしょう。水属性とはいえあんなに素質のある娘を、埋もれさせずに済んだのは、ルッツの力よ」

「……うん、ありがとう」

まあ、結果としては良かったから、俺も素直に認めることにしよう。そう思って母さんのほうを見たら、泣きそうだった顔がいつものいたずら好きのそれに戻っている。まったく、忙しい人だよな。

「それでね、あれからというもの、エリザーベト陛下がルッツのことをやたらと聞いてくるようになったのよね。進路のこととか、決まった婿入り先はあるのか、とかね。完全にロックオンされているわよねえ」

「何にロックオンなんだよ……」

「だってほら、王家には期待の第二王女がいらっしゃるじゃない？　まだ初めての種馬様も決まってないそうだし……お相手にルッツを考えてたりして。うまくすれば、王配も狙えるかもよ、ふふっ！」

いや、その未来図は、勘弁して欲しいわ〜。

第３章　ハメられた？

そろそろ夏も終わり、俺はもう一つ歳をとった。学校にもすっかり慣れ、クラウスやディーターとも仲良く、思春期男子っぽいバカ話で盛り上がっている。時々グレーテルに拉致られて甘味に付き合わされたりするのも、いつものことだ。

リーゼ姉さんは国軍工兵隊に入って以来、ずっと寮生活だ。あれ以来ウォーターカッターの技に磨きをかけ、新人だというのに隊内の評価が爆上がりしているらしい。その姉さんが一ケ月ぶりに外泊許可をもらって伯爵家に戻ってくるというので、みんな朝から少し浮き立っている……特に、母さんが。自分も軍務で忙しいはずなのに、今日は有給休暇など取って、姉さんを歓待する準備に入れ込んでいる。

「迷っちゃうわ、リーゼに何を食べさせようかしら、せっかく帰ってくるんだからうんと美味しいものを……」

「落ち着いて、ヒルダ。特別なことはせず、あの子の好きなラム肉のソテーでいいと思うよ、アヒムに買いに行かせたから心配しないで」

本当に、こういう時の母さんは、まるで少女のようで……父さんはそれを優しく包む春の日射しのようだ。俺にもこんな平和な未来図はあるんだろうか……まあこっちの世界では「お婿さん」として迎えてもらうこと自体が、なかなか難しいみたいなのだが。

「母さん、父さん、ただいまっ！」

そんなこんなでドタバタしているうちに、姉さんが帰ってきた。国軍の制服を着ているせいだろうか、ちょっと見ていないうちに、また少し大人っぽくなった感じだ。そして、表情には自信が満ちあふれていて……なんだかあの卒業パーティー以来、別人みたいにかっこよくなっちゃったんだよね。

「リーゼっ！」

走り寄った母さんは、姉さんをいきなりぎゅうぎゅうと抱き締める。

「ちゃんとご飯は食べてる？　先輩に意地悪はされてない？　訓練がきつかったらいつでも……」

「大丈夫です、母さん。このとおり心身ともに健康、魔法制御力もまだまだ成長中です！　多少何か言ってくる人はいるけど、気になりませんよ……私は、英雄の娘ですから！」

「……強くなったのね。一緒に働く日を、楽しみに待っているわ」

姉さんは工兵隊、母さんはバリバリの実戦部隊。戦争でも起こらない限り同じ現場に立つことは少ないだろう。だけど姉さんの目に宿る強い光を確かめて、母さんもちょっと安心したみたいだ。

「さあリーゼ、ヒルダ。お茶の用意ができているよ、話したいことはいっぱいあるだろうけど、まずは喉を湿らせようか」

父さんがいつものように、大人の振る舞いでその場を締めた。

「そうなのね。いよいよジークも本格的に、種馬活動スタートというわけかあ」

「だから今日はカッセル子爵家へお泊りと言うわけ、会えなくて残念ね」

茶席の話題は、珍しく家にいないジーク兄さんのこと。二年前の「洗礼」成績が良かった兄さんは、一晩百金貨と言う高額な種付料にもかかわらず、下級貴族を中心にすでに複数の申し込みを受けている。洗礼から三回目の誕生日を迎えたことを機に、お相手を選びつつもそれに応じていくことにしたのだ。

「あの子は将来必ずAランク種馬になるわ。アルブレヒトに似て容姿端麗だから、しばらくは良いお相手を選べるだろうし……最終的にはSランクだって夢じゃないわね」

「そうね、ジークがカッコいいのは、お父さんの血よね」

「ははは、そんなことを言われたら照れてしまうよ」

みんな紅茶を口にしながら、にこにこと家族団らんを楽しんでいるのだが、話している内容は生臭いこと、この上ない。この話題が俺に飛び火しないことを祈るばかりだ。

「そう言えば、あとひと月も経てば、ルッツも『洗礼』のお相手が赤ちゃんを産むわね」

うっ、やっぱりこっちに来たか……勘弁してくれよ。

「ルッツは渋っていたけど……そろそろ『種馬』する覚悟はできた？」

「いや、俺はまだ……」

「ねえ、ルッツがちょっと変わった倫理観を持っているのは、なんとなく知ってる。きっとその考え方も、間違ってはいない。でも、姉さんにはわかるんだ……貴方には、種馬として素晴らしい素質がある。それを活かして、生きる道を広げて欲しいの」

「うん、理屈では、わかってるんだけどさ……」

「ルッツは、評価されていなかった私の魔力を活かす道を、私に教えてくれた。あきらめていた私の背中を押して、もう一度望みを叶えるチャンスをくれたんだ。そんな貴方が、あふれる才能を活かしてないなんて、悲しいのよ」

てっきりイジられているのかと思っていたけど、俺に種馬をやれと説くリーゼ姉さんの視線は、真剣そのものだ。本気で、俺の人生を心配してくれているんだな。だけど、ちょっと疑問があるんだよ。

「ねえ、姉さん。アドバイスはうれしいんだけど、俺に『種馬』の才能があるなんて、どうしてわかるの？　まだ『洗礼』の成績は、出てないんだけどな？」

俺の質問に、リーゼ姉さんは待ってましたとばかりに何やらカバンをごそごそ漁ると、緑色の表紙のついた薄い本をテーブルにぽんと置いた。

「これよ！」

「何だい、これ？　『裏スタッドブック』？」

おい、「裏」って何だよ？

「裏スタッドブック　第二十八版　王立学校血統研究会編」

緑表紙の薄い本には、流麗な手書き文字でそんなタイトルが付されている。本家の「スタッドブック」の豪華装丁と比べると、手作り感があふれている。なんとなく、いかがわしい雰囲気が漂ってくるのは、気のせいだろうか。

日本で「薄い本」といえばBLを連想してしまうけれど、この世界のBLには、背徳のニュアンスがほとんどないらしい。なにしろ種馬制度の普及で、男が余っているのだから、寂しいモノ同士がくっつくのはいたく当然のことで、道徳面に厳しいはずの教会も黙認しているんだよなあ。

おっと、思考がそれた。王立学校血統研究会なんてのも、何だかとっても怪しい。確かにそんな名前のサークルがあるのは知っているけど、その部室は「男子禁制」の看板が掛かってる閉ざされた世界で、俺たち男どもにはその中でどんな活動が行われているかなんてわかりようもない、そんな団体だ。

「あらっ！　まだあるのね、この本！　懐かしいわ」

「ああ……これか」

母さんと父さんはこの薄い本がいかなるものか、知っているらしい。母さんはポジティヴに、父さんはネガティヴに反応していたのが対照的だ。

「何のことかわかんないのは俺だけか……姉さん、これ何？」

「ふふふ……表の『スタッドブック』ではその種馬さんの人間性や振舞いなんかはわからないでしょう。それだけで自分の分身となる子の父を選ぶのはリスクが高いわ。血統書や繁殖成績ではわからない、その人の種を欲しいと思えるかどうか、そういうことを女性の目だけで評価したクチコミ紙よ」

「具体的に、どういうことが評価されているの？」

「その種馬さんの振る舞いが優しいかどうか、きちんと会話ができるか、女性の扱いに慣れているかどうか……その他には、お口が臭いかとか汗っかきだとか毛深いかとか生理的な好き嫌いも。もちろん種付けの上手下手も、あるわよ」

大胆なことをズバズバ口にしながらも、最後のフレーズで頬をちょっと染める姉さんが可愛い。そうだ、姉さんのほうこそまだ種付け実績がないおぼこちゃんなのだ。種付けをせずに軍に入ったのだ、おそらく二十歳くらいまでは、後継者作りより仕事優先でいくつもりなんだろうけどな。

そうだな、女性の立場になって考えてみれば、確かにお相手、特に初めての相手を選ぶ時には、そいつを異性として好きになれるかどうかってのも重要だよなあ。こういう本が必要とされる理由は、よくわかる。

「姉さんがそういう研究に熱心なのはわかったけど、それと俺の才能にどういう関係があるの？」

俺が質問した瞬間、姉さんがフンスと鼻息を荒くして、とあるページを開いた。

「ここをごらんなさいな！」

「あ、これは……」

そこには俺と子作りをした女性の生意見と、彼女たちが俺に対して下した評価が赤裸々に記されている。俺の場合、そういうコトをした女性はまだ「洗礼」のお相手である八人だけ……だから、そこに書いてあるご意見が誰のものであるのか、容易に想像できてしまう。これってかなりの羞恥プレイなのではないだろうか？　いやまあ、そもそも種馬にプライバシー権なんて、認められないわけなんだろうなあ。

だけど、俺のお相手さんたちは、みんな優しい人みたいだった。全員めでたく子を身ごもることができたせいもあるのだろうけど、そこに書かれた評価は好意にあふれており、何だか俺がすっごくいい男に見える。初心で純情なくせに何かと上手かつ丁寧で、しっかりお相手を満足させるとか……まあざくっと言うとそんな感じかな。そして元世界で見た飲食店の口コミサイトさながらに、その印象が点数化されているのだ。

総合　★★★★★

容姿　★★★★

会話　★★★

優しさ　★★★★★

清潔さ　★★★★★

技巧　★★★★★

　最後に、お相手の中で希望した人が「推薦文」を寄稿している。俺のページにはこんな文章が掲載されていた。

「ずっと年下の方なのに、物慣れぬ私を気遣って、ゆっくりと、優しくリードしていただきました。容姿は美しい少年でも、心はずっと年上の方であるかのように、包み込んでくださいます。いろいろな不安も吹き飛ばして、夢のような一夜を過ごさせてくれた、素晴らしい男性でした。初めてのお相手として、特にご推薦致します」

　これって……やっぱりどう見ても、アヤカさんが書いたものだよな。日本でも絶滅危惧種となった大和撫子（やまとなでしこ）のようなアヤカさんとのそれは、俺にとっても実に味わい深いもので……そのうえ、俺の種馬生活を少しでも応援しようと、こんな言葉を寄せてくれている。彼女の性格なら、きっと恥ずかしさに真っ赤になりつつ書いたのだろう。

　そんなふうにアヤカさんの姿を想像していた俺は、多分だらしなく鼻の下を伸ばしていたのだろう。気がつけば、姉さんと母さんのジト目が、ねっとりと俺に絡みついていた。

「あらあら、ずいぶん、良かったみたいね？　そんな顔させるために見せたんじゃないのだけど……とにかく、血統とか子供の能力とか、そういう実用的な部分以外でも、ルッツはもう有望株なのよ。『洗礼』で標準以上の結果さえ出れば、特に十代の令嬢から、引き合いが殺到するわよ？」

　まあ、そうかもしれないな。高位貴族でもなければ、初子を儲ける相手の選択には本人の意向が強く反映されるだろう。一生の思い出なんだしなあ。俺が乗っ取ってしまったルッツ君の容姿は無駄に整っている、このうえ夜のマナーも抜群ということになれば……姉さんの主張することも、うなずける。

「ね、だからお願い。ルッツの力を、試して欲しいのよ……」

四つ年上のくせに甘える手管がうまい姉さんに、曖昧な微笑みを返すしかない俺だった。

街路樹が秋の色を濃くする頃、俺宛に続けて何通も、感謝を伝える手紙が届くようになった。

「立派な女の子でした、ありがとう」

「熱望していた女子を得て、我が男爵家は喜びに沸いており候」

そう、あの「洗礼」からそろそろ九ケ月が経ち、子作りを一緒に励んだお姉さんたちの出産ラッシュが、いよいよ始まったのだ。

「最初の二人が女の子ってのは、幸先いいね。女の子が産まれやすいってのは、種馬としては得難い資質だから」

ジーク兄さんはそう言って笑ったけれど、その後も「吉報」が次々舞い込んだんだ。

「珠のような女児を付けてくださったルッツ様に、心より感謝申し上げます」

「娘があまりに可愛く、当主夫妻も毎日デレデレです」

「あきらめていた女子を授けてくださったルッツ様に感謝を」

「英雄ヒルデガルド様の血を引く女子が当家に誕生せしこと、末代までの栄誉」

「待望の女子が産まれまして、ようやく当主も安心し、引退を決めました」

おい、結構これって、すごい確率なんじゃないか。最初の七人が女ばっかりってのは……。

そして最後の八人目は、アヤカさんだった。闇の一族である彼女の礼状だけは「手の者」が密やかに俺の寝室に忍ばせてきた。

「とても素敵な一夜の想い出と、かけがえのない我が子を授けてくださって、ありがとうございます。多少難産ではございましたが、これもかけがえのない我が子を得るための試練と思えば、耐えきることができました。できれば闇の仕事には就かせたくなかったのですが、私から見ても強い魔力を感じる子で……族長は早くも己の後継者に決定だと申しております。普通の女子としての幸せは与えてやれないかと存じますが、必ず立派に育ててゆきます」

柔らかい字体で書き連ねられた手紙は長かったけど、要約すればこんな感じだった。う～ん、アヤカさんにとっては初子である愛娘が、闇仕事一族の長に確定か……もちろん子供が生まれたことはうれしいんだろうけど、複雑な気分だろうなあ。

そんなわけで、結局のところ俺の「洗礼」で産まれた子供は、なんと八人全員女の子だったのだ。

「これはすごいわね……スタッドブックの初期格付けが、かなり上がるんじゃないかしら？」

「そうだね、これだけ女子が産まれる確率が高いとなれば、人気が出るだろう」

母さんと父さんはのんきに論評するけど、俺は種馬稼業で食っていこうとか思ってないんだから、あまりうれしくないよ。だけど全員女の子って……男女が生まれる割合を半々とすると、女子八連チャンの確率は……二百五十六分の一、ずいぶんなレアを引いたことだけは、間違いないな。

そういえば、学者のレオノーラさんには「女性が満足すると男子が産まれやすい」って言われてた気がする。おい、ってことはもしや、俺はお相手を満足させることができていないのか……それは男としては微妙に、傷付くなあ。

「まあ、あとはこの赤ちゃんたちの『洗礼』結果がどう出るかね。魔力Ｂ以上が三人か四人出たら、種馬市場は大騒ぎになりそう、楽しみだわあ」

いや俺は、全然楽しみじゃないぞ！

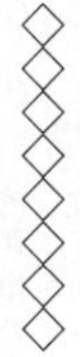

この世界において、女子が受ける「洗礼」は、男子の「洗礼」とまったく意味が異なるのだそうだ。

身分の高い思春期男子の「種馬適性」を実地試験するという、なんともいかがわしい目的で行われる男子の洗礼とは違って、女子のそれは生まれて間もない赤ちゃんの段階で、教会の祭壇前に据えられた聖なる水盤に身体を浸すという、元の世界でも聞いたことがあるような真面目極まる宗教的儀式なのだ。

但し、その「洗礼」の目的はしごく実用的、かつその子の人生を決めてしまうくらい深刻なものであるらしい。聖なる水に洗われた乳児からは不思議な光が発せられ、その明るさが持てる魔力量を、その色が魔法属性を示すのだという。そして魔力や属性は生まれつきのもの……成長後にいくら血のにじむような努力をしても魔力上限は伸びていかないし、適性のない属性の魔法を使うこともできないのだ。

俺の初子たる八人の女子に対して、そんな大事な「洗礼」がおそらく二週間のうちにも行われるだろう。そして子供たちが発する光の色と明るさが、種馬としての俺に対する評価を決めるんだ。

「そうね、ルッツの子供たちの洗礼には、私たちも立ち会うわよ……なんだか、すごい結果が出る予感がするのよね」

「やだよ、俺が一人で行けばいいんだから」

「そう言うわけにはいかないだろう、ルッツ。もうお前の種付け結果には貴族たちから注目が集まっていて……女王陛下も関心をお持ちだという。王宮からの使者が見えられる可能性も高いと思っている。当主の母さん、そして婿の私がその場にいないわけにはいかないよ」

大げさにしたくなくてゴネる俺を、普段は厳しいことなど一切言わない父さんが、真顔でたしなめた。これはさすがに、マジなんだな。

「それってやっぱり、姉さんの『卒業パーティー』のせい？」

「そうよ、良くも悪くもルッツはあそこで目立ってしまったの。男でありながら魔法に深い造詣を持ち、英雄の子という良血。そしてさわやかな容姿と『裏スタッドブック』で讃えられる洗練された夜のマナー……間違いなく、第二王女ベアトリクス殿下のお相手候補に、名前が挙がっているでしょうね」

　ああ、母さんの言葉が、俺には終身刑の宣告みたいに聞こえるよ。

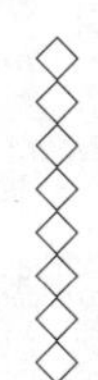

　子供たちの洗礼式は、近所の教会だったはずの会場が王都中央教会に変更され、なんと司祭様じゃなく、枢機卿猊下（すうききょうげいか）の手で直接祝福をいただく仕儀になった。これってやっぱり、女王陛下の圧がかかっているんだよなあ。

　そして父さんの予想どおり、洗礼会場には王宮からわざわざ侍従が派遣されてきていた。その他には赤ちゃんが八人とその母親であるお姉さんたち、そしてそれぞれの家の当主らしき人たち。うちの伯爵家からは母さんと父さん、そしてジーク兄さんとリーゼ姉さんが立ち会う。そして「血統協会」から派遣されてきた鑑定員が三名、さらに、司祭だか神官だかはわからないけど、聖職者の格好をした人たちが二十名くらい、ものものしくまわりを固めている。

　子供の魔力なんてどうでもいい、健康であってくれれば。そう思っていた俺だけど、さすがにこう次々と大げさなお膳立てを整えられると、平凡な成績だとマズいような気がしてきた。

　俺自身の種馬評価なんかどうでもいいけれど、これで魔力なしの子が出たりすると、「英雄」たる母さんの面目までつぶれるんだよなあ、きっと。何とか母さんの名誉が守れる程度の結果が出ることを、祈るしかない。

「それでは、神のしもべ、マグデブルグが一子、ダニエラよ。お主が将来を託すべき子を、ここへ」

先頭を切って洗礼を受けるのは、光属性のダニエラさんだった。準男爵家の後継ぎだというから貴族としての格は低いけれど、母上が司祭様なんだそうで……やはり教会関係者は優先されるってことだろうな。

「八つの属性を司る女神よ、この幼子の力を示し、その未来を嘉(よみ)したまえ」

そしてゆっくりと、枢機卿猊下が赤ちゃんを聖なる水盤に浸けていく。子供の身体が半分ほど水に沈んだ時、それは起こった。

「おおっ、この光はっ！」

周囲を取り囲んでいた聖職者の一人が、思わず驚きの声を上げる。しかし多くの者は、声すら上げられず、ただその不思議な光景を、ぽかんと口を開けて凝視することしかできなかった。

猊下が抱く赤子の身体から、光が発せられていた。それは眩(まぶ)しく感じて目を細めてしまうくらい明るい、プラチナ色した光束だ。

「まごうかたなき、光属性……それも間違いなく、Ａクラスの魔力です！」

「そんなバカな……母親がＢクラス以上ならともかく、今回集めた母親はみなＣかＤクラス……そこからいきなりＡクラスの子を出すなど、信じられるわけが！」

なんだか血統協会の鑑定員が、興奮しまくっているみたいだ。よくわからないからジーク兄さんに聞いてみよう。

「俺にはわからないけど、こういう事例は珍しいのかな？」

「当たり前だろ。『洗礼』に応募してくるような母親の家格でAクラスを出すなんて、スタッドブック筆頭種馬だって難しいんだ。僕の時もBクラスが三人出ただけで大騒ぎして……種付料に百金貨もの高価格がついたわけさ。ルッツにはいったいいくらの評価額が出るのか、想像もできないよ」

うっ。そりゃあ、評価が低いよりは高いほうがいいのかもしれないけど、俺はあまりこの世界で目立ちたくない。どうやら元世界の経営知識はこっちでも使えるみたいだから、どこかの地方領で代官とか補佐とかの職をもらって、静かに暮らすというのが、新しい人生の目的だったのに。変に種馬評価が上がったら、王都を離れられないじゃないか。

まあ、最初の一人くらいならまぐれ当たりというか、ビギナーズラックみたいなものも、あるのかもしれない。次は普通の子だと信じよう。

光属性のAクラスが出たことで聖職者たちの興奮もまだ収まりきってないみたいだけど、次は男爵家から土属性のヘルミーネさんが、亜麻色の髪をもつ赤ちゃんを、本当に大事そうな風情で、枢機卿猊下に渡す。振り向いた彼女が、俺の顔を見て意味ありげに微笑むと、なぜだか頬が少し熱くなる。そうだ、この世界での「初めて」は、彼女が優しく受け止めてくれたんだよなあ。

「……この幼子の力を示し、その未来を嘉したまえ！」

さっきの興奮がまだ残っているのか、猊下の声にもなんだか気合いがこもっているようにみえる。そして水盤から聖なる光が……。

「おおおっ！」

「こ、これも間違いなくAクラス！　信じられぬ！」

マジか。確かに、赤ちゃんの身体から黄色、いやむしろ金色の、色濃く明るい光が放射されている。

「すごい、すごいわ……私の子が、こんな……」

当のヘルミーネさんは、ひざまずいて両手の指を組んだままの姿勢で、ただひたすら涙を流していた。俺が近づいて行くと、いきなりがばっと抱きつかれ、ぎゅうぎゅうと締め上げられた。

「ルッツ君、こんな素晴らしい贈り物をくれた貴方に、一生の感謝を捧げるわ！　貴方は最高の男性よ！」

気がつけば俺の胸は、しっとりと濡れていた。ヘルミーネさんのふにっと柔らかい身体の感触が、何とも気持ちいいけど、彼女は一向に解放してくれる気配がない。ちょっと困って母さんのほうに助けを求めると、呆れましたというようなポーズをされてしまった。いや、今の事態は、俺が悪いわけではないと思うのだがなあ。

「いやはや、この歳にして女殺しとは、恐れ入るわ」

「我が弟ながら、末恐ろしいわね」

ようやくヘルミーネさんが泣き止んで、しぶしぶと言った感じで離してもらった俺に、なんだか非難がましいジト目を向ける母さんとリーゼ姉さん。

決してヘルミーネさんに使った俺の手管が優れていたとか、そんなのじゃないぞ。たまたま産まれた子に優れた魔力が付いていることがわかって、彼女が嬉しさに暴走しただけだ。うん、たまたまだ。

だけど、俺にとって残念なことに、それはたまたまではなかったらしい。

「おお、今度は水属性のＡクラスだ！」

「またＡクラス！　今度は火属性だ！」

「なんと……木属性もＡクラス……」

「風もか！」

「金の属性まで……」

結局、闇を除く七属性のお相手に、全員母親と同じ属性の、魔力Ａクラスを持つ子が授かってしまったのだ。

「これは素晴らしい、というかありえないね」

「なにがありえないのさ、ジーク兄さん？」

「普通は、子供が母親の属性を引き継ぐ確率は半々くらいなのさ。うちの伯爵家だって火の英雄たる母さんの子であるリーゼ姉さんが水属性だろう？　だけど、ルッツの子はここまで七人、全部母親と同じ属性だ。これはスタッドブックでは『安定性』と呼ぶ評価指標だけど、ルッツの場合それが突出しているんだろうね。子供の属性が固定できるってのは、貴重な特性だよ……また種付料が上がるだろうね」

「まったくだわね」「これは、大変だと思うわ……」

ジーク兄さんの解説にげんなりする俺に、母さんと姉さんが次々追い討ちをかけてくる。

「さあ、あとは闇のお嬢さんだけね」

黒髪黒目の娘を抱いたアヤカさんが、俺に向かって深々と頭を下げ、枢機卿猊下に子供を託す。猊下もさすがにこれまでの絶好調ぶりを見て、緊張を隠せないでいるようだ。

「あのお嬢さんだけは、今までの母親たちと格が違うわ、上位クラスの魔力を持っている」

母さんがつぶやく。そうだ、母さんのようにSSクラスの魔力持ちともなると、他人の魔力を見ておおよその力を測ることができるのだ。

赤ちゃんがゆっくりと、聖なる水に浸される。しばらく何も起こらない……ああ、さすがに全員魔力持ちとはいかなかったか。俺としてはホッとするものがあるのだが、俺を初めての相手に選んでくれたアヤカさんには、何か申しわけない思いがある。

俺が心の中でゴメンナサイと唱えた時、それは起こった。

猊下の白い聖職衣が、一瞬で鮮やかな紫色に変わった。それは、猊下の抱く赤子から、まばゆい紫の光が発せられているが故のこと。その光は、これまで洗礼を受けた七人の子とは明らかにクラスが違うとわかる、はるかに高輝度の明るさだ。

「首席鑑定官殿、こ、これは！」

「うむ、間違いない……この国にはすでにいないとされている、Sクラスの闇属性！　このような光景に立ち会えるとは……」

「す、素晴らしい！」

協会の鑑定員は、聖地を訪れたアニメオタクのように興奮している。まあ、闇属性は希少だって言うからなあ。

当のアヤカさんは、赤ちゃんを静かに猊下から取り戻すと、ゆっくり俺に近づいて……その魅力的な唇を開いた。

「やっぱり、貴方は素晴らしい男性です。きっと力の強い子供を授けてくれると信じていました、本当にありがとうございます。そして……この子の父親である貴方に、もうひとつだけお願いをしてもいいでしょうか？」

「え、ええ。できることでしたら」

「この子に、名前を授けていただけないでしょうか？」

いや、それは……ゲルマン風の名前なら適当に付けられるけれど、アヤカさんの一族ははるか東方から流れてきていて、文化の違う人たちなんだ。彼女らが気に入ってくれる名前なんて……いや、待てよ。

「失礼ですが、ご一緒されてきた族長様のお名前は？」

「族長の名ですか？　カナコと申しますけれど」

やっぱり。この一族は、限りなく日本文化……それも、十九世紀くらいの日本に近いメンタリティをもってる、それならば。

「では、この子に付ける名は、カオリでいかがですか」

俺がそう口にした瞬間。アヤカさんと、四十代半ばであろう族長さんの表情が輝いた。まあ、アヤカさんを「彩香」、カナコ族長を「香奈子」と見立てて、二人に共通する香という字をとって「香織」ってのはどうかなと提案したわけだが、これはうまく彼女たちの好みにハマったらしい。昔の日本では、親しい人や尊敬する人の一字をもらうのが、はやっていたからなあ。

「なんという素敵な名前を……」

そうつぶやいた族長さんが、いきなり俺の前に正座して、三つ指をつき平伏する。アヤカさんもカオリを抱いて、その隣に正座し、俺にまっすぐ視線を向ける。おい、これから何を始めるつもりなんだ。固まる俺の前で、族長さんが口を開く。

「滅びかけていた我が一族に、運命を切り拓く子を与えていただき、感謝いたします。貴方は我々にとって、未来への希望です。一族挙げて、貴方様のお望みに従うでありましょう……何なりとご下命を」

こ、これは……なんだか大変なことになってしまった気がする。

「なんというか、ルッツがこんなすごい子だったなんて、知らなかったわあ」

「ほんとよね、来年のスタッドブック筆頭かもしれないわよ?」

まだ事態が飲み込めていない俺を、母さんと姉さんがからかいまじりに賞賛してくれる。二人の顔に「これから大変なことになるぞ、覚悟はいいか？」と書いてある気がする。

「おまけに『闇の一族』から忠誠を誓われるとか、もうびっくりだよね！」

「そうそう、王室にしかまつろわぬと言われているのに……」

ジーク兄さんまで、とどめをぶっ刺してきた。そう、アヤカさんの一族が、俺の命令することなら何でもやりますとか、恐るべき約束をしてくれたんだ。闇の一族が「何でもやる」っていうのは、やっぱり暗殺とか誘拐とか、そういうアレだよな……実際のところ、彼らは一族に安住の地を与えてくれた王室のために、そんな裏の御用を今でも黙々と務めているのだけど。

彼らははるか昔、東の国から追われてきたという。その特殊な体術と闇魔法を武器に、裏の仕事を請け負って糊口を凌ぎつつ数代を経てこの国までたどり着き、ようやく王の保護を受けることができたけれど……一族が誇りとする「闇の魔力」は、徐々に弱くなってきていたのだとか。おそらくもともと「闇」属性の者がほとんどいなかった西の民との混血が進んだためなのだろう。

そんな中で、一族の中で最も強いAクラスの「闇」魔力を持つアヤカさんが、俺を見つけたのだという。どういう仕組みなんだかはわからないが、本能的な何かで「この人なら闇の力を高め、次代に受け継がせてくれる」というのがわかったのだそうだ。かくして闇の一族が動員され、俺の「洗礼」がいつになるかを探り、闇属性のお相手がいなくなるよう工作し……しれっとアヤカさんが立候補したということなんだとか。だけど魔力Sが生まれることまでは予想していなかったそうで、族長さんの感動はひとしおお大きく……なぜか忠誠の誓いを捧げられる羽目になってしまったんだよなあ。

そうそう、彼女たちの極めて昔の日本っぽい文化では、子供の名付け親を一族以外に頼むということは、服属意思を表明するということみたいで……それを受けてホイホイ名付けなんぞやってしまった俺が、うかつだったということらしい。

族長さんは、カオリと名付けた子が五歳になったらその座をアヤカさんに譲ると宣言した。そしてカオリはその後継者……いつの間にか、俺って未来の族長の父ってことになっちゃってるんだなあ、なんだか気が重い。

「まあ、私が引退するまでまだ五年もある。それまでにあと二人くらいは……」

族長さんの不気味なつぶやきは、聞かなかったことにしよう。

そしてさっきまで大騒ぎしていた魔法血統協会の鑑定員は、あわててどこかにダッシュしていった。行き先は多分……。

「はあ〜っ。もう今頃、この結果が陛下に御注進されているんでしょうね。きっと近々、王宮に出頭を命じられるでしょう、覚悟しておきなさいね？」

母さんの言葉は正しかった。俺たちが伯爵家に帰ると、そこにはもう王宮からの使者が待ち構えていたのだ。ただ、お召しの日は「近々」ではなく「即刻出頭せよ！」であったのだが。

取るものもとりあえず、俺は母さんに引っ張られて王宮に直行した。もう晩餐の時間にもな

ろうというのに、俺たちが着いた途端女王陛下に謁見がかなったのには驚いたが、それはこれからくだされる命令が、ろくでもないものだと言うことを示しているとしか思えないなあ。

玉座に身を沈め、羽扇で顔を隠した女王陛下の表情は、読めない。俺と母さんが礼を施したあとも、しばらくはお言葉も発せず、なにか考えておられるようだった。なぜか後方には、第二王女ベアトリクス殿下が立っている。まあ王太女候補ナンバーワンだって評判だし、勉強のためということなのかな。

「わが友、炎の英雄ヒルデガルドよ」

「はっ！」

「……先日のパーティーのことといい、そなたの息子は、なかなかの暴れん坊のようだな」

「面目次第もございません」

母さんが深々と頭を垂れ、謝罪の意を示す。だけど俺には、母さんが何に謝っているのか、よくわからないぞ。だって俺は命令どおりにあてがわれた女性と子作りをしただけで、法に背くことも、陛下の命に逆らうことも、やってないけどな？

そんな事を考えてぼうっとしていたら、頭を母さんに鷲掴みにされて、無理やり頭を下げさせられた。う～ん、納得いかないぞ。

「種付けの結果は聞いた」

「はっ、誠に申しわけなく」

いやいや、みんな絶賛してただろ？　俺がなにか努力して成し遂げたわけじゃないから微妙だけど、悪いことはしてないと思うんだが。

「すでに魔法血統協会より詳細報告が上がっている。建国以来の素晴らしい……いやむしろ恐ろしい繁殖成績だったと言うではないか。全員女子であるにとどまらず母親の属性を完全再現し、魔力はみなAクラス以上……そしてもはや得られぬものとされていたSクラス闇使いを輩出……不世出(ふせいしゅつ)の種馬と讃えられるにふさわしい」

ほら、謝るようなことじゃないじゃないか、陛下だって褒めてくれてる。だけど……陛下はまだ、表情を隠したままで、その声は冷徹そのものだ。

「実に素晴らしい、素晴らし過ぎて……もはや危険だ。卿には今後、自由な種付けを許すわけにはいかないのだよ」

え？　何で？

「恐れながら、陛下」

「こらっ、ルッツ！」

「構わぬ、言ってみよ」

この陛下は、話が通じる方のはず。母さんはあわてているけど、俺はこの際、言いたいことは言ってしまうことにした。

「なんだか俺を悪人のようにおっしゃいますけど、皆さんの命令どおりに子作りをしただけの俺に、なんの罪があるんです？」

「ないな」

あっさり躱（かわ）されて、拍子抜けする俺だ。だが、羽扇を捨てて立ち上がった陛下の顔は、怖いくらい真剣だった。

「そう、卿にはなんの落ち度も、罪もない。だが、その力は強過ぎる。野放しにしておくわけには、いかないのだよ」

「そんな、大げさな……」

「では、聡明なるルートヴィヒ卿に問う。今日、洗礼の結果を知った各家の反応は、如何（いかが）であったか？　まさに狂喜、何でもお主に捧げんというような反応ではなかったか？」

　うっ、否定できない。ヘルミーネさんには絞め殺されるかと思うくらいぎゅうぎゅう抱きしめられたし、当主様にも頭を地につけんばかりに何度もお礼を言われた。他の家からも大げさな感謝の言葉とともに、ある者は息子を従者に差し出すとか、またある者は寄り子の……まあ派閥みたいなもんらしいが……主家をウチの伯爵家に変えるとか、果ては屋敷をくれるとか領地を差し出すとか、家が傾きかねない謝礼を次々と申し出てきたのだ。もちろんそれはうちの当主たる母さんが、みんな丁重にお断りした。ただ一家、アヤカさんたち「闇の一族」の忠誠だけを除いて。

「さて、遅かれ早かれ今日の結果は、国中に知れ渡る。そうなれば貴族たちはどう動くであろうな？　カネに物をいわせ種付けをねだるくらいなら害はないが……そなたを我が物とし、自分の寄り子のみに選ばれた尊い種を分け与えると宣言する者がいればどうなる？　その派閥はあっという間に巨大化し、その権勢は王家を凌ぐものになるだろう」

うぐっ。それを否定できない俺は、それ以上の言葉を飲み込む。

「では、ルッツを罰すると仰せになるの？　ねえエリザーベト！」

きっと顔を上げた母さんが、礼節をかなぐり捨てて叫ぶ。そういや母さんと女王様は、さきの戦で背中を預け合った親友だと聞いてたけど……まさか母さんまで、無礼討ちとかなんないよな。

「いや、そこまでは……まず話を……」

「お願いエリザ、命だけは助けて！　一生蟄居でも、修道院でもいいから！」

いや、母さん。蟄居や修道院はいやだよ、俺は。そう思いつつ陛下にもう一度目を向ければ、母さんのあらぬ暴走に、やや呆れ戸惑っているようだ。

「ああヒルダ、落ち着け、とにかく話を聞いてくれ。処刑も幽閉も出家も考えてないから」

「じゃあ、ちょん切るの?!」

おい母さん、何を切るんだよ。ああ、ナニを切るのか……そんなオヤジギャグを飛ばしている場合じゃない、俺は宦官になるつもりはないぜ。

「わかった、脅したのは悪かった、許せヒルダ。確かにルッツの才能は危険だが、国を大きく強くし、守るためにも資する力だ。そう簡単にぶった切ったりはせぬ」

陛下まで切るの切らないのと……俺は思わず股間を押さえてしまう。

「ルッツには、この才能を活かしてもらう……だが、叛意を抱く者に利用されるのを防ごうと思ったら、自由に種付けを許すわけには行かぬ。それはルッツにとっても危険だろう」

　どうやら「息子の息子」が切り取られないことを納得して落ち着いたらしい母さんは、こくこくとうなずいている。

「不本意かもしれぬが、ルッツの種付けは、王室の決裁案件とする。王室の者が許した相手とのみ、つがうものとさせてもらう」

「ルッツが安全なら、それでいいわ」

　母さんが二つ返事で承諾する。この世界では俺の意見など屁のようなものだ、家長たる母さんがオッケーした瞬間、俺は王家の飼い犬……いや、飼い種馬になることに決定したのだ。

「ありがとうヒルダ、ルッツの立場と安全は、王家が責任を持って守ろう……だがそうするためには、ルッツの種付けを王家が管理するための、大義名分が必要になるな」

「大義……名分、ですか？」

「そう。今のままだと君の種付けを裁可する権限は、家長たるヒルダにある。伯爵家には、よこしまなことを考える奴らが、あれやこれやの策略を使って、わんさか押し寄せるだろう。そういうのをさばく才能がまったくないヒルダに代わって王家が取り仕切るためには、それが当然と皆が認める外形が必要だ、わかるな？」

「外形というと……もしかして？」

　ああ、これはめちゃくちゃやばい流れだ。俺を管理する権限を王家が持つことに、誰も異存を唱えないようにする一番楽な手段は、俺を王族にしてしまうこと。そしてそれを一番手っ取り早くやる方法は……。

「ああ、鈍いヒルダはわけわかんないって顔をしているが、賢いルッツ君は気付いたようだな。そう、この問題を解決するには、ルッツ君を王家のお婿さんにするのが、一番早い。そうなると相手はこの、ベアトリクスしかいない。そういうわけだからあなたたち、結婚しなさい」

「ふえっ……」

間抜けな声を漏らしてしまった俺と違って、二つ年上だというベアトリクス殿下は、落ち着いていた。陶器人形のように恐ろしいほど整った顔の表情すら変えず、静かに口を開いた。

「それが、国のため、お母様のために、なるのでしたら」

ええっ、承諾しちゃうの？

「ちょっと、王女殿下、そんな簡単に……ご自身の、結婚なのですよ！」

中身オジサンの俺は、思わず身分を忘れてこの無鉄砲なお姫様に諫言(かんげん)などしてしまう。だってさ、俺たち、さっき初めて会ったばかりなんだぜ？　百歩譲って一夜のお相手ならともかく、いきなり結婚ってのは、ないだろ？

「そんなに不思議でしょうか？　王族の結婚など、式で初めて顔を合わせることだって、珍しくはございませんでしょう？」

王女様が小首をかしげれば、母たる女王様とおんなじ色濃い金髪が、はらりと揺れる。クールに輝く緑の瞳は、女王様の命令になんの疑問も抱いていないみたいだ。

よく考えてみれば、そんなものなのかもしれない。王家ともなれば、結婚はすべからく政略によるものだ。まして王太女候補筆頭の彼女とくっつける相手となれば、隣の国の王子様とか、

そんなのばっかりになるだろうからなあ。結婚式まで顔を合わせないとか、マジでありそうだよな。

「だけど……俺みたいなのでいいんですか？　伯爵家の四男ですよ？」

「お母様が良いとおっしゃっているのなら、良いのではないでしょうか」

ずいぶん無邪気な答えが返ってきて、俺は拍子抜けだ。

「そう、卿の身分などどうでもよいのだ。別にベアトリクスが、卿に降嫁するわけではないからな」

「ってことは、ルッツが姫殿下のお婿さん……王族になっちゃうってこと？？」

女王陛下の言葉に、今さらことの重大さに気付いて、わたわたとあわて始める母さん。気付くのが遅いんだよ。

「そうだ。うむ、この際だから、私の後継も決めてしまおう。ベアトリクス、お前を王太女に指名するから、よろしく頼むぞ」

「しかたありません……ですが、なるべく退位するのは先に延ばしてくださいね」

まるで「ちょっと買い物に行ってくるから留守番頼むわ」と言うような気楽な調子で、ものすごく重たいことを告げる女王陛下は大物だと思う。だが顔色も変えずに「いってらっしゃい、早く帰ってね」くらいのノリであっさりと引き受けてしまうこの娘も、たいがい大物だ。

「ねえエリザ、エリザ……そうすると、ルッツは……」

「うん、未来の王配ってことになるな。まあ、頑張れということだ」

おい、嘘だろ……。

俺たちに迷う時間を与えないためだろうか。女王陛下がさっさと書記官を呼んで婚約の契約書を作成させると、もうそこには枢機卿猊下が証人として待っている……最初から仕組まれていたかのように準備万端だ。その御前で俺たち二人が書類にサインをする……ベアトリクス王女はさらっと自然に、俺はこちこちに緊張しながら。だけどもうこれで、俺と王女の婚約は逃げようもない事実になってしまった。

王宮が作った契約書は、やたらと事細かなところまで規定してある。まず俺とベアトの結婚式をするのは、来年の夏と記されている。何で来年かと言えば、この世界には干支じゃないけど年にも八属性があって、今年が「闇」年だからなのだ。庶民ならともかく貴族は闇年に慶事を行わないのが決まりだからな。そして婚姻するまでの間、求められたら彼女のパートナーとして公式の場に同行することも決められている。そのくらいならまあ普通なんだけれど、婚約中も週に一回必ず二人きりで会うこと、しかし婚前交渉は子供がデキないようにいたしなさい、なんてことはわざわざ契約書に書くことじゃないだろ。

さらに、もし婚約破棄した際の罰則事項も明記してある……王女が俺を捨てた時には、俺に対し多額の慰謝料と領地を与えるとあるのに、俺が婚約を破棄した場合の規定はない。俺の側から婚約を破ることはない、いや絶対に破らせないぞということなのだろう。

驚くことに、結婚後に複数の配偶者をもっても良いという条項もある。俺と結婚した後三年間子供ができなかったら、王女は二人目の配偶者を迎えるか種馬を選んでつがう権利を得る。

俺はと言えば、王女以外の女性に種付けする時には、王女自身の許可を得ないといけない……これって、何気に高いハードルなんじゃないだろうか。だが、なぜか俺には三人を上限に、王女の他に妻を持つ権利が与えられている。次期女王と結婚する男が、堂々と側室?を持っていいというのだから、おおらかなものだ。

「世界で最も優れた種馬を囲おうというのだ、王室としても多少の優遇をせねばな」

「これだけ強い殿方なのです。私一人で、満足させて差し上げられるとは思えませんので」

側室条項を読んで首をかしげる俺に、女王陛下と王女がそんなことを言ってくるのだ。王女のコメントが微妙な方向にズレているように思えるのは、気のせいか……それとも王女の目には、俺が猿並みに見えているのか。まあ確かに「洗礼」の一週間は、猿だった自覚があるのだが。

そんなこんなで、契約が成立する頃には日もとっぷり暮れてしまっていた。さすがの母さんも疲れた風情でつぶやく。

「はぁ……今日は、いろんなことがあり過ぎて……早く帰って、寝ましょう」

「うん? 今晩は泊っていけばよいではないか、ヒルダ。もうそのつもりで、晩餐も用意してある。ヒルダの好きな、貴腐ワインもあるぞ?」

「……ごちそうになるわ」

こんなんで釣られるのが俺の母さんんだ。俺も、早く寝たいんだけどなあ……。

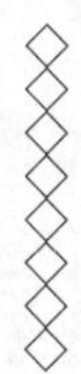

晩餐のあと、母さんは「女同士の話」とやらをするために、ワインボトル数本とともに女王陛下の私室に呼ばれて行ってしまった。

ベアトリクス王女は平然として晩餐を楽しみ、母さんとも話が弾んでいたようだったが、今は侍女に連れられ湯浴み(ゆあ)をしに行っていて、今日は早く休むらしい。まあ、王女殿下も疲れたのだろうな……いきなり初対面の男を連れて来られて「こいつと結婚しろ」だもんな。表面的には平然としていたけれど、心の中には嵐が吹き荒れていたのではないだろうか。

「ルートヴィヒ様、この後はいかがいたしましょうか。場所を変えてお茶など召し上がられることが多うございますが……」

一人ぽつねんと取り残された俺に、老侍従が控えめに声を掛ける。

「今日は疲れたんで、早く寝たい気分です。客室に案内いただけますか？」

「いえ、それはまだ準備ができておりませんで……」

王宮に客室の用意がない？　ちょっと変だなとは思ったが、俺よりはるかに年上……元世界の俺くらいの齢である人を困らせるのは本意ではない。結局俺は侍従さんに誘われるましゃれたラウンジでお茶をごちそうになって、しばらく話し相手になってもらった。

「今回の婚約話、侍従さんの立場から見て、どう思われます？」

「そうでございますね、ポズナン王国の王子殿下あたりが年も近く、王配候補として迎えられるのかと考えておりましたので、私も意外に思いましたが……聞けばルートヴィヒ様は前代未聞の『洗礼』成績を挙げられました由。王国を安寧たらしめるためには、王族は優れた人物を出し続けねばなりません。それを考えれば、よい選択なのではないかと存じますが」

「そう言われるとなるほど、とも思うのですが……未だに俺の子がみんな優秀ってところが、信じられないというか」

「ルートヴィヒ様は、十分良血でいらっしゃる。名高き炎の英雄閣下を母に持ち、父上を同じくする兄上様も、種付料金貨百枚の超有望株というではありませんか。今回の『洗礼』も、偶然ではありません。大丈夫です、きっとベアト様との間に、特別な女子を儲けられるでしょう」

侍従さんは、王女様をベアトと愛称で呼んだ。きっと生まれた時からずっと、家族のように見守ってきたのだろうな。

「そのベアト……様は、今回のことをどう考えておられるのでしょうね？」

「どうでしょうね……私もベアト様がお産まれになってよりずっとお仕えしておりますが、ご自分の感情を外に出されないお方ですので」

「感情を……」

「ご自分の権力が大きいことを、子供の頃からご理解されておられたのです。ベアト様が使用人に怒れば、彼はクビになる。相手が貴族であれば、家の存続にも関わる……それゆえ、常に理性を優先し、己の好き嫌いは抑え込んで生きて来られた、そんな方なのです。ですがベアト様とて一人の少女であられる、激しい感情が、ないはずはないのです」

　そうか。生まれながらに権力の頂点にいる一族ってのも、大変なんだろうな。そんな力を持って生まれたら、勘違いしておごり高ぶるのがお約束かと思ったが……ベアトリクス王女は、そうではないらしい。感情の乏しそうな会話から彼女をちょっと誤解していたけど、彼女は心の優しい女性なんだ。

「ですから、ルートヴィヒ様には、ベアト様の素直な気持ちを、聞いてあげられる男性になっていただきたいのです。王族にはいろいろな方向から重圧がかかって参ります……ベアト様はいずれ王位を継がれる御身、そのストレスは想像もつかないほど大きい。それをずっと自身の内にため込んでおられては、いずれ心を病んでしまわれるでしょう。ですから……」

「わかりました。一足飛びに婚約者になってしまいましたけど、まず友人として心を開いていただけるように頑張ります。でもどうやったら、あの方が愚痴を吐き出せるほどの信頼を勝ち取ることができるのでしょうね？」

「大丈夫でしょう。私のような老体に言われても信じられぬでしょうが……ルートヴィヒ様は、見た目と違って、心はずっと年上のように感じられるのです。大人として、ベアト様を包み込んで差し上げられるでしょう」

　うっ、この老侍従、あなどれない。ちょっと茶飲み話をしただけで、俺の精神年齢が見た目と違うことをあっさり見抜いてきたのだから。

　もう少しこの人と突っ込んだ話がしたい、そう思って俺が身を乗り出した時、若手の侍従が音もなく入ってきて、老侍従に何かささやいた。

「寝室のご用意ができたということでございます。お名残り惜しいですが今晩はここまでと致しましょう。今後、いくらでも機会はありますゆえ」

そうだな、残念だが今日はもう寝よう。怒涛(どとう)のイベント攻勢は、さすがにこの若い身体にも、キツいものがあったよ。

若い侍従にいざなわれた離宮は、華美な装飾を排した落ち着いたしつらいで、俺の好みに合う。キンキラの調度品は王家の権勢を示すためには必要なのかもしれないが、生活スペースにそんなものがゴロゴロしていたら、元世界で庶民だった俺は、落ち着いて眠れなくなっちゃうからなあ。

「お休みは、こちらでございます」

落ち着いたデザインの大扉が開けられると、その向こうはオイルランプの暖かでほのかな光が控えめに調度を照らすだけの、落ち着けそうな空間だ。

深く一礼する侍従に会釈(えしゃく)して部屋の中に入った時、何だかふわりと甘い匂いがした。何か覚えのあるこの感覚は……そういえば元世界で高校生の頃、彼女の部屋に初めて入った時の感じに似ている。

そんなことを考えていた俺の耳に、背後で大扉に錠が下ろされる重々しい音が飛び込んできた。え、嘘だろ？　王宮って、来客を閉じ込めるような真似をするのか？

「ちょ、ちょっと待って！」

叫べど、扉の向こうは無言だ。おいおい、どうすりゃいいんだよ……その時ふと、背後で衣擦れの音がする。振り向いた俺は、そこにいた人の姿を見て仰天した。

夜着姿のベアトリクス王女が、そこにいたのだから。

「え、ベアトリクス殿下！　ど、どうしてここに？」

「どうしてと言われても……ここは、私の寝室です」

その瞬間、俺はハメられたことを悟った。契約書まで交わしたというのに、王宮はまだ俺がこの婚約を放棄して、逃げ出すのではないかと疑っているのだ。

「この仕掛けは……既成事実をつくるため、ということでいいのですか、殿下？」

「ええ、ルートヴィヒ様が推察したとおり、これは私と貴方の『既成事実』をアピールするためのもの。本当に『既成事実』が成立したかどうかはどうでも良いのです。若い男女が一晩、寝室で一緒に過ごしたという事実さえあれば、王女の私は立派な傷物。これで結婚がならねば、国中の笑いものとなりますので……フロイデンシュタット家はその責任を取りなさい、ということなのです」

「殿下。貴女はそんな意図を承知したうえで、その企みに乗ったのですか？」

「はい。私には国のため、強き王族を儲ける義務があります。ルートヴィヒ様という有望な種馬を、逃がすわけにはいかないですから」

あくまで冷静に、恥じらうでもなく戸惑いを浮かべるでもなく、まるで政務を処理しているかのように淡々と語る王女様に、俺は気圧されていた。侍従さんの言っていた「己の感情を抑えて……」というくだりが、一気に理解できてしまう。

「しかし、結婚は女性にとって人生最大のイベントです、それをこんな簡単に決めるなど」

俺が言い募ると、王女は少しだけ口角を上げた。それは喜びの感情はこもっていない、公式行事で民衆に向ける微笑と同じものだ。

「いずれにしろ、私の結婚は陛下……母上が国益を最大限に考えて決めるもの。自身で相手を選ぶことなど、できないのです。それを考えれば、婚約直前でも貴方を自分の目で見ることができた私は僥倖(ぎょうこう)でした。少なくとも清潔で、誠実そうな男性だということは理解できましたので」

そうだよな。他国からの婿なんかだったら、初めて顔を合わせて生理的に合わなくたって、その時にはもう断れないところに進んでいるわけだし……そう考えると、このお姫様が可哀そうに思えてくる。

「そんな顔をされなくて結構です。私は王族としての責務と権限に誇りを持っていますから。陛下が選んだ配偶者とつがって後継者を産むことも、その一部なのです」

「はっ、おかしな反応を致しまして申しわけございませんでした、殿下」

俺は素直に頭を下げる。変な同情を寄せることは、彼女が持っている王族としての誇りを、傷付けることになるだろうから。俺にできることは、彼女を困らせず、居心地のよい場所をつくってあげることくらいだろう。幸いなことに、清潔感だけは認めてもらえたようだから……ジーク兄さんの勧めで、王宮に上がる直前に湯浴みをしてきて本当に良かった。

「謝罪は受け取りました。時に、貴方は私の婚約者……やがて配偶者になる人です。公式の場以外では、敬語はやめて素で話してくださいませんか？　そして、殿下ではなくベアトリクス、いえ、ベアトと」

「はぁ……べ、ベアト……様」

「様は余計です」

「……ベアト」

「結構ですわ」

「なあ、ベア……ト。俺だけ素で話して、ベアトは敬語のままって、おかしくないか？」

「……そういえば、そうですわね」

そんな指摘をされたことが、彼女には新鮮だったらしい。しばらく鳩が豆鉄砲を喰らったような顔をしていたけれど、やがてその頬が自然に緩み、薄ピンク色の唇から健康的な白い歯がのぞいた。感情のない陶器人形のようだった彼女が、初めて年頃の少女に見えた瞬間だった。

「ありがとう、ルートヴィヒ様。私も貴方の前では、よそ行きの言葉をやめる。あの……ルッツと呼んでも、いいか？」

「もちろん、うれしいよ」

俺はベアトの手をとって、自分の両手で包み込んだ。彼女は少し頬を染めて、しばらく俺の体温を感じているようだった。

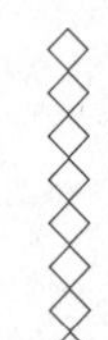

ベアトの寝室には、当然ながらベッドが一つだけ。さすがに仕組まれた初夜は勘弁して欲しい俺は、上衣を脱いで傍らのソファに身を沈める。

「あの……来ないのか？」

翡翠のような深碧の瞳に見つめられてそんなことをささやかれたら、いきなり決意が鈍ってしまいそうだ。たまらず視線を下に落とすと、新婚モードの薄い夜着の胸に、可愛らしい二つの突起が。これはヤバいとさらに下をみれば、やたらと白い内腿の奥がちょっと覗いたりしてもっと絶景で……いかんいかん。俺は自分の脳内で暴れまわる猿と戦いつつ、辛うじて答える。

「ベアトは、魅力的だと思っている。だけど、するのは今日じゃないと思うんだ。きちんと、心が通い合ったところで、したいというか……」

珍しいことにベアトから、くすっというように控えめな笑い声が漏れた。

「ルッツは、意外にロマンチストなのだな」

「意外は余計だよ。身体に触れるなら、心にも触れたいって言うか……」

そう、なんか元世界の昭和っぽい価値観ってか道徳観ってか、そういうものがまだ捨て切れないんだよ。

「ふうん……そんなルッツが種馬デビューで最高評価って、面白い」

「できれば種馬なんか、やりたくないんだよ。だけど貴族の義務だって言われて」

「まあ私も、王族の義務に縛られてるし、お互い様か」

気が付けばベアトの口調も、齢に似合った感じにこなれてきた。少しは仲良く……なれたのかな。そんな想いが漏れてしまっていたのだろうか、ベアトが突然言った。

「もっと仲良くなるために、一緒に寝よう」

「だからそういうことは、もっと時間をかけて……」

「ルッツは真面目、そういうところは嫌いじゃない。うん、ルッツがそう言うなら今晩は『子作り』しない。しないけど……ただ隣で寝てくれるだけでいい、それでもダメか？」

「ダメじゃないけど、そんなにベアトにくっついて寝たら、俺の理性がダメになっちゃうと言うか……」

「わけわかんない。なら……これは王女命令。ルートヴィヒ卿、私の隣に来なさい」

うっ、小さな鼻をつんと上向かせてそんなことを可愛く命ずるのは、反則だろう……逆らえるわけがない。へこへこと彼女の隣に滑り込めば、夜具から若い娘特有の、甘い香りがする。さっき格好いいことを言った俺の理性が、早くも猿どもに無条件降伏してしまいそうだ。いかん、これは何か気をそらすしかない。

「じゃあ、眠くなるまで、おしゃべりでもしようか。俺はベアトのことを上っ面しか知らないからな、君が子供の頃のこととか……」

なかなかいい考えだと思ってそんなことを提案したけど、彼女からの返事はない。これは、対応を間違ったのか？ さっきもやたら押してきたし「こっちがこんなにお膳立てしてんだから手を出せよヘタレ！」って奴なのか？

そんな心配を抱いてベアトのほうを見やれば、白い顔からは血色が失われてますます白く、その唇は細かく震えている。な、何だこの反応は？

「ベアト、もしかして……もしかしてだけど、すごく、無理してるか？」

「……」

「俺が、怖いか？」

やっぱり、答えはない。俺はゆっくりとベアトのほうを向いて、その細い肩に、そっと人差し指で触れてみた、その瞬間。

「ひゃん！」

想像と全然違う初心な反応に驚きつつも、なるほどとも思う俺だ。この箱入り王女には男兄弟もおらず、婚約者候補たちは外国……普段接する親しい男といえば老侍従くらいであったのだから、基本的に男への免疫など、さっぱりないのだろう。わけ知り顔してベッドに誘ってはみたけれど、内心は怖くてしかたないのだろうな。

「はあ〜っ。そんなんで、よく俺を誘惑する気になったもんだよな」

「これは……王族の崇高な義務だからっ」

いきなりガバっとこっちに向かって寝返りを打ったかと思うと、今までにない力のこもった声が返ってきた。感情の乗っていなかった白い頬に、今は恥じらいと怒りからか、ぼうっと紅くなっている。こんなからかい方をされたことも、今までなかったんだろうなあ。ま、人形モードよりこっちのほうが可愛らしくて、俺は好きだな。

「大丈夫だ、あれくらい大げさな契約書まで交わした婚約だぜ、いきなり身体で縛らなくても、逃げたりはしないよ。びっくりはしたけど……ベアトみたいな美少女のパートナーになれるなんて、幸せなんだと思うよ」

「でも、私を愛しては、いない」

「まあ……今日初めて話した女の子に、すぐ愛してるとかなんとか言えるほど、器用じゃないからね。こういうのは、時間をかけてじっくり育んでいくものじゃないのかな」

彼女がこんな答えを求めているわけじゃないってのはわかるんだけど、嘘をついちゃいけない。まあ少なくとも、愛する努力はするつもりだ。俺のメンタリティは昭和だからな。

「ルッツはとても正直。こういう時は嘘でも愛してると言うものだ。社交や外交には向いてない……王配としては、考えてしまう」

「そう思うなら、まだ遅くない。『既成事実』ができちゃう前に、もうちょっと貴族っぽい男を探したほうがいいんじゃないか？」

冗談めかしているけど、かなり本気で言ったつもりだ。俺に貴族や王族っぽい腹芸を求めるのは無理だろ。元世界ではよく言って企業戦士、まあ一般には社畜……だったのだから。

「うん、そう思う。思うけど……」

ベアトは、両手でおずおずと俺の右手を包む。ひんやりとした感覚が、心地よい……彼女は俺の体温を確かめるように、ゆっくりとさすってくる。

「こうしてるのは、悪くない」

そんなことを口にしながら、キュッと口角を上げたベアト。いきなりデレた婚約者のお姫様に、不覚ながら胸を射抜かれてしまった俺は、かなりチョロい奴なんだろうなあ。

冷たかった手が、だんだん俺の体温に馴染んで温まってくると、それに連れてなぜかベアトが可愛く思えてくる。もちろんもともとベアトは非の打ちようもない美少女ではあるけど、血の通っていない冷たい美しさが、俺はこれまでイマイチ好きになれなかった。

だけど、今はどうだ……白皙（はくせき）の頬は紅でも差したかのように桜色を帯び、柔らかく閉じられたまぶたには、長いまつ毛が揺れる。ピンク色の唇はほんの少しだけ開いて、まるで俺を誘っているかのようで……そして、漂ってくる甘い香り。これは、辛抱たまらん。

本能に負けた俺が、空いた左手をベアトに伸ばそうとしたその時、右手をがっちりホールドしていた彼女の両手から、すっと力が抜けた。見れば、半開きになった唇からは、すうすうと心地よさ気な寝息が漏れている。

おいこら、せっかくいい雰囲気になったと思ったのに、ここで寝るか？

腹立つくらい安らかな顔をして眠るお姫様を横にして、脳内で猿が暴れているのを感じながら、俺は眠れぬ夜を過ごしたのだった。

第4章　神の種

「どう、すませた？」

翌朝、顔を合わせた母さんの第一声がこれだ。

「まだ。そのへんは、ゆっくりと進めるから。でも、嫌われてはいないみたいだ」

「まあ、王宮内ではもうこれで『既成事実』だからね。あきらめなさい、未来の王配殿下」

苦笑いするしかない俺だ。王配候補だの王太女の婚約者だの、一夜にして押し付けられたそんなポジションには、当分馴染めそうもない。

朝方になってようやく寝付けた俺だが、朝食二人分を載せたワゴンとともに押しかけてきたメイドに叩き起こされた。メイドはなにやらシーツをチェックしてがっかりした顔などしていたが、知ったことか……もう少し寝かせてほしかったよ。

ベアトは何事もなかったように黙々と朝食をとり、政務が待つ自分の書斎に向かっていった。王族としてそれなりの書類仕事が振られ、王立学校にも通わねばならない彼女は、登校前に執務をしなければならないのだ。役立たず婚約者である俺はへらっとそれを見送るだけだったけど……去り際に一瞬だけ見せた彼女の恥ずかしげな笑みに、思わず胸が高鳴ったんだ。

「そんな顔しちゃって……これは完全に、捕まっちゃったかな。エリザの思惑どおりになっちゃったというわけか……まあベアトリクス殿下は、綺麗だからね～」

どうやら母さんも、俺とベアトが寝室に閉じ込められたことを知っているらしい。だったら助けてくれたっていいじゃないか。少し恨めしさを込めた視線を向ければ、母さんは余裕たっぷりに微笑んだ。

「ごめんね～、でも、仲良くなれたんでしょう？」

「……うん」

「じゃあ、良かったじゃない、終わり良ければすべて良しよ。あの様子だと、ベアトリクス様も満更(まんざら)ではなかったようだしね。頑張りなさい」

何を頑張るというんだよ、そう思いながら、俺も少し頬が緩んでいるのを感じる。俺にとっても、昨晩のそれは、心地よいものだったから。

「あ、だけど今日はこの後、ルッツにはある意味地獄が待っているかもしれないわね。まあこれも試練だと思って、耐えなさい」

ん？　母さんの言葉が意味不明だ。地獄っていったい……母さんはニヤニヤ微笑むだけで、答えを教えてはくれないのだった。

必死で逃げる俺に、容赦ない雷撃が突き刺さる。全身の毛が逆立ち、呼吸ができなくなる。いや、この電圧だ、心臓も一瞬止まってしまっているんじゃないだろうか。

逃げることをあきらめて立ち向かう俺の腹に、惚れ惚れするくらい綺麗なフォームのキックがクリティカルヒットする。朝食った物を逆流させながらもなんとか起き上がったところに、今度は左ストレートが。躱す間もなく撃ち抜かれ、今度こそ地面に倒れ込む。だけど、伸びたままだとまた雷撃が飛んでくるから、やられるのを承知で立ち上がるしかないのだ。

無慈悲な連続攻撃は、もはやいじめか虐待の領域だ。だけどこの場面の奇妙なところは、いじめっ子のほうが、ぼろぼろ泣き続けていることだ。俺を殴り蹴り、罵声を浴びせ、しまいに殺人級の魔法をぶち当てながら、この大魔神の目からは、止めどなく涙があふれているんだ。

「どうして……どうして、ルッツなのよっ！」

絶叫したストロベリーブロンドの髪が炎のように広がり、グレーの瞳が苛烈な光を帯びる……たった今俺を虐待しているのは、まごうかたなき幼馴染の、グレーテルだった。

なんでここまで彼女が激昂しているのかなんて、わからない。だけど、大事な幼馴染は、不器用に何かを訴えようとしてるんだ。

この身体にはどうやら魔法攻撃への耐性がある程度備わっているらしい。この世界の設定なのか転生チートなんだかは、わからないけど。おかげでSクラス魔力といわれるグレーテルの雷撃に、何とか死なずにこらえることができている。

だけど彼女が本当に得意としているのは肉体を自在に駆使した物理攻撃だ。素の能力に加えて光属性の身体強化魔法が乗っかっているから、これぱっかりは俺の実力程度じゃ防ぐことすらできない。ひたすらぶちのめされ、倒れては起き上がり、また地面に沈む。

そんな暴虐を尽くしながらも、グレーテルの両目からは涙が流れ続けている。俺が何かを言っても、彼女の心が鎮まることはないだろう。俺にできることは……気力の続く限り何度でも立ち上がって、あいつの激情を受け止めることだけだ。

十何回目かのダウンから立ち直ろうとした俺の膝から、不意にカクンと力が抜ける。倒れまいと抗っても、踏ん張りが利かない。俺の身体は今度こそ、完全に地に沈んだ。

追い討ちの雷撃が来るかもという考えが頭に浮かんだが、もう身動きが取れない。もう、これだけ頑張ったんだから、勘弁してもらおう。一発雷撃を食らって起き上がらなかったら、グレーテルも許してくれるだろう……さすがに、俺を殺したいわけではないようだから。

しかしいつまでたっても、雷撃の衝撃が襲う気配がない。さすがに怪訝に感じ始めた俺だけど、不意に覆いかぶさってきた柔らかい身体に、自由を奪われる。

「うっ、うっ……どうして……」

幼馴染の涙声とともに、折れているであろう骨や、めちゃめちゃに打ち据えられた筋肉から、すうっと痛みが引いていく。グレーテルの、光属性の治癒魔法なのだろう……なんだか気持ちいい。これだけ手ひどく痛めつけておきながら、優しく癒やしてくれるって、マッチポンプってのはまさにこのことだ。だけどたった今、触れた彼女の体温はとても心地良くて……そして俺の意識はやがて、闇に沈んだ。

結局俺はそれから三日後の今日も、まだ学校に行けないでいる。グレーテルの卓抜した光魔

法で外傷は癒えたものの、失われた体力が回復するには、まあそのくらいの時間が必要だったってことだ……明日はなんとかなるだろう。リーゼ姉さんが魔法を掛けてくれなかったら、もっと時間がかかったはずだけど。姉さんの操る水属性の治癒魔法は、即効性はないが失われた体力の回復をぐっと助けてくれるのだ。

「まあ、この程度で済んでよかったね」

ジーク兄さんに言わせたら、そういうことらしい。ヤバいレベルの重傷を負った弟をまったく心配してなさそうな風情に俺が抗議の視線を向ければ、兄さんは落ち着き払ってこう言うんだ。

「ああ、ちっとも心配していなかったよ。だってグレーテルが、最愛のルッツを再起不能にするわけないじゃないか。彼女の雷撃も拳も、愛情表現なんだよ……不器用極まりないけどね」

「それなら、言葉で表現してくれればいいのに……」

「それができないのが彼女なのさ。言葉で好きと言えない分、物理的な表現がより過激になるというわけなんだろうね」

う～む、これはうかつだったか。気に入られていることはわかっていたけれど、それはあくまで気のおけない遊び仲間としてであって、婚姻相手とか、子作りのパートナーとしては、意識されてなかったと思っていたんだがなあ。

だけどもし、グレーテルが俺をお婿さん候補として望んでくれてたとしたら、ちょっとあの日の成り行きは、残酷だったかもしれない。王室に婚姻で縛り付けられたのは不可抗力だったのだけど、彼女へどう伝えるかに、気を配るべきだったか。

そう、あの日寝不足で伯爵家に帰った俺は、二度寝して午前の講義をサボり、ちょうど昼休みの頃ゆっくりと学校に着いた。完璧王女のベアトはアサイチから政務も講義もビシッとこなしているのだろうけど、俺に勤勉さを求められてもな。

だけど俺が登校した時分には「ベアトリクス王女殿下ご婚約！」のニュースが校舎いっぱいに駆け巡っていて、もちろんそれは「誰と」の情報とセットだった。早速ディーターとクラウスに両腕を固められていつもの芝生に連行され、根掘り葉掘り事情を聞かれているところに、夜叉（やしゃ）のような顔をしたグレーテルが押しかけてきたというわけで……後は訓練場に拉致されて、あの一方的虐待に続くわけだ。

　王女との婚約にあれだけ怒ったのだから、やっぱりグレーテルは俺にある程度「気持ち」を抱いていてくれたのだろうな。そこにいきなり王女への婿入り決定を、赤の他人から聞かされたら……彼女の性格なら間違いなくキレる。あの過激な虐待は勘弁して欲しいけれど、雷撃を撃ち出しながらも涙をぼろぼろ流していた彼女の姿を思い浮かべると、胸が痛む。せめて俺から真っ先に直接、事情を説明すべきだったろうか……ああ、結局キレられる末路は変わらないか。

「だけど王室と婚姻の契約を結んでしまった以上、ルッツがハノーファー侯爵家へ婿入りするのは不可能になったよね、残念だけど」

　家のことを考えたら王家との婚約は喜ぶべきところなのだろうけど、ジーク兄さんの声も、憂鬱そうなトーンだ。まあ、幼い頃からグレーテルと三人で遊んできたんだ、彼女と俺がくっつくのが、兄さんの描く平和な未来図だったのだろうな。ルッツの記憶を失った俺にはそこまでの思い入れはないけど、初めて見た彼女の涙には、心臓を鷲掴みにされたみたいな衝撃を受けてしまった……もしかして俺も、彼女を「女として」好きになってしまったのだろうか。

「そうだね……」

なんとなく会話が途切れ、兄さんとの間に沈黙が流れ始めた頃、寝室のドアをノックする音に、俺は顔を上げた。

「お客様が見えられておりますが、お通ししてよろしいでしょうか。ハノーファー侯爵令嬢マルグレーテ様です」

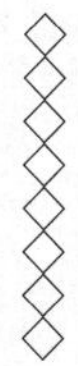

グレーテルの名前を聞くやいなや、ジーク兄さんはそそくさと部屋を出ていった。「二人だけで話したいことがたくさんあるだろうから」って言っていたけど、どう見ても巻き添え回避のために逃げ出したとしか思えない。

やがて入ってきたグレーテルは、いつもの有無を言わさない感じの快活さがすっかり影を潜め、なんだか弱々しく感じる。ベッドに身を起こした俺の姿に一瞬ほっとしたように表情を緩めたかと思ったら、次の瞬間には頬を染めて目を伏せたりするんだ。

「いらっしゃい、グレーテル」

「うん。あの……大丈夫、みたいだね」

「ああ。ひどい怪我は君がその場で治してくれたし、ここ数日は姉さんが水の治癒魔法をかけてくれてるから……明日は学校に行けるんじゃないかな」

「……なんか、ごめん。私、ルッツが婚約したって聞いて、事情なんか聞かずに勝手に怒って暴走して……バカだった」

どうしたんだ、こいつは。俺に向かってバカだ死ねだとののしりまくる姿は嫌になるほど見てきたけれど、こんな自省的なグレーテルは初めて見た。

「事情……聞いたんだ？」

「うん、ヒルダ様から」

そうか、母さんか。まあグレーテルは「英雄ヒルデガルド」に憧れているからな、母さんの言うことだから、素直に受け入れたんだろう。俺は口を閉じ、彼女の言葉を受け止めることにした。

「ルッツの『洗礼』成績のこと、聞いたわ。まだ公開されていないみたいだけど、みんなに知られたら『神の種』って言われるランクだってことは、私にもわかる。あまりにも身近で気付かなかったけど、ルッツはすごい人だったんだね」

まあ、すごいらしいな。だがそのすごさは、俺の努力によるものではないから、微妙な気分なんだよな。昭和生まれの俺は、天から授かった価値より、努力して勝ち取ったものを、尊いと感じてしまう気質なんだ。

「そんな人を、王室が囲い込みたくなるのは、よくわかるわ。てか、そうしないとルッツの身が危ないよね」

やっぱり俺の立場は、そんなにやばいのか。まあ、おかしな能力があるにせよ、俺の戦闘能力は女性のそれと比べればカスみたいなもんだ。そんな状態で「種」だけには希少価値があるってわかったら、拉致られて搾られ放題なんて未来図も、容易に目に浮かぶ。

「だから、ベアトリクス王女殿下との結婚が国にとってもルッツにとっても最良よ、フロイデンシュタット家にとっても、王配を出すことは末代までの名誉。だから、おめでとう」

なんか、拍子抜けだ。俺の知っているグレーテルは、こんなに物わかりがいい奴じゃなかったはず。きっとこの後、何かがある。

「私ね……ずっとルッツと一緒にいられるんだと思ってた。こんなに小さかった頃から遊ぶ時もお茶する時も、いつも隣にルッツがいて……それが当たり前になってた。特別頑張らなくたって、ルッツは私に寄り添ってくれる、根拠もなく、そう思い込んでたんだ。私が母さんを説得できさえすれば、きっと優しいルッツはハノーファー侯爵家のお婿さんに来てくれるって」

おいグレーテル、今とても怖いことを言ってるんじゃないか？　俺が「ない」と決めつけていた未来を、君はずっと胸の中で温めつづけていたというのか？

「だけどもう、それは無理になっちゃった。いくら侯爵家に迎えると言ったって、王女殿下の配偶者とは比較の対象にもならない。そして、ベアトリクス様はぶっきらぼうだけど、すごくまっすぐで、いい方なの……尊敬している彼女と張り合うなんて、私にはできない」

そうだよな、ベアトは二つ上……グレーテルは高位貴族令嬢の中でも齢が近いし、その武勇と魔法はすでに名高い。親交を結んでいたとしても不思議じゃないか。好きだった男がある日突然、敬愛する「お姉様」の婚約者だと突然発表されるとか、ドラマのシナリオとしては面白い……その「男」が俺じゃなかったらだけどな。

「だから、ルッツは未来の王配として、恥ずかしくないように勉強しなきゃね。ベアトお姉様とともに民の暮らしを守り、国を栄えさせる責任があるんだから。まあ、外敵討伐は、私とリーゼお姉様でなんとかするわ」

これが、この世界の面白いところだ。王配の役目は、女王の内政や儀礼を補佐することであって、一旦戦が起これば あとは強き女性たちにお任せなんだよな。まあ、補給や兵站くらいはやるんだろうけど。そんなどうでもいいことを頭に浮かべる俺にはお構いなしに、グレーテルの独白は続いていく。

「そしてルッツには、一番大事な役割がある。それは、ベルゼンブリュックを統べる王家の者としてふさわしい魔力を持った王女を、ベアトお姉様との間に儲けること」

まあ、そうだろうな。俺を護るためとかなんとか理由付けはされたけど、結局は王家から優れた子を出すため、勘繰れば叛意ある貴族家からそういう子を出させないために、俺の種付け相手に制約を掛けたかったんだろう。そして気が付けば、グレーテルは王女を「ベアトお姉様」と呼んでいる、まあ数少ない親友みたいだし、普段はそう言ってるんだろうな。

「建国した頃の王家は、図抜けた魔法使い集団だった。だけど長い統治の間に王家の力は衰えたわ。今や王族が持つ魔力はAクラスかBクラスが普通、Sクラスは女王陛下と、ベアトお姉様だけ……お寒い状況よ」

Sクラスであればグレーテルをはじめ、高位貴族の中にも幾人か存在する。そして国内唯一のSSクラスも王族ではなく、「英雄」と言われる母さんだ。母さんは女王陛下大好きだからまだ良いが、魔法がすべてに優越するこの世界で、王家の力が貴族たちに劣後するのは、極めてマズい状況であることは、ようやくここの世界規律を雑把に理解している程度の俺でも、よくわかる。

「ルッツには、果たさないといけない重い責務がある。ベルゼンブリュックを支える高位貴族の跡継ぎとして、私だってそれをよく理解しているわ。わかってる、わかってるんだけど……私は自分の夢を、あきらめることができないの」

おい、お前の夢って……まさか俺を婿にするとかいう、ちっちゃい未来図のことか？　だけど王女と結婚する俺に、それは無理なんじゃないか？　それとも、王家に反旗を翻して、婚約者を奪い取るとかいう物騒なことを言わないよな……こいつの性格ならやりかねないから怖いんだ。ちょっとビクビクして彼女の目を見返せば、そこからは透明な雫がとめどなくあふれている。俺のビビりに気付いたのか、グレーテルはその涙も拭わないまま、口角を上げて笑顔をつくった。

いったいこいつは、これからどんな怖いことを言い出すのだろう？

「ふふっ、いくら私でも、男欲しさに王家を転覆させようとか思わないよ。民を苦しめないことが、私たち高位貴族に与えられた使命だからね……でも、お相手がベアトお姉様じゃなかったら、ちょっとは考えたかも」

ほら見ろ、やっぱりおっかないことを言うじゃないか。次にはどんな爆弾発言が出てくるのかと身構える俺の前で、グレーテルは白い騎士服の袖でぐいっと涙をぬぐった。ハンカチくらい使えよと思わんでもないが、彼女のこういう仕草に思わず目を奪われてしまうのも、また事実なんだよな。

そして彼女は、自らの薄い胸に左手をのせて、なにやら深呼吸などしている。間違いなく、これからまた決定的な何かを、口に出そうとしているのだろう。思わず緊張に背筋を伸ばす俺だが、いつになってもその攻撃は来ない。彼女はスーハーとダース◯イダーみたいに怪しげな息を吐きつつ、その視線をあっちこっちに向けて、肝心の俺を見もしない。

「グレーテル？」

さすがに不審に思った俺が一声かけると、彼女はびくっと身体を震わせ、恐れのような感情を浮かべた目でこっちを見た。こういう時にどんな対応をするのが正解かなんてわからないから、目をそらさずに、ただ笑顔だけを向けてみる。グレーテルの揺れる瞳が次第に落ち着いて……その視線が定まってくる。

五分くらいの時間が流れただろうか。ようやく意を決したらしい彼女が、その紅い唇を動かした。

「ル、ルッツっ！」

「うん」

「お願いがあるの。ベアトリクス様とともに貴方に寄り添う女性が、三名だけ許されていると聞いたわ。その一枠を私、次期ハノーファー侯マルグレーテに与えて欲しい」

予想外の言葉に、俺は呼吸を忘れた。これって、逆プロポーズ的な、アレか？ いやこの世界での力関係だったら、これが普通の姿なのか。

「私はルッツに寄り添う伴侶の一人として、貴方を必ず守ると誓う。疲れた心を優しく癒やしたり、見えない悪意を排除するようなことは苦手だと思うけど、誰よりも優れた剣となり盾となって、役に立ってみせるわ。もちろん魔法も剣技も、他の誰にも負けないように一層磨き、鍛えるつもり。だからお願い、私をルッツのつ、つっ……妻の一人にしてくださいっ！」

言葉を紡ぐ間はずっと青い顔でこめかみに汗を浮かべていた彼女が、一気にしゃべり終えた途端、今度は茹でダコのように真紅に染まる。なんだか信号機みたい……とかいう不謹慎な感想が頭に浮かんだけど、今は真剣に応えるべき時だ。

どうしよう……とか、迷う余地はないか。グレーテルは苛烈で粗暴だけど、俺を一途に想ってくれている。想いの半分以上は俺が乗っ取ってしまった昨年までのルッツ君の人格に向けられたものなんだろうけれど、今はもう俺とルッツ君は一体で、どこからどこまでが本当の俺かなんてわからなくなってしまっている。そして俺はたぶん、この不器用な愛情表現しかできない元気娘に、なぜだかかなり惹かれてる。答えは、決まってるよな。

「こんな俺で良かったら、喜んで。一生、守って欲しい」

なんだか元世界の感覚とは男女逆の言い回しになっちゃうけど、実力差を考えたらしかたがない。「英雄の再来」様に、謹んで守っていただくとしよう。

「ルッツっ、うれしいよ！　大好きっ！」

グレーテルが感極まった声を上げ、俺をがしっと抱き締める。ひたすらに俺を求める可愛い幼馴染の姿に至福を感じて……いられたのはほんの短い時間だった。喜びに手加減を忘れた彼女の抱擁（ほうよう）は、まるでプロレスラーのベアハッグみたいに俺の肺を締め上げて……情けないことに、俺はまた気を失ってしまった。

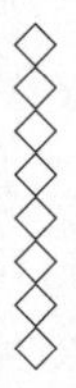

翌日、俺と母さん、グレーテルとその母親たる現ハノーファー侯爵の四人で、王宮にあがった。目的はもちろん、グレーテルを側室？として認めてもらうためだ。

「はぁ……ベアトの婚約者として公表するより先に、もう側室が欲しいとは。ヒルダ、お前の息子は、なかなかの大物だな」

「はっ、大変申しわけなく。我が息子に強引にでも婚姻を迫るよう、マルグレーテ嬢に勧めたのはこの私です、お咎（とが）めあるならぜひ私に」

パンツスタイルの騎士服で膝を折ったまま、深々と頭を垂れるのは母さんだ。陛下は若干呆

れているようだけど、その声に怒りのトーンはない。

「まあ『英雄の再来』との婚姻ならば、反対する理由もない。もともとベアトとグレーテルは親友であるしな……ルッツ君を共有する仲ともなれば、王室のために粉骨砕身してくれると期待して良いのだろう？」

「はいっ！　不肖マルグレーテ、陛下と殿下、そしてルッツに対し仇（あだ）なす者を、全力を挙げて排除いたす所存」

決然と、グレーテルが宣言する。ストロベリーブロンドをお下げに編み、母さんと揃いの騎士服でびしっとキメた姿は、ほれぼれするくらい凛々しい。

「ですが、ベアトリクス様には、たいへん申しわけなき仕儀（しぎ）にて……」

「そうだな。本件については、ベアトの意見を聞かねばなるまい。のうベアト、ハノーファー家の申し出、どう思うか？」

人形のように美しい少女が、桜色の唇をゆっくりと開いた。

「よろしいのではないかと存じますわ。王国の双璧であろう『英雄』と『再来』の両者が、ルッツ様を通して王室……私と深く結びつくのです。ベルゼンブリュックの安寧に資すること極めて大きいでしょう。そして、ルッツ様が彼女との婚姻を強く望むなら、私がそれを否と言うことはありません」

「ベアト。ここは公式の謁見ではない、文官どもは下がらせておるゆえ、本音で話すのだ」

陛下が命ずると、あたかも陶器人形のようだったベアトの頬に、すっと朱が差した。そして彼女はやおら立ち上がると、ぶっきらぼうに口調を変えた。

「母様の言うとおり。婚約披露もしないうちに側室とは驚く」

「ごめんなさい、ベアトお姉様。だけど……」

「いい。ルッツは真面目だから、まっすぐ想いを向けられたら断れないはず。だけどあっちこっちに真面目過ぎて、放って置くと側室が百人とかに増えそうで怖い」

いや、いくらなんでも、百人はないだろ。そこまで豪華なハーレムを築くつもりはないぞ……たぶんだけど。おたおたする俺に目もくれず、ベアトはひざまずいたままのグレーテルの前に立つ。

「グレーテル」

「はいっ、殿下」

「殿下だと？」

「……失礼しました。ベアトお姉様」

「うん。グレーテル、お前は泥棒猫。私が婚約を結んだ男を、数日のうちに誘惑し、籠絡した」

碧の視線が冷たくそして鋭く、グレーテルを射貫く。幼馴染は一層深く頭を垂れる。

「おっしゃるとおりです。あきらめられませんでした。如何なる叱責もお受けします、どうかルッツと添うお許しを賜りたく」

まるで罪人のように慈悲を乞う彼女の姿に、俺が立ち上がろうとした瞬間。

「いいんだ、グレーテル。本当は私が泥棒猫」

「え?」「へぇっ?」

思わず同時に疑問の声を上げてしまったグレーテルと俺に構わず、ベアトは言葉を継ぐ。

「想う人がいることは、話してくれたよね。必死でフェイクをかまして相手がバレないようにしていたつもりだろうけど、グレーテルの嘘は底が浅い。ちょっと調べればわかる、お相手がルッツだってことが。それを知っていて婚約を結んだのだから、私のほうが泥棒猫だろう」

「しかし、婚約は陛下の勅命、お断りになれなかったのでは?」

「母様は私が否と言えば、無理強いはしない。それをわかっていて、なお私は母様の命を拒まなかった。それは私自身が、ルッツと特別な関係になりたいと、願ってしまったから」

意外な言葉を口にしたベアトは、白皙の頰をいまや桜色に染めている。これって……俺のことを意識して、こんな可愛い反応してるんだよな。ヤバい、陶器人形みたいな定常状態とのギャップに、ズキュンと胸を撃ち抜かれてしまう。

「だから、グレーテルのことは認める。ルッツの気持ちを、公平にわかち合う」

「ベアトお姉様……」

「ルッツの妻同士、これからも仲良く頼む」

「はいっ! 二人でルッツを守りましょう!」

思いがけない側室容認宣言に高揚したグレーテルが元気よく口にした決意に、ベアトがその秀麗な眉を少し曲げた。

「いや『二人』ではないぞ？」

「ええっ？」「へ？」

また俺たちは、間抜けな声を上げてしまう。

「もう一人の側室は、私と母様で決めた。ルッツには事後承諾になるけど、絶対喜ぶはず」

いつものぶっきらぼうな調子で断言するベアトに、首をかしげるしかない俺。ふと真横を見れば、グレーテルがジト目で俺を睨んでいる。

「いつの間に他の女と……」

「いや、本当に、何も知らないから。本当だから」

まさに濡れ衣とはこのこと。俺はベアトとグレーテルの他に、将来を約束した女性の記憶はない。いや、もしかして……「俺が憑依する以前のルッツ君」が、誰かと未来を共有していたのか？　だとしたら、決定的にヤバい。すがるような視線をベアトに向けると、なぜだか彼女がいたずらっぽく口角を上げた。

「ルッツが何を考えているか、わかる。大丈夫、闇の一族に調べさせても、落馬する前のルッツに女性の影はない」

そんなことまで闇一族の力で調べ上げられちゃうんだ、怖っ。だけどそれなら余計に、心当たりがないけどな。

「いったい、側室って誰なの？」

「見せたほうが早い。連れてきた」

ベアトの声に合わせ、元世界で言えば東洋風の衣装を着けた華奢な女性が部屋の隅からすうっと音もなく近づいて、俺たちと女王陛下の側方で両膝を落とすと、絨毯床だというのにきちんと正座して、三つ指をついた。

「このひとが、そう。きっとルッツも、気にいるはず。面を上げて」

ベアトが命ずると、女性は静かに顔を上げる。濡れたような艶のある黒髪がはらっと流れ、その黒く深い瞳が、俺を見つめる。すっきりしたあごの線と、可愛らしい目鼻立ち。桜色のやや薄い唇……確かに俺は、この女性をよく知っている、そしてこの女性を嫌ってはいない。いや正直に言おう、かなり好きだ。強い意志がこもった視線をこっちに向け続ける、このひとは……。

「アヤカさん、どうして？」

そこにいたのは、「洗礼」のお相手であり、闇一族の次期族長の……アヤカさんだった。

「実は、闇の族長に是非にと頼まれてな。我々もあの者らにいろいろと、人に言えぬことを頼んでおるゆえ、無下にもできぬのだ」

そういえばあの族長「あと一人か二人……」とかつぶやいてたな。ヤバい仕事の報酬として、俺の「種」をねだったってわけか。だけどそのくらいなら一夜の「種付け」を要求すればいいものを、何で俺の側室なんかになるのだろう。闇の仕事がしづらくなるだけだぜ。

「族長が言ったのだ。この娘には堅く想う男あり、できることなら添わせてやりたいと。まさか、王女の婿を望んで来るとは思わず、うっかり『許す』と言ってしまったのが私の不覚であった、すまぬすまぬ」

女王陛下が「てへっ」とでも言いそうなポーズで自分の後頭部をぽんぽんしている。そういうのを「うっかり」ですまさないで欲しいんだがなあ。

「もちろん、ベアトの意向は聞いたぞ。ルッツのつがう相手に関しては、全権を与えておるゆえな。だが我が娘は『良いお話、進めるべき』と即答したのだ。正室が認めているのだ、ありがたくつがえばよいであろう？」

軽っ！　普段は重々しく威厳にあふれた陛下が、今はやたらと軽く見える。まあ、これがこの方の、素なのかもしれないなあ。いや、そんなことより。

「ねえベアト、なぜアヤカさんなら良いの？」

これだけは、聞かないといけない。なんで婚約したばっかりの男に、いきなり側室を勧めるわけ？　昭和の常識では、理解できんわ。

「この人、もうルッツ以外の男は目に入らない。そしてルッツと共にある限り、私や母様の敵にはならない。そんな女性が闇の一族をしっかり握って、自身も一、二を争う闇魔法使い……側室にすることに、メリットしかない」

ベアトの答えは極めて実利的で、ロマンの欠片すら感じられない。だけどどうして、アヤカさんの心がわかっているような発言になるのかな。俺の表情を見て取った彼女が、少しだけ口角を上げる。

「私には、王室の血筋に現れる特殊能力がある」

いや、それってめちゃくちゃ説明不足だろ、わかんねえよ。俺が抗議の声を上げようとした時、陛下がフォローを入れてくれる。

「ベアトは『精霊の目』を持っている。自分あるいは近親者に敵意を持っているか、好意をもっているかが、その者の様子を見ただけでわかるのだよ」

そ、それは。もしや俺がスケベなことを考えたら、わかるということか。

「わかる。だがそれは『精霊の目』など使わなくても、鼻の下が伸びるから」

うっ、ものすごく下らない答えを聞いてしまった。

「私の魔法は木属性、国同士の戦には向かない。だけど母様は私を次期女王に推してくれてる。それはこの目があるから」

まあそうだろうな。外交で決して騙されることがない、王族としては垂涎の能力だ。

だけどベアトは、子供の頃から自分に向けられる悪意を、その能力で露骨に感じて来たんだ。そりゃ、辛かったろうな。彼女が人形みたいになっちゃったのは、剥き出しの敵意から己の精神を守るためだったのだろう。そう思うと俺の中で、この子の心を守ってあげたい気持ちが、むくむくと膨らむ。まあ冷静に考えれば、俺は守ってもらうほうなのか。どっちかと言うと、彼女の心が疲れた時の、とまり木を目指すべきなんだろうけど。

「ルッツは話を聞いていない、不満」

抑揚のないベアトの抗議に、我に返る俺。いかんいかん、今はアヤカさんの話だった。

「この人の気持ちは一途、絶対裏切らないと『精霊の目』が言ってる。だから私は、この人……アヤカの望みを叶えたい。そうすれば、闇の一族はすべてを王室に捧げるはず」

結局最後は、実利なんだな。でも、アヤカさんがそんなに想ってくれてたなんて、うれしいよ。

「私と母様はアヤカを推薦する。だけど婚姻を結び子作りをするのはルッツ。ルッツの気持ちで決めればいい……どうする？」

え、今すぐ答えを出さないとダメなの？

アヤカさんを見れば、ベアトより肌色の濃い頬を染めつつも、ずっと俺から目をそらさずに、何かを訴えてくれている。ここまで気持ちを向けられて、断る選択肢なんかないよな？

だけど、これを受けたら傷つく女の子もいるだろう。そっちに目を向ければ、ストロベリーブロンドの髪が静電気でも帯びたかのように逆立とうとしている。お下げに結ってなかったら、まるでゴルゴーンのようにぶわっと膨らんでいたことだろう。グレーの瞳からは見た者を射抜くかのように鋭い眼光が発せられていて……おいグレーテル、ここで暴発するのは、やめてくれよな。

食いつきそうな目で俺を睨んでいたグレーテルのまぶたがゆっくり閉じられる。胸の中でゆっくり百を数えた頃、それが開かれて……再び現れた瞳には、柔らかな光があった。あきらめたようなため息をついてから笑みを向けてくる彼女に感謝の頷きを返してから、俺はアヤカさんに向き直った。

「アヤカさん。貴女ならもっと大人で、実績のある種馬を捕まえられるでしょう。どうして、俺なんですか」

「……ベルゼンブリュックの皆さんには理解しにくいと思いますが、我々の一族がもともと住まっていた東方の地では、生涯につがう相手はただ一人、そういう人生が幸せなのだとされてきました。私も、そんな幸せを目指したい……この身に触れる殿方は、ルッツ様お一人としたいのです」

まるで大昔の、武家娘のような倫理観。だけど、ルーツが日本人の俺には、アヤカさんの言葉がなんだか心地良く、胸に染み込む。俺は大きく一つ息を吐いて、アヤカさんの前にひざまずいた。

「アヤカさん、そこまで言ってもらえて、うれしいです……後悔、しませんか？」

「決して」

こうして、わずか一週間もたたぬ間に、俺の婚約者は三人になった。

今日はベアトの誕生パーティーが、華やかに行われる。

怒涛のように過ぎた婚約騒ぎからしばらくは、まったりと平和な日々が続いた。もちろん俺とベアトの婚約に驚いている奴は多かったけど、女王陛下と王立校長の連名で「事情を詮索することは厳禁、破る者は不敬罪に問う」とまで布告が出されれば、さすがのクラウスやディーターでも、聞くことを躊躇せざるを得なかったらしい。なんだか申しわけないけど、特に俺の種付け成績については、きつく緘口令がしかれたのだ。

そしてようやく本日、その辺のあれこれが、祝賀パーティーの中で公開されるはずだ。良くも悪くも注目を集めてしまうだろうと思うと、めちゃくちゃ気が重い。ベアトのお婿さんの座を狙う高位貴族の子息は多い……きっと羨望の、それ以上に憎悪の視線が、俺の一身に集まるだろうなあ。本当は俺、王配の座とかに、まったく興味がないんだけど。

王宮のホールは、高位貴族とその子女でにぎわっている。このように華やかな宴に招待されること、それこそがその家の評価そのものなのだ。過去には手違いで招待状が届かなかった伯爵家の当主が、絶望して命を絶った例もあるとかで……はっきり言ってこういうスノッブな雰囲気は嫌いだが、もはや逃げることもできない。

ベアトと一緒に入場するのかと思っていたが「先に入って待て」という陛下の命だ、厄介事が待っていそうだが従う以外の選択肢はない。できるだけ目立たないようにコソコソ入場したつもりだが、俺の姿を認めるや否や何とも言えないざわめきがあちこちから湧き起こり、好奇の視線と、それに倍する数の敵意ある視線が、ぐさぐさ突き刺さってくる。まあ、ある意味予想どおりなんだけどな。

おそらくわざと聞こえるように陰口を叩いているであろうひそひそ声を、聞こえないふりでやりすごす。ここで暴れたり怒鳴ったりしたら、それこそ相手の思う壺というものだ……俺の振る舞いがベアトの名誉まで傷つけてしまう事態は、避けないといけないからな。

だがやはり、ちょっと入場するのが早過ぎたらしい。早速中年の、やたらと装飾品をじゃらじゃら身に着けてスカした雰囲気の親父が、俺に絡んで来る。

「ベアトリクス殿下と婚約したというのは君かい」

「ええ、そうです。フロイデンシュタット家四男、ルートヴィヒと申します」

初対面のお前に「君」呼ばわりされるいわれはねえよと言いたい気持ちをぐっと抑え、できるだけ冷静に、声のトーンを下げて答える。どうせ相手の言いたいことは、だいたいわかっているからな。

「ほう、なかなかの美少年だな、王女殿下が愛でられるのもわからんでもない。だが、伯爵家の四男ごときに王配候補は、荷が重かろう。どうだね、今からでも身に過ぎた名誉を辞退するというのは。やはり王女殿下の配偶者ともなれば、最低でも侯爵級以上の子息、そして殿下を導ける大人の男でなければな」

ふうん、そうするとこいつは、侯爵様か公爵様か……の、婿殿なのか。当主様なら多少は顔を知っているけど、婿の顔までは覚えていない。まさかこの親父自身がベアトを狙っているとも思えないから、後ろでもじもじしている、青白い兄ちゃんが多分息子で……お婿さん候補ってわけか。「大人の男」とか言ってたけど、本当に大人だったら恋のライバルと戦う時に、パパの力なんか借りないものだけどな。

「当家の寄り子に婿を求めている男爵家がちょうどあってな、素直に引いてくれれば、推薦してやらないでもないのだが？」

　はあっ？　寝言はベッドで言えと吐き捨てたいところだが……ここはこらえて、大人の応対をしよう。

「このたびの婚約、おっしゃるとおり我が身には過ぎたる栄誉。しかしながらこれは、陛下と母の間で約されたものにて、是非もないことなのです。私には、当主に逆らうことも、陛下の御意を違えることも、できかねますので」

「むっ、ぐ……陛下の御威光を笠に着るとは生意気な……見ていろ！」

　俺の態度が、かしこまったゆえのものではなく単なる慇懃無礼だとようやく気付いた親父は、ぷんすか湯気を出しながら去っていった。あんまり敵は作りたくないけど……当主様ならともかく、婿親父だったら多少怒らせてもいいよな。

　だけど、周囲の敵意は、ますます強くなった感じがする、困ったなあ。俺も当主たる「炎の英雄」と一緒に来ていればこれほど絡まれることもなかったのだろうけど、母さんは昨日唐突に南方の妖魔討伐を命じられて出張している……なんだか、作為を感じるよなあ。

　一つため息をついて視線を上げると、若い男が一人、まっすぐ俺に向かってつかつかと近づいてくるのに気付く。金髪で二十歳くらいの、結構鍛えていそうな逆三角形の身体を持った男だ。顔は整っているけど、なんだか目つきが怪しい気もするんだよな。

　ターゲットが俺じゃないことを胸の中で何度か祈ったけど、この世界の神様は俺の願いなんか聞いちゃくれなかった。そいつは俺の前で立ち止まると、ずびしと人差し指を向けてきた。

おいおい、いきなり指差すって、この世界でも無礼な行為のはずなんだけどな。

「お前が、ベアト様をたぶらかしたのだ！　けしからん！」

ああ、またおかしな奴が出た……誰か俺を、助けてくれよ。

金髪男は、額にかかる前髪をわざとらしくかき上げて「俺ってカッコいい」とばかりに鼻をうごめかしている。ああ、元世界でもいたなあ、こういう自意識過剰系の勘違い男。

「失礼ながら貴方のお名前を存じ上げないのですが、どなたでいらっしゃいますか？」

うんざりしながらもキレるわけにはいかない、ここは慇懃無礼でいこう。

「むっ！　このシュテンダール伯爵家次男グレゴリウスを知らぬとは！　無礼千万！」

知るかよ。そんな地方貴族の、それも次男とか。ジーク兄さんの勧めで貴族名鑑を読み込み、伯爵以上の当主様の名前くらいは覚えたけど、息子、それも次男とか……知っててもなんの得もないだろ。

「ベアト様は私に『お気持ち』を抱いてくださっていたのだ。お前のような若造が割り込む余地などなかったというのに……卑怯な手管を使って彼女を籠絡したのであろう、断じて許せぬ！」

なんだかこいつの言うこと、あちこちおかしいな。何で俺がベアトをたらしこんだことになってるんだよ。しかも「卑怯な手管」って何なんだ。そもそも「ベアト様」って馴れ馴れし過ぎないか？　王族を愛称呼びとか、普通しないぞ？　まあベアトがそうしろって言うから、俺はそう呼んでるけど。まあこんな奴でも貴族の子息だ、相手してやらないといけないんだろうなあ。

「グレゴリウス卿、王女殿下が貴方に『お気持ち』を抱かれていたと言うことですが……殿下はその『お気持ち』を、一度でも口にされましたか？」

言うわけがない。こんな下心丸出しのナルシシストに、「精霊の目」を持つベアトが、警戒を解くはずもないからな。

「くっ……ベアト様は慎ましいお方、直接的なことはおっしゃらないが、目を見ていればわかる。あの日は恋する少女のそれだ、間違いない！」

「左様ですか。殿下は、私に対しては直接、配偶者に望む旨お言葉をくださいましたが？」

丁寧な言葉使いは変えず、だが唇の片側を少し上げて言い返せば、さすがに嘲り(あざけり)の感情が伝わったのだろう、ナルシー男の顔が真っ赤に染まる。

「おっ、お前！　このグレゴリウスに対しその暴言、そしてベアト様の純潔を弄(もてあそ)んだ罪、断じて許せん！　成敗してやる、決闘だ！」

いや俺、まだベアトに手を出してないし……てかキスもしてないぞ。おっと、そこが問題じゃない、まさか王室主催のパーティーで暴力的な行為に訴えることはなかろうと高を括(くく)っていたけど、バカはどこにでもいるんだな。

投げられた白い手袋が、絨毯の上に落ちる。うわあ、このバカ、本気だよ……これを拾ってしまえば、俺はこのナルシー男と決闘しなければならない。まあ拾わなければいいだけなのだが、そうしたらそうしたで、ベアトの婚約者は腰抜けだとか臆病者だとか、言いたい放題社交界に広めるのだろう。それは、イマイチだな。

まあ、俺だってジーク兄さんと一緒にここ一年、真面目に剣技の鍛錬もしてきたし、グレーテルにも指導という名のイジメを受けてきたんだ。剣でやるなら、無様には負けないだろう。かなり痛い目にあいそうだけど……ベアトの名誉には代えがたいか。

そう覚悟を決めて、一歩を踏み出したその時、華麗な金色のドレスに身を包んだ令嬢が俺の横をすり抜け、優雅に膝を曲げると、手袋を拾い上げた。ストロベリーブロンドの髪をハーフアップに結い上げた令嬢はくるりと振り返ると、呆気にとられる俺に、輝くグレーの瞳を向けた。

「グレーテルっ！」

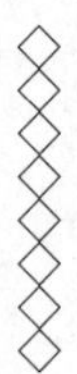

いつものパンツスタイルとすっぴんを見慣れているせいか、ドレスアップを決めて化粧まで施したグレーテルは、とても綺麗に見える。

しかし美しく装ったとて、彼女の戦闘的な性格が変わるわけもない。決闘申込みの手袋を奪い取ったグレーテルの目は、挑発的に輝いている。

「あ、貴女は……ハノーファー侯爵令嬢。どうして貴女が……」

「あら、おわかりにならないかしら？　貴方の決闘申し出を、私が受けて差し上げようというのですのよ？」

金髪ナルシーの表情がこわばり、青く変わった頬に、冷や汗が流れ始める。そりゃそうだ、もともとこの世界で、男女の戦闘能力はおしなべて一桁違う。そこへ持ってきて彼女は「英雄の再来」と呼ばれる近接戦闘の天才だ。ナルシー氏が多少剣技に自信を持っていたとしても、グレーテルにとっては腕にとまった蚊を叩き潰す程度のものだろう。

「いや、私はあくまでそこなる男に対し義憤を燃やしているまでのこと。貴女にはその奴が申し込まれた決闘を代わる権利はないはず、下がられよ」

冷や汗があごを伝って垂れようとしているというのに、ナルシー氏はまだ虚勢を張っている。まあ、言っていることはある程度正しいけどな。

この国では、決闘による殺人は罪に問われないため、名誉を重んじる貴族の間では、たびたびそれが行われる。但し戦闘に弱い人を守る仕組みとして、家族であれば代理で戦えるという決まりがあるのだ。もちろん幼馴染というだけではダメであり、ナルシー氏はそこを指摘しているわけだな。

だがしかし、グレーテルは腰に手を当て、ツンととがった形良い鼻を心持ち上向きにして、誇り高く言い放った。

「私にはその権利がありますわ。だって私は、ルッツの婚約者ですもの！」

「な、なんと？　今、なんとおっしゃられたのか？」

ナルシー氏が赤くなったり青くなったりして混乱している。まあその気分もわからなくはない。王女と婚約した男が、他に婚姻相手を作るとか、普通ありえないよな。

「大事なことなので二回言いますわ。私はここにいる、ルートヴィヒ・フォン・フロイデンシュタットと、婚約を交わしておりますの。ですから愛するこの人に売られた喧嘩を買う、権利があるのですわっ！」

グレーテルに似合わぬお嬢様言葉は、もちろんナルシー氏を挑発しているのだ。久しぶりに遠慮なくいたぶれる獲物を前にして、彼女の目がらんらんと光っている。

ナルシー氏は哀れにもガタガタと歯を鳴らしていたけど、突然何かを思いついたらしく、目を剥いて俺を攻撃してきた。

「な、なんたるふしだらな暴挙！　王女殿下と婚姻の約束を交わしながら、他の女とも婚約を結ぶなど、王室を軽んじることはなはだしいっ！　まさに不敬の極みである、王国貴族として不適格と言わざるを得ぬ、断罪されることを覚悟せよ！」

一方的にがなり立てるナルシー氏に、グレーテルすらポカンと口を開けている。ちょっと考えればなんか事情があるだろうってことぐらい、推察できると思うんだがなあ。だけど、こいつの声はやたらと大きい。徐々に、徐々にだけど周囲の貴族たちが、俺たちに非難の目を向けてくるんだよなあ。まあ、もともとこいつらはみんな、なんかチャンスがあったら俺を落とそうとしている連中だからな。

「まったく、グレゴリウス卿のおっしゃられるとおりですな。王女殿下をバカにした所業と言わざるを得ぬ」

「伯爵家の四男ごときで、妻を複数持とうとするなど、身の程を知らぬことよ」

「すでに他の女と通じているならば、王女殿下との婚姻は当然辞退すべきでは？」

「むしろ不敬罪で、厳しく処断するところではないか！」

あ～もう、うるさいな。ベアトの評判を下げまいと大人の態度を守ってきたつもりだが、ここまで誤解に基づいた誹謗を浴びせまくられたんだから、そろそろ反撃してもいいよな。隣に立つグレーテルも、拳に光の魔力をまとわせて、制裁の準備は万端だし。そこまで考えて、我慢していた毒舌を吐きだそうと大きく息を吸った時、ひときわ大きなコールが、俺を思いとどまらせた。

「ベルゼンブリュックをあまねく照らす太陽エリザーベト女王陛下、そして王国の輝く明星、ベアトリクス王女殿下のご入来です！」

まさか主役の前で、揉めるわけにもいかないな。俺もグレーテルも、かしこまって深く礼を取った。だが、俺のまわりにいる不平貴族どもは、まだざわついている……女王陛下がそれに

気付くのに、さほどの時間はかからなかった。

聡明な陛下は、概ねどんなことが起こったのか、素早く把握されたらしい。というより、こういう状況になるのを、狙っていたんじゃないだろうか。ニヤッと短い笑みを俺に向けると、不平貴族どもに向かってゆっくりと話しかける。

「ふうん？　そなたら、如何したのですか？　今宵は我が娘ベアトリクスの誕生日を祝う、めでたき宴です。そのように剣呑な様子では、楽しめないでしょうに？」

顔を見合わせていた奴らの中から、やっぱりというべきかナルシー氏がその顔を紅潮させて、わめき始める。

「敬愛する女王陛下！　我々の前で、許されざる不敬の行為が行われておりますっ！」

「ほう、不敬。それは大変ですね？」

「そうです！　この卑しき男が、国民すべてが仰ぎ見る一等星であられるベアトリクス王女殿下と婚約しておきながら、ここなる令嬢とも情を通じているというのですぞ！　まさに王家を侮った不敬の……いやもはや、大逆と言うべき行為でしょう！」

「ほう、大逆ですか。それは聞き捨てなりませんね」

「落ち着いている場合ではございませんぞ、このような愚か極まる所業を許しては……」

「そうか、愚かな所業ですか……そうかもしれませんね。もっとも、その愚かなことを行えと命じたのは、このエリザーベト自身でありますけれど」

その瞬間、ホールの温度が二、三度下がったように、俺には感じられた。そして陛下の前で得々とこの婚姻の愚かさを説いていたナルシー氏の顔は、まさに凍りついたように硬直していた。

「なるほど、私は、愚か極まりない命を出した、愚かな女王と罵られているのですね」

「ひっ……わ、私はそのような不敬の言辞を弄したわけでは……」

「確か、卿の口から『愚か極まる』とかいう言葉が、確かに聞こえたように思いますが……」

陛下は薄く微笑み続けているけど、俺の目にその姿は、生贄のカエルを殺す前にさんざんいたぶるヘビみたいに見えた。

「いいえ、あれは言葉の綾にて！　そんなつもりは毛頭！」

「まだ戯言を言うのですか。『言葉の綾』？　卿が女王たる私を愚かだと言った言葉は消せません。卿の母は、来ておらぬのですか……宰相！」

「はっ！」

「シュテンダール伯爵に、農務省次官への昇進は取り消すと伝えてください。仕事に打ち込むのも良いですが、息子の教育にもっと時間を使って欲しいと」

「そ、そんな……陛下ぁ！」

ドレスの裾にすがらんばかりに陛下に哀願するナルシー氏だけど、もう遅いよなあ。てか、普通の専制国家だったら首が飛ぶぜ、昇進見送りくらいですむことを、有難く思えよな。

「陛下、ご慈悲を～！」

「連れていきなさい」

かくしてナルシー氏は、警護の近衛たちに引きずられていった。まあ、強く生きろ。

のっけから余分なトラブルでケチがついたけど、ほぼ予定どおりに女王陛下が、開会を告げる。

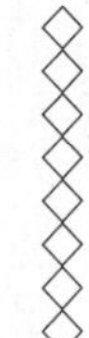

「忙しい中集まってくれた諸卿に感謝しましょう。今宵は、我が次女ベアトリクスの誕生日を祝う宴です。皆も存分に酒食やダンスを楽しんでください」

ほぅっ、というようなため息が、聴衆から漏れる。どうやら女王陛下はいつも、この程度の短い挨拶しかせず、その後はいきなりの無礼講となるらしい。おおらかで良いことだと思うが、今日は貴族たちの期待と違って、陛下のお話がもう少し続くんだ。

「先ほど、かなりみっともない者がいたようです。どうやらベアトリクスの婚約に関し不満を持っていたようですね。ここで皆に説明をしておく必要があるでしょう」

ざわめきかけていた貴族たちが、静まり返る。権力闘争に明け暮れる高位貴族にとっては、最大の関心事なのだろう。

「まず、ここに宣言しましょう。私、女王エリザーベトは、我が後継者を次女ベアトリクスとし、王太女の呼称を与えるものとします」

おおっというような声が、貴族から上がる。ベルゼンブリュック王室は長子相続ではないが、やはり姉君のクラーラ殿下を差し置いてベアトが後継に指名されることには、少なからぬ驚きがあるみたいだ。

「心配ありません、ベアトリクスには王たる器量が備わっております。併せて宣言しましょう、すでに情報がある程度広がっているようですが、このたび私は、ベアトリクスの配偶者として、フロイデンシュタット伯爵が四男、ルートヴィヒを迎えることを決定し、婚約を結びましただ」

今度こそ、明らかに不満の意思がこもったざわめきが広がる。そうだろうな、俺には興味がないけど、ベアトの婿さんといえば、次期王配だ。並みいる公侯爵家が虎視眈々とその座を狙っていたというのに、格下家の、それも無名の四男がヒョイとかっさらっていったのだから。

「諸卿の反応は、わからぬでもありません。だが私はこの考えを変えるつもりはありません。それは、王室の婿となるこの若者が、神の如き力を持っているゆえです」

「陛下！　恐れながら申し上げますわ。そのようなお話、とても信じられませぬ。女子ならともかく、王国の発展に資するような能力が男子に具わるわけもなし、王女の好いた男を迎えるため、我々をたばかろうとなさっているのでは？　嘘ではないとおっしゃるならば、その『神の如き力』とは何か、説明を求めます！」

今度こそ、明確な異論が、貴族たちから発せられる。それも、国王に向けるものとしては、かなり礼を失した言辞で。ああ、あのオバちゃんの顔は知っている。オルテンブルグ侯爵……姉さんの卒業パーティーで突っかかってきたコンスタンツェ嬢の、母親だ。あの時はしかたなく返り討ちにしてしまったが、おそらくそれ以来俺を目の敵にしている……今回の一見奇妙な婚約を奇貨として、またぞろフロイデンシュタット家を、貶めてやろうというのだろう。

「何もそう金切り声を出さずとも大丈夫です。だがその様子では、私がいくら説明しても、納得しそうもないようですね。しかたありません、枢機卿猊下をお呼びするように」

謹厳な表情をつくりながらも、一瞬俺に向かって口角を上げる陛下。ああ、こうやってどんどんコトを大きくするのは、やめて欲しいなあ。

枢機卿猊下の登場は、やけに早かった。どう見ても陛下は、この事態を予想し、準備万端整えていたに違いない。

オルテンブルグのオバちゃんも、さすがに深く礼を施す。世俗の権力に関わらないだけで、権威としては王室より大きいのが教会なのだから。

「こほん。わざわざの呼び出し、いかなる御用で?」

「ここなるルッツの力を皆が疑っておりますゆえ、猊下に説明を願いたいのです」

「おお、この少年は……神に愛されし男じゃな」

「何ですと! こんな子供が、何を為したと言うのです!」

ムキになって叫ぶオルテンブルグのオバちゃんに、枢機卿のお婆ちゃん猊下はいい笑顔をむける。

「それはのう、この少年が『神の種』を持っているからじゃよ」

「神の種だって?」「そんなもの、聞いたこともないわ」「いったいそれは何だ?」

口々に疑問の声を上げる貴族たちを、猊下は静かに右手を上げて制した。

「この子の『洗礼』で生まれた子は全員女子、しかも全員が母親と同じ魔法属性を引き継ぎ、とどめに魔力もみんなAクラスじゃ。このような奇跡の種付け事例が、いったい王国の歴史に、存在したかのう？」

未曾有の種付け成績に、会場がしいんと静まり返った。だがどこにだって空気を読まない奴がいる。この場合、それはオルテンブルグのオバちゃんだった。

「そ、そんな……洗礼の相手などCクラスかDクラスのはず……そ奴らにAクラスの女子を授けるなど……ありえない！」

「なるほど、そなたは神に仕えるこの身を、疑うのだな」

「いや、決して、そういうわけでは……」

「やむを得ぬな。そなたは、オルテンブルグの者であったな。では、お主の一族は、しばらく教会に出入りせずとも良い。何しろ聖職者の代表である我を、信じられぬのだからの」

相変わらず枢機卿お婆ちゃんはいい笑顔だが、オバちゃんの顔は、秒で凍りついた。

「いや、あ、そ、それはもしや……」

「もしやも何もないの、世間ではこれを、破門というのう」

「そんな……私が何をしたというのです！」

いやまあ、十分やらかしてるだろう、そこに気付けないからこうなるのさ。

この世界で教会から破門されるのは、死ねと言われるに等しい。結婚式も葬式も子供の洗礼も人生に必要なありとあらゆるセレモニーは、すべて教会が取り仕切るもの……それが一切できなくなるのだ。そして、領民たちは貴族領主よりも、教会を信じ依存している……破門された領主が民に見捨てられるのは、当然のことだ。

オバちゃんはわあわあ騒いでいたけど、結局近衛につまみ出された。まあ、強く生きろ。

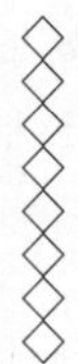

「皆の者、猊下のお言葉を聞きましたか。ここなるルートヴィヒ卿は、『洗礼』で儲けた子がすべて母と魔法属性を同じくする女子、しかも全員魔力Aという壮挙を成し遂げたのです。これを『神の種』と言わずして、何と言いましょう！」

さすがにもう、わけのわからない反論をする貴族はいない。反感が消えるわけもないが、この世界での「種」のもたらす価値は、彼らを黙らせるに十分だったらしい。だが逆に、俺にとってはありがたくない声が、貴族たちの中から上がり始めた。

「そうなりますと、その少年の『種付け権』は……」

「我が娘は将来有望な光属性を持っているのですが、婿殿の種を……」

「ぜひ、当家にも『神の種』をいただきたく！」

ああこれが、バタバタと俺を王室に取り込みたかった理由か。優秀な魔力を持つ子を出すことが家門の興亡に直結するのだから、子供が産める年代の女子がいる家は、こぞって「神の種」を求めるだろう。たとえその女子に、配偶者がいたとしても。

貴族たちの悲壮な訴えを余裕たっぷりに受け止めた女王陛下は、重々しく宣言した。

「そうですね。この男……ルッツが持つ『神の種』の価値は計り知れません。軽々に広げるわけにはいきませんから、ルッツの種付けに関しては配偶者であるベアトリクスが管理し、許可を与えた限られし者に授けるものとします。もちろん、二人が正式に婚姻を結んだ後ですが」

おおっというようなざわめきが広がり、貴族たちの目が、獲物を狙う猛獣のような色に変わる。当然その獲物は俺……というより俺の「種」だ。そして猛獣たちは、俺の種付け権を保有しているベアトに、熱い視線を送り始める。

なるほどなあ、これが陛下の狙いというわけか。「神の種」を思いっきり派手に標榜(ひょうぼう)した上で、それが欲しくばベアトに忠誠を尽くせと。クラーラ殿下を推す貴族も、俺との子を求めるならばベアトに膝を屈するほかない。そして十数年後には、ベアトと親しい貴族家には高い魔力を持った子が次々育って、力関係はより明確になる……次代に争いが起こらないよう、自身が健在のうちに布石を打っておいたということなのだろうな。

だけどそうなると俺、ベアトの命ずるままにあっちこっち種付けに行かないといけなくなるんだな。できたら俺の好みも考慮……してくれないか。ベアトが選ぶ相手は、彼女のために働いてくれる家、そして彼女の敵に回らないであろう家、そういう観点で選ばれるのだろうからな。まあ、よっぽどのお相手でなければ、我慢するしかないのだろう。生理的に許せないレベルになったら……ベアトに平謝りして、許してもらおう、彼女も鬼ではないだろうから。

「まあ、これだけの資質を持つこのルッツを単なる種馬扱いというわけにも行きません。何か旨味を与えねばならないでしょう。彼には断絶していたウォルフスブルグ伯の名跡を継ぐことを認め、ベアトリクスの他に側室を持つことも許可しました。先ほど威勢良く名乗りを上げていたハノーファー侯爵令嬢マルグレーテは、その一人目ということです。何でも幼き頃より将来を誓った者とのことであり、その武勇とSクラスの光魔法は『英雄の再来』と言われているとか。きっとこの男の良き剣となり盾となってくれるでしょう」

陛下の言葉に、なぜか誇らしげな表情でグレーテルがうっすい胸を張る。ああそうか、「英雄の再来」って陛下がおっしゃられたことに感じいっているんだろう、グレーテルは俺の母さん大好きだからな。

それにしたって、俺個人に伯爵の称号なんてのは、今初めて聞いたぞ。そりゃ、男でもすごい大金持ち商人とか伝説級の種馬さんとかに貴族称号を与える時はあるけど、それってせいぜい男爵止まりのはず、伯爵なんて高位貴族になった男なんて、聞いたことがないぞ。う〜む、「これだけ優遇したんだから、種付け励めよ？」ということなんだよな。女王陛下怖い。

女王陛下と枢機卿猊下がにこやかな顔で掛けた圧のおかげで、不満顔だった貴族どもも表面上は静かになり、宴はにぎやかに進んでいる。

「枢機卿猊下、お力をお貸しくださり、ありがとうございます」

「ふふふ、ベアトには幸せになってもらいたいからのう」

　この国の政教トップ同士がワインのグラスを片手に和やかに言葉を交わす姿を眺めるベアトは、陶器人形のような表情を少し緩めて、口元にふわりとした笑みを浮かべている。今日のドレスには白地に銀糸の刺繍が贅沢にちりばめられ、胸元と耳には上等のエメラルドをあしらった装飾品が光る。ベアトはいつも綺麗だと思うが、今日の彼女はまた格別だ。その姿に見惚れる俺を確認した彼女が、不意に年頃の少女らしい弾ける笑顔を向けてきて……その唇が開く。

「見て。今日の私、全身銀と碧。全部ルッツの色……私は君のものだって、アピールしてる」

　そんなデレた台詞を不意討ちでぶつけられたら、また一撃で胸を撃ち抜かれてしまう。元世界でも惚れっぽい体質だった俺だ、こんな美少女にギャップ萌え攻撃を喰らって、心臓が暴れるのを止められない。

「さあ、ファーストダンスはルッツと私。ルッツは私のものだって、みんなに見せつける」

　言葉とともに差し出された白く細い手を取り、かなり緊張しながらしなやかな身体を抱き寄せる。う〜ん、なんだかベアトがめちゃくちゃ可愛く見えてたまらん。もしかして俺、この世界で最高に幸せな男じゃないだろうか……ニヤけ切ったその時。

「二番目のダンスは、私とだからね」

「あ、ああ……」

「今、私の存在を、忘れてたでしょう？　ベアトお姉様をお慕いするのは当然だけど、私を忘れたりしたら……わかっているわよね？」

　背後に響く冷え冷えとしたグレーテルの声で我に返った俺は、前途の容易ならざることを悟るのだった。ああやっぱり、取り返しの付かない人生選択をしてしまった気がするよ。

ベアトの誕生パーティーではいろいろあったけど、女王陛下や枢機卿猊下が俺の価値をこれでもかというくらい強調してくれたおかげで、何とか無事に乗り切れた。その日以降俺の「洗礼」成績について語ることもオープンになり、お相手を務めてくれた女性たちが名乗り出て、生まれた子供がAクラスの魔力持ちだということを公言するようになると、まだ半信半疑だった貴族たちの態度も、完全に肉食獣モードにチェンジ。ベアトの下には俺の種付けを求める書状が山のように届いているのだという。

俺としては、生活の平穏が戻ってきたことだけはうれしいんだが……変に有名になってしまったことについては、かなり不本意だ。それも、俺の努力が一ミリも反映されていないことで評価されてもなあ。

そして、「未来の王配」になってしまったことで、王立学校での待遇も俺にとっては良くない方向に変わった。昭和の男子校みたいな雰囲気をもつ領地経営科でそれなりに楽しい青春を送っていたのに、政治科に転科を命じられてしまったのだ。政治科は本来女性のみを受け入れる学科なのに、「王配たるもの、国政を学ばずにどうする」というごもっともな校長の訓示とともに、強制的に移らされたのだ。

休み時間に同級生とエロ話を交わしながらワイワイ過ごす学校生活は、見事終了となり……

今や俺は、高位貴族の令嬢しか居ない講堂の最前列で、肩を縮めながらつまんない授業を受けさせられている。そうしている間にも背中には肉食獣たちの視線がぐさぐさ突き刺さり、居心地悪いことこのうえないのだ。

せめてここにグレーテルがいれば……と思ってみたりもするが、彼女が在籍する軍事科のカリキュラムに俺がついていけるわけがない。何しろ軍事科には、戦闘系魔法や身体強化系魔法に特化したアマゾネスのような強き女性しか、いないのだから。

こんな境遇に俺を放り込んだベアトはなかなかのものだと思うが、彼女も鬼ではない。彼女に心服する令嬢に言い含め、授業の合間もがっちりと周囲を固めさせ、余計な女が俺に近づかないようにしているのだ。おかげでイジめられずに済んでいるけれど、ジーク兄さんに言わせると違うらしい。

「ベアトリクス殿下は『氷の王女』と言われているけど、実際はかなり熱い方のようだね。ルッツが他の女に目を向けないように必死なんだろう……もはやヤンデレの領域かな」

うーん、ベアトがそこまで俺を気に入っているとは思えないけどな。だってグレーテルのことだってあっさり認めたし、アヤカさんに至っては俺が何も言わないのに側室に薦めてきたじゃないか。

「まあ、その辺の機微がわからないと、王配は務まらないよ？　精進したほうがいいね」

たった二つ年上なのに、ジーク兄さんは俺に比べるとずいぶん大人だ。元世界も加えたら数倍人生経験があるはずの俺も、まったく反論できないんだよな。

そして側室アヤカさんの存在は、公表されていない。「洗礼」で彼女の産んだ子供がSクラス闇属性だったことも、Aクラスと言うことに改ざんされている。まあ、闇一族の次期族長と、おそらく次々期族長になるであろう子供に関する情報だ……彼女たちを便利に使う王室としては、隠したいところだろうな。

その代わり、ベアトはアヤカさんに、週に二回ほど俺と密会することを許している。

まああれだ、ベアトやグレーテルとの結婚まではあと一年待たねばならず、王族や高位貴族に婚前交渉は、表向き御法度。そして学生の身で種馬業務をすることは推奨されていない……ということになれば、思春期真っただ中の猿である俺が今「できる」人は、非公式の側室であるアヤカさんしかいないわけで。アヤカさんも俺とのあれこれは満更ではないようで……下町の質素な宿屋で逢う夜は、必ず日付が変わる頃まで盛り上がるんだ。

そうやって盛り上がった翌日はなかなか大変だ。

単細胞のグレーテルは露骨に不機嫌をぶつけて来るけど、いつものカフェで一番高い甘味をおごれば、目尻をちょっとだけ下げて許してくれる。それに比べるとベアトは少し難儀だ……いつもの陶器人形っぽいその顔からさらに感情が消え、能面とは言わぬまでも若干蝋人形っぽくなる。

「ごめん、ベアト」

「謝る理由はない。男がその妻を抱くのは当然のこと」

「でもベアト、怒ってる」

「怒ってはいない。だが、ルッツの心がアヤカのところに行ってしまうようで、不安だ」

翡翠のような目を少し潤ませてこんなことを口にされたら、愛しくてたまらなくなる。思わずぎゅうっと彼女の頼りない上半身を抱き締めると、ベアトの手がおずおずと俺の背中に回され、抱き締め返してくる。そのまま数分互いの体温を感じ合って、身体を離した時には、人形の顔には血が通い、柔らかい微笑みがそこに浮かんでいるのだ。

「大丈夫だ。私はルッツを信じる」

胸がほんわかと温まる感覚に、俺が言い知れぬ幸せを噛み締めたその時、ベアトが不意に爆弾発言をぶちかましてきた。

「ルッツ、すまない。急ぎ、種付けをお願いしたいのだ」

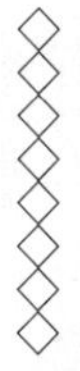

「え？　種付けって、ベアトにかい？」

「ち、違う。私とつがうのは来年正式に婚儀を挙げてから。種付けをお願いしたいのは、別の女性……商家のお嫁さん」

さっきまで想いを通じ合わせていたと思ったのに、早速まったく知らない女に種付けしろってか。俺が誰と子作りしても、ベアトは悲しくないのかな。少しがっかりしてその目を見返せば、翡翠の瞳には涙の膜がかかっている。

「この種付けは、政治案件じゃない。私が小さい頃、お世話になった方への恩返し」

彼女がぽつぽつと説明してくれたところをまとめると、その女性は子爵家の次女、ベアトが五歳から十歳までの間、家庭教師を務めてくれていたのだという。その才を見込まれ新興商家の一人息子と結婚してこの世界では珍しい「嫁」として相手の家に入ったが、夫と一人娘が最近、馬車で移動中に野盗に襲われ亡くなったのだとか。

「彼女は商家の主人としても優秀。だから義父母は娘としてずっと居てくれと言ってくれているらしい。だけど問題は……後継ぎがいないこと、複雑な事情ですぐ娘を儲けないと、いけないそうだ」

「だから……種馬を？」

「そう。私は彼女に大きな恩がある。『精霊の目』能力が覚醒した私の心が壊れなかったのは、彼女のおかげ。種馬が必要なら、王国最高の男性を紹介したい。ルッツしか、いない」

そうか、恩人なのか。だけど、涙目になってまで俺を種付けに出す気持ちが、いまいちわかんないよ。そこまでしなきゃいけないのか？

「これから私は、ルッツに次々と種付け相手をあてがうことになる。それはとても悲しい、悲しいけど……それは国にとって必要なこと、耐える必要がある。初めて紹介する相手が私にとって大事な女性だったら、その悲しさに向き合えると思った」

なんか、この娘の真面目さとひたむきさ、そして意外な不器用さに胸がきゅうっと締め付けられる。俺は、折れそうに細い彼女の身体を、もう一度強く抱き締めた。

「このたびは、ベアトリクス殿下にご無理を申し上げてしまいました。まさか『神の種』とされるウォルフスブルグ伯ルートヴィヒ様をお送りいただけるとは」

　二十代後半の温和そうな表情のお姉さんが、俺を迎えて綺麗なカーテシーを決める。さすが王女の家庭教師を任されていただけのことはあり、その姿勢は美しく、寸分の隙もない。義父母は平民だから貴族風の礼は取らないが、深々と頭を下げて敬意を表している。俺みたいな若造に最高の礼を施されても困るのだが、実のところ彼らは俺自身にではなく、俺のバックにいるであろう見えない王女ベアトに対し頭を下げているのだろう。

　それにしてもウォルフスブルグとかいう家名をわざわざつけて呼ばれるのも、何やらむずむずする。まだ「フロイデンシュタット家四男」のほうが据わりがいい気がするのだが……それは俺のメンタルが昭和の日本人で、こういう階級社会に慣れてないせいなのだろうか。

「婚約者ベアトリクス殿下の命により参りました。奥様のご懐妊が確認できるまで、こちらに通わせていただくようにと」

　できるだけ下品にならないよう事務的に挨拶したつもりだが、結局目的が目的だ、生々しくなってしまうのはしかたない。お姉さんの頬が少し紅くなる……やっぱり舅や姑の前で、こんな話をすべきではなかったのかなあ。

「有難き幸せ。これからしばらく義娘スザンナは、母屋ではなく離れに暮らしますゆえ、伯爵様の思う時にご自由に、先触れなしで訪ねていただいて構いません。諸事ご遠慮なく家人に命じていただいて結構です。我がアルトナー商会一同、こたびのお越しに心より感謝いたしております。ので」

現当主である初老のお姑さんが、もう一度深く頭を下げつつ言う。ようはこの子作りは、義両親を含めた家門の総意なのだと示したのだ。

「伯爵様……とかいうのは、やめてください。自分の努力によらず得たものに敬意を払われても微妙な気分なので……私はまだ未熟者です、ルッツと呼んでくだされば」

「ではありがたく、ルッツ様とお呼び致しましょう。まずは晩餐などご一緒させていただき、ルッツ様のお話などお伺いしたく。当家は新参者ですが食材の仕入れには自信がございます、きっとご満足いただけるのではないかと存じますわ」

お姑さんがそう言うと、スザンナと呼ばれたお姉さんも、誇らしげに背筋をきゅっと格好良く伸ばした。

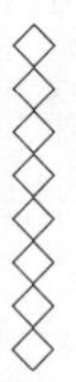

夕食は、確かにものすごく美味しかった。ベアトと一緒に王室の晩餐に付き合う時もあるけど、明らかにそれより旨い。未来の王配が来ると言うので気合を入れた面もあるのだろうが、食材の質も鮮度も、王室のそれに優っている。新興ながら業績を年々伸ばしているという商会の実力を垣間見た気がするなあ。

ご家族を亡くしたばかりの一家なので、しんとした晩餐を覚悟していたが、アルトナー家はさすが商家というべきか、場が沈まないよう適度に気を使って、いいタイミングで話を振ってくれる。俺とベアト、そしてグレーテルの関係はまともな市民には理解できにくいものであったらしく、婚約に至る概略を皿の合間に話すと、かなり面白がられた。そしてベアトと俺の何気ない日常のやりとりを口にすると、スザンナさんの目が驚きで丸くなる。

「ベアト様がもう、そのように心を許されているのですね……」

彼女の知るベアトは、まだ「精霊の目」と上手く折り合えず、近づく者を警戒し心を閉ざすめんどくさい少女であったようで……まあ今でも、親しい何人か以外の者には、一切の感情を見せないからなあ。

そんなこんなで、アルトナー家の人たちとは、仲良くやれそうだ。夫を亡くしたばかりのお嫁さんに種付けするためだけに来る奴なんて、なんだか間男みたいでアウェー感満載だったけど、義両親さんがいい人で助かったよなあ。

そしていよいよ、夜が来た。

オイルランプが一つ灯るだけの寝室で、俺とスザンナさんはベッドに腰かけている。

「それではルッツ様、お願いいたします」

「あの……失礼ですけど、御夫君を亡くされたばかりで、お気持ちは複雑なのでは。それほど急がなくても、心の整理がついてからで……」

「お気遣いいただいて、ありがとうございます。確かにまだ私の心は癒えておりません。ですが、今月、悪くても来月に懐妊せねば、間に合いませんの」

「事情をよく承知していないのですが『間に合わない』とは？」

薄茶の視線を床に落とし、ぽつぽつとスザンナさんが話した事情は、こうだ。

二代前……お姑さんのお婆さんが当主だった頃は、アルトナー商会はまだ地方の雑貨屋にしか過ぎず、家族と使用人一人で切りまわしていた。だが当主が亡くなった後、二人いた娘のいずれが店を継ぐかで、さんざんもめたのだそうだ。

田舎のちっちゃい店と言っても、本人たちにとっては生まれてからずっとそこで暮らしてきた「人生のすべて」なのだ、執着もあったのだろう……争いはエスカレートし、ついに使用人がそれを止めるために大けがを負ったところで、見かねた領主が仲裁に入ったという。そして領主の裁定で契約書が作られ、種々の約束事が決められた。姉が店を継ぐ代わり、妹に謝金として二千金貨を支払うこと。もし将来姉の家で後継ぎが途絶えた時は、妹の家に店を渡すこと、などなど。

経営権を得た姉は思い切って店を王都にも構え、市民への食品や生活用品の販売から、王都と地方都市間の流通卸に業態転換した。最初は廃業寸前まで追い込まれたものの、持って生まれた才覚と、スポンサーにも恵まれて十数年かけて成功し、今や王国で三指に入る豪商となった……これがお姑さんのお母さんになる。

時は流れお姑さんが当主になる頃になって、店を譲った妹一族の子孫から、カネの無心がたびたびされるようになった。彼らの言い分は「うちの先祖がお前らの先祖に店を譲ったから今の繁栄がある、だから我々にはカネをもらう権利がある」というずいぶん図々しくも居丈高なもので、最初は鷹揚に金貨を渡していたお姑さんも、回を重ねるごとにエスカレートする要求についに耐え切れず、彼らに出禁を申し渡したのだとか。まあ、そうなるだろうな。

そうしたところに今回の襲撃で、後継ぎたるスザンナさんの夫とその子が殺された。後継ぎの葬儀で悲しみに暮れる商会にふらっと訪ねてきた妹の末裔が突き付けたのが、はるか昔に結ばれた契約書……そこには「後継者なき時は、妹の家に店を譲り渡せ」と記されているのだ。

「しかし、養子でも何でも取ればいいのでは……何ならスザンナさんに婿を迎えて……」

「法律の専門家にも相談いたしましたが、こういう契約の場合『後継者』は直系……つまり夫の子供に限られるようなのです」

「そ、それは……」

確かに、それじゃあ詰んでいる。俺は思わず、眉間に皺を寄せた。

「しかし専門家は同時に、最後の希望を与えてくれました。夫が死んでから十ケ月以内に妻が産んだ子供は、たとえ真の父親が誰であろうと、法律上は夫の子として認められると」

あ、なるほどな。確かにこの国では「種馬」を使って当主の女性が産んだ子を、公式には当主とその夫の子として扱っている。ＤＮＡ鑑定なんか存在しないこの世界だ、死後の期間で法律上区切ることは、決して間違っていない。

「ですから最悪でも来月までに、私のお腹に子を宿していただきたいのです。そうしないとお義母様の生き甲斐である商会が……どうか、どうか……」

必死でかき口説くスザンナさんの肩を、思わず抱き寄せてしまう俺。震える唇に口づけて、その背中に腕をゆっくり回して、ベッドに横たえる。

ヤバい、惚れっぽい俺、もうほだされちゃってる。スザンナさん、今晩だけはご夫君を、忘れさせてあげたい……俺、頑張るよ。

心地よい疲労を感じながら、ブルネットの髪を何度も撫でる俺。俺の左腕を枕にしていたその髪の持ち主が、ようやく気だるそうに目を開けて、つぶやいた。

「ありがとう……すごく素敵だった。クルトには申しわけないけど、その間は彼のことを忘れてしまったかも」

「そう言ってくれてうれしい、俺も良かったです」

まあ俺も、ここんとこアヤカさん相手にいろいろその道を研究したからな、少しはそういうところも上達したんだろう。スザンナさんが少しでも元気になってくれればいいんだけど。

しかし、何か気になるんだ。さっきはスザンナさんの健気さに思わず理性を吹っ飛ばして猿になってしまった俺だけど、こうして賢者モードになってみると、彼女から聞いたご夫君と娘さんに降りかかった災難の話、なんだかタイミングが良過ぎるような気がする。

だいたい出禁になっていたはずの妹一族が、葬儀のことを素早く嗅ぎつけるのも変じゃないか。もしやこれが最初から仕組まれていたものだとしたら……そう思った俺の指に力が入ったのに気付いたのだろう、スザンナさんが驚いたような目を向ける。

「ああ、すみませんスザンナさん。辛いでしょうけど、さっきの話をもう一度聞かせてもらえませんか？　もう一回、する前に」

彼女の顔が、見る間に真紅に染まる。しまった、最後に一言、余計なことを付け加えてしまったみたいだ。

結局、もう一回したのは、事実なんだけどさ。

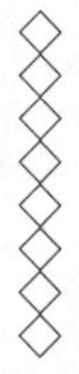

「結論として、ルッツはその妹一族が、スザンナの家族を殺したと疑っているんだな」

「うん、まだ何も証拠はないけど」

今日のベアトは、いつもの陶器人形モードではない。翡翠色した瞳の奥に怒りの炎を燃やし、桜色の下唇は噛み締められて白く変わっている。本当にスザンナさんは特別な人なんだな。

「確かに、アルトナー商会は有数の豪商。乗っ取れるなら多少のリスクをとるだろう」

「だけど、野盗もどきの調査なんか俺じゃあ、できないしなあ」

「そういうことが専門の者たちがいるだろう。特に、ルッツ大好きな女が」

「……アヤカさんか」

確かに「闇の一族」であれば、そういう後ろ暗い裏仕事の情報にも触れることができるだろう。だけど、個人的理由でアヤカさんの一族を危険にさらすのは、どうかと思うんだよな。

「ルッツは気乗りしないか。では私が『闇の一族』に依頼しよう」

「いや、ま、ちょっと待って、俺が頼むから」

王室依頼になったら、もっと大ごとになっちゃうじゃないか。これはまだ、俺の妄想なのに。

俺はあわててベアトを止めた。

翌日の夜はお楽しみ、アヤカさんとの密会デー。いつもの宿屋にいそいそと向かえば、彼女は先に着いていて、お茶の準備などをして待っていてくれた。

アヤカさんの淹れるお茶は、東国では一般的だという緑茶だ。元日本人の俺としては、心が落ち着いて大変結構なのだけれど……この国の菓子とは合わないんだよなあ。そう思っていたら、思いがけないお茶請けが出てきた。

「これは……羊羹？」

「ヨーカンをご存じなのですか？　私たちの来た東国特有の菓子だと思いますが……」

しまった、俺が和菓子なんか知っていたらおかしいのだった。俺が異世界人だって言うことは、奥さんになる人たちにはいずれ話さなきゃいけないだろうけれど、その時は今じゃない。

「いや、あの……ちょっと本で読んでね」

「そうなのですか、ルッツ様は博識でいらっしゃいます」

常に男を立てることを美徳としているアヤカさんはそれ以上追い込んでこなかったけど、明らかに俺の様子をおかしいと思ってる雰囲気が伝わってくる。う〜む、これから言動には気を付けないと。

もの問いたげなアヤカさんと視線を合わせないように努力しつつヨーカンを口に含めば、なんだか懐かしい味がする。この世界に来てからゼリー菓子はさんざん食ったけど、やっぱり小豆と寒天は、間違いないベストマッチングだよな。

「……ルッツ様が時々、私たちと同じ東国の人に見えることがあります。お姿は西国の方そのものですのに」

「そうか？ 遠い先祖が、何か関係しているのかもね」

ほら、やっぱり疑われてる。あんまり長く隠せそうもないなあ……ベアトとアヤカさんには、早めにゲロっちゃわないとマズいかな。俺は話題を逸らす意味もあって、アルトナー商会に関する疑惑を口にしてみた。

「私が思うに、ほぼルッツ様の想像されたとおりではないかと」

「やっぱりそうなのか」

「そういうことをやりそうなグループに、いくつか心当たりがあります。一族の者に探らせましょう」

「ヤバくないか？ あまり危ない橋を渡って欲しくないんだけど」

ちょっと遠慮がちに言う俺に、アヤカさんはとってもいい笑顔を向けた。

「すでにルッツ様は危ない橋のど真ん中に立たれているではありませんか。滅びゆく一族に希望を与えてくれた私の大切な旦那様が危地にあるというのに、手を出さない選択肢はありませんよ」

「え？　危ないのは俺なの？」

「いいですか、ルッツ様。敵は、スザンナ様が子供を産んでは困る……ならば、スザンナ様を殺すか、『種馬』たるルッツ様を亡き者にするか、どちらかに動かないわけはありませんでしょう」

言われてみれば、確かにそうだ。野盗を装って殺人をするような連中だ、商会乗っ取りと言う目的のためには、手段は選ばないだろうな。

そう考えると俺、かなり不用心だったたってことだよな。この宿屋までだって、執事一人を連れてきただけだし……夜道で襲われればひとたまりもなかったと思うと、背筋が寒くなる。俺の表情がこわばったのを見たアヤカさんが、顔をほころばせた。

「大丈夫です。ルッツ様の身辺には、昨日から常に手の者が三名、ついておりますから」

「え？　だってこの話、たった今したばかりで……」

「昨晩、王宮から急使が参りました。ベアトリクス殿下より『ルッツが危ない、一族の全力を挙げて守れ』とのご命令です、事情はその時から存じております。もちろんアルトナー商会も、すでに一族の監視下に置きました」

そうか、ベアトが早速動いてくれたのか……平和ボケした日本人マインドの俺は止めたけど、彼女は俺が首を突っ込んだこの話のヤバさを鋭敏に察知して、闇の一族を動員することにしてくれたんだ。やっぱりベアトの判断は的確だ、これでまた頭が上がらなくなりそうだなあ。

「恩義ある王室からの依頼は、必ず果たさねばなりません、そして……」

惹き込まれそうな黒い瞳をまっすぐ俺に向けながら、左手をお腹に当てるアヤカさん。

「この子を『父のない子』にしないためにも、私たちはその連中を、闇に葬ります」

「そ、それって、もしかして……」

「はい、二人目が、できました」

ほの暗いランプの灯りに照らされた彼女の頬は、紅く染まっていた。

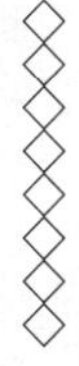

それから十日ほど、俺は一日おきにアルトナー商会に通って、離れでスザンナさんと子作りを頑張った。やけに頻繁な訪問になったのは、アヤカさんがめでたく妊娠して、そちらの「夜」を辞退されてしまったから、そしてベアトとアヤカさんが口をそろえて「できるだけ足しげく通え、何なら毎晩でもいい」と勧めてくれたからだ。妻たちから他の女性への種付けを推奨される気分はなんとも言えないが、そういうものらしい。

そんなある日、王宮のベアトから呼び出しがあって向かうと、いきなり地下牢に連行された。もしかしてスザンナさんと頑張り過ぎたから浮気のお仕置きを……という妄想が一瞬頭に浮かんだが、そんなはずはないわな。一番奥にある拷問室には、三十歳前後のムキムキ暑苦しい筋肉男が椅子に縛り付けられてて、それをベアトとアヤカさんが冷ややかに見下ろしているという光景があった。

「ベアト、この男は？」

「ルッツを待ち伏せしていたので、アヤカの部下が捕まえた。情報を吐かせる」

「俺、全然気付かなかった……」

「そうだろう、ルッツは鈍感、だけど闇の一族は優秀。ルッツがスザンナのところに足繁く通えば必ず狙ってくると思ったが、正解。しかし……囮として役立っているから許すが、一日おきに通ってしかも平均三回とは、ルッツは猿並み」

うぐっ。闇の一族が護衛してくれてるのは知ってたけど、いたした回数までベアトに報告しなくてもいいじゃないか。心なしかアヤカさんの視線も、ヒヤリとした空気をまとっている気がするぞ。

「賊よ。たった今吐けば痛い目に遭わせず、五年ばかり牢で務めればいいようにしてやれる。ルッツを襲うよう命じたのは、誰？」

筋肉男がつばを吐き捨て、それがベアトの足元を濡らす。彼女の翡翠色した瞳に冷ややかな光が浮かび、口角が片方だけ上がる。ああこれは本気で怒ってる、かなり怖いパターンが待っていそうだ。

「しかたあるまい、私はこういうことをあまり好まないが」

そう言うなり、男の上半身にバケツでザバっと水をぶっかけるベアト。何がしたいんだかよくわからないが、まあ見ていよう。そして何か細かい粒を、男に振りかける……あれは芝かなんかの種かな？

「胎教に悪いからアヤカは見なくていい」

「何をおっしゃいます、私たちは王国の暗部を担う者、これも立派な教育になりますわ」

「アヤカは怖い女。では、荒事に向かない木属性でもできる簡単な尋問を、見せようか」

一つ大きく息を吸って、ごくごく短い呪文のようなものを唱えるベアト。何も起こらないじゃないかといぶかる俺の目に、男のシャツの上で緑色の領域が広がる光景が映った。

「うわっ、痛え、てめえ……」

男が悪態をつく理由が、やっと飲み込めた。先ほどばらまいた芝のような草の種が発芽し、まるで芝生が成長するように、身体を包み始めているのだ。その根は、男の皮膚を徐々に食い破りつつある。

「人間の血を養分にすると、ずいぶん丈夫に育つものだ。お前の体液を吸い尽くしたら、庭にでも移植させるかの」

これが、Sクラスと言われるベアトの木属性魔法。草を尋常ならざる速度で生長させ、男の身体をじわじわと侵食していくのだ。ゆっくり、だが着実に、目に見える形で進む肉体の崩壊は、相手を精神的に追い詰めるに十分だ。さっきまでの尊大な態度はどこへやら、真っ青な顔で歯を鳴らしている。

「おい、勘弁してくれよ、なあ……」

「私たちの知りたいことを教えてくれたら、考えなくもない」

「……」

「言わぬか……まあ、頑張るがよい」

「うわぁぁぁっ！」

最後に上がった悲鳴は、芝が上半身を占領し、下半身……股間に根を伸ばしてきたからだ。

ベアトの操る残酷な雑草は、いよいよその根をあらぬところに食い込ませ始めたのだ。

「早く吐かぬと、お主は男でなくなる。まあ、どうせ全身吸いつくされるのだ、余分な機能など、あってもなくても変わらぬか」

陶器人形のような表情に乏しい美貌が、こんな場面ではひたすら冷酷かつ無慈悲に見える。

その口元が、ニヤリと歪んだ時、男は耐え切れず叫んだ。

「わかった、何でも話す！　許してくれえええ！」

「やはり直接の依頼主はあの妹一族だったみたいだけど……黒幕がいたんだ」

「これは、根っこから正さねばならぬ」

男がさっきまでの強情ぶりをかなぐり捨ててペラペラとぶっちゃけた内容は、予想を超えるものだった。妹一家には高位貴族がスポンサーについて、ならず者たちに依頼する資金を出してやっているらしい。もちろんそれは、後日たっぷりと利を乗せて回収するのだろうが。

「ベルゲン伯……辺境の大物だ」

「商家の相続なんかに手を出さないといけないほど、追い込まれているのかな？」

「本来であれば伯の領地は北方貿易の利だけで十分やっていけるはず。金欠になってるとすれば、おかしな婿のせい」

ベアトが教えてくれたところによると、四十過ぎの伯爵家当主は二年前に新しい婿を迎えた。二十代前半の輝くばかりの色気を持った美青年なのだそうで、その溺愛ぶりはつとに有名なのだという。だがこの婿は当主に高価な服や装飾品をねだっては、すぐに飽きて新しいものを欲しがるのだ。堅実を誇った伯爵領の財政も傾き、いまや当主があちこちの豪商の間を金策に走り回っているのが、高位貴族の間で噂になっているのだとか。

「ルッツは私に何もねだらない。婿の節度としては立派だと思うが、少し寂しい」

ベアトは意外な言葉を口にしながら、ぽっと頬を染めていた。

その翌日、俺はベアトたちと共に、王都郊外にいた。捕らえた男が属する野盗団と悪徳貴族が、ずぶずぶに癒着してる証拠を押さえるためだ。闇一族の諜報によれば、ベルゲン伯がこの日、野盗団のアジトを訪れまたぞろ悪事を協議するらしく、そのお迎え対応でアジトの警備が手薄になるらしい。先にアジトを攻略して証拠を押さえ、のこのこ現れた伯爵に突きつけるっ

て展開ができたら、最高だな。

だけど、たかが盗賊の討伐になぜ次期女王が出張ってくるのかまったく意味不明だ。ベアトに尋ねてみれば、そこにはちゃんと深刻な理由があるらしい。

「討伐の人手が足らぬ」

「軍を動員すれば良かったじゃないか」

「誰がベルゲン伯に通じているやもわからぬから、軍の連中は使えぬ」

辺境の有力者である伯爵は軍に知己が多く、大っぴらに兵士を出動させたりしたら、必ず情報が伝わり、彼女が野盗と連携している証拠を、隠滅されてしまうというのだ。だからメンバーは信用できてかつ戦力になる者を最小限……グレーテル、ベアト付きの女性護衛騎士が二人、そしてベアトとアヤカさん。俺はなぜかついてこさせられたけど、残念ながら完全に戦力外だと思う……いざとなったらベアトの肉壁くらいにはなれるかどうかってとこだな。

「伯が主導したという証拠を絶対に取る。そして必ず、かの家を取り潰す」

秀麗な翡翠色の瞳に、冷たい炎が燃えている。年の離れた姉でもあるかのように慕っていたスザンナさんのささやかな幸せを、下らない私欲でなんの権利もないのに奪ったベルゲン伯爵への怒りは、俺の想像よりはるかに大きいようだ。同じ怒りでも、グレーテルのひと目見たらわかるそれより、三倍くらい怖い気がする。ベアトの地雷を踏むのは、絶対避けようと心に誓う俺だ。

「ルッツ様、心配ご無用です。殿下とルッツ様の御身は、私が必ずお守りいたします、この生命にかけましても」

「命をかけちゃダメだよ。アヤカさんのお腹には新しい生命が宿っているんだ、その子を守ることを第一にして欲しい」

いつもどおり俺に関してはやけに真面目過ぎるアヤカさんに、釘を刺しておく。だって目が完全にマジなんだよ、本当に俺が危なくなったら、迷わず自身を犠牲にしかねない勢いなんだから。

「うん、だめ。アヤカの子は、ルッツの分身。私だって戦闘向きでないとはいえSクラス魔力持ち。自分とルッツの身くらい守ってみせる」

「は、はい、ありがたきお言葉……」

俺に加勢してなだめてくれたベアトに、なにやら頬を紅潮させながら感動の涙目を向けているアヤカさんだ。やはり長く厳しい流浪の果てにまさに滅びようとした闇の一族に、彼らが夢見た安住の地を与えてくれたベルゼンブリュック王室への感謝と忠誠は、カチカチに堅固なものであるらしい。

「まあよい。ここに巣食う賊どもには、アヤカが生命をかけるほどの価値も、強さもない。さっさと制圧する、頼むぞグレーテル。エッダとハンネは証拠書類探しを手伝って来い」

「お任せください、お姉様！」「はっ」「御意！」

ベアトの命令に、グレーテルが瞳を輝かせて応え、女騎士二人を引き連れて野盗のアジトに踏み込んでいく。誰何(すいか)する見張りを一撃でぶっ飛ばして気絶させ、中へ踏み込んでゆく……中には数十人の賊がいるらしいが、あれは任せといても大丈夫だな。片付けるのに時間はかかるかもしれないが、鍛え上げた近接戦闘能力にSクラスの身体強化をのっけたグレーテルに、一山いくらの盗賊ごときが、傷一つ付けられるわけがない。万一傷を負ったとて、彼女自身が王国最高の治癒魔法使いなのだ。どう転んだってやられる絵が思い浮かばないわ。

「任せておけば良いようだな。ベルゲン伯が来るにはまだ時間がかかるようだし」

「残念ながら、そうでもないようです」

アヤカさんが眼光を厳しくした。

「手の者が知らせを寄こしました。間もなく伯爵と、迎えに出た野盗どもが戻ってくるようです。私たちだけで迎撃せねばなりません」

え、マジなの？

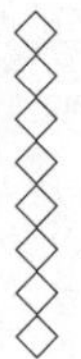

アヤカさんの言葉は、もちろん嘘じゃなかった。俺たちの背後……王都方面から、野盗らしき奴らが二十人ほど、加えて装備の整った正規兵っぽい奴らが十数名ほどこっちへ向かってきている。後方に見える造りの凝った馬車に、伯爵自身が乗っているのだろう。アジトでグレーテルが引き起こしている騒ぎが奴らにも伝わったのか、にわかに隊列を整え、戦闘態勢に入ったのが、俺にもわかる。

野盗の首領らしきオバちゃんが、俺たちの姿を認めてがなり立てる。

「我々の根拠地を汚した、奴らを捕らえろ！」

オバちゃんの命令一下、賊どもが迫ってくる。徐々に顔が見える距離になると、奴らの下卑た会話も聞こえてくる。

「おっ、あいつらの身なり見たか、貴族だぜ！」

「捕らえたら、俺たちの好きにしていいんだよな？」

「あの金髪娘をいただきてえ……」

「あたしゃ、あの優男少年が欲しいね、奴隷にして可愛がりたいよ」

俺までそういうお楽しみに組み入れられているのは不本意だが、ここは肉壁になっても次期女王たるベアトを、そして俺の子を身籠っているアヤカさんを守らねばならない。アジトの敵はもうすぐ片付くはず、時間さえ稼げばグレーテルが戻ってきて、形勢は逆転するだろう……そう思いつめて、俺が一歩を踏み出そうとした時。

「お任せください」

肩に手を置かれ、意外に強い力で引き戻される。その手は、アヤカさんのものだった。

「闇一族の力、今こそお見せしましょう」

その声とともに振られたしなやかな上腕から影のようなものが飛び、さっきベアトに卑猥な視線を注いでいた男の喉元に、深々と突き刺さる。それは元世界の忍者ドラマで見慣れた、十字手裏剣だ……アヤカさんたち闇の一族の文化って、どこまで日本そのものなんだよ。

「ちっ、暗器を使う！　注意しろ！」

賊たちがさっと距離を取る。とはいえ奴らの表情は切迫したものではない。投擲者からまっすぐ飛んでくる暗器は、タイミングさえ見切れば躱すことも、打ち落とすことも難しいものではないのだ。野盗メンバーは元冒険者や軍人崩れといった戦闘スキルに長けたものが多く、手裏剣打ち程度はさほどの脅威ではないのであろう。

「けけっ、打ってみろよお嬢さん……外したらあんたの身体をいただくとするか」

露骨な欲望に満ちた言葉に、アヤカさんの細い眉が嫌悪に歪んだ。長めボブに切り揃えた濡羽色の髪をさらりとなびかせ、最小のモーションで第二投を打ち出す。挑発した男は十分な余裕をもった剣の一颯で手裏剣をはるか虚空に弾き飛ばし、無防備になったアヤカさんに一撃を加えるべく身を低く構えた。

「ゲッツ！　後ろを見ろ！」

ゲッツと呼ばれた男が仲間の声に不審を感じた時には、すでに首の後ろ、頸椎のあたりに十字手裏剣が深々と食い込んでいた。即死するような傷ではないが、中枢神経を断ち切られた彼の四肢は意思の力では動かせず、まるで糸の切れた操り人形のように、地に倒れるしかない。

「畜生、どういう仕掛けだ？」

野盗どもは逆上しているけど、俺は見ていたからわかる。あの男が跳ね上げた手裏剣は、そのまま落ちることなく大きく旋回して彼の背後に回り、そこで速度を上げて再度殺到したんだ。手裏剣の投擲はアヤカさん素の能力で、闇一族ならば普通にできるものだ。だけど自動追尾は闇属性の魔法によるもので、Ａクラスのアヤカさんくらいしかできない技。まあ俺も、事前に聞いてなかったらわかんなかったな。

だけど自動追尾は、ことのほか魔力食いの術なのだという。聞いていた話だと五発も打てば魔力が品切れになってしまうそうで……ここ一番に使う逆転技だとか。おい、じゃあそのとっておきを早速使ってしまったということは、これからどうすればいいんだ？

「力の限り、打ち続けます」

どこまでも真面目なアヤカさんの返答だ。そしてそう言った先から次々と近接攻撃を得意とするらしい賊が襲ってきて……アヤカさんも立て続けに手裏剣をあらぬ方向に投擲し、それは襲撃者の予想しない方向から、着実に致命傷を与えていった。一人、二人……七人、八人……あれ？

「アヤカさん……魔力は大丈夫なの？」

「そうですね？」

彼女も、寄せていた眉根を緩めて、とぼけた返答をする。しかも疑問符がついているところが、可愛いけどわけわかんないぞ。

「いつもは五回が精一杯なのですが、なぜか今回は何ともないのです……手裏剣は一杯持ってきていますので、どんどん行ってみましょうか？」

あれ、なんかアヤカさんが慎重な「おしとやかさん」から、「おとぼけさん」にキャラ変している気がする。まあ、こっちのほうが気を遣わなくて済んで、楽かもしれない。

そしてキャラ変アヤカさんは、なんだかわからないけど強かった。結局それから九回手裏剣を投げ、都合十七人を倒したところで、まだ魔力を残していたのだ。

「アヤカ、お前本当にSクラスではないのか？」

「洗礼の結果は、間違いなくAクラスでしたが……」

ベアトが真顔で首をかしげ、アヤカさんが十八枚目の手裏剣を投じる。野盗の群れは、首領らしきオバちゃんを除いて全滅した。

「こちらの力は理解したであろう、神妙に武器を捨てよ」

「何をっ！　誇り高きベルゲン家の騎士を舐めるなっ！」

ベアトがいつものクールボイスで降伏を勧めれば、三十絡みの女性騎士が、周囲が止めているのに、余計な反論をしてしまう。俺も呆れた……野盗と組んでいる状況で家名を名乗ったら、それは伯爵家全体で悪事を働いてると、自ら認めるようなもんだろう。

「ほう、ベルゲン家と申したか。ベルゲン家の者ならば当然、私の顔も知っておろうな？」

「何だと、小娘が偉そ……あっ、まさか……べ、ベアトリクス殿下！」

「いかにも、ベアトリクスである。伯爵家の礼節とは、王女に対し剣を向けることなのか？」

「い、いえっ、とんでもございませぬ！」

その女性騎士がひざまずくと、周囲の者も一斉にそれに倣う。

「さて、聞きたいことがある。そなたらは、なぜ野盗と行動をともにしているのか？」

ベアトが視線を向けた先で、首領のオバちゃんが震えている。オバちゃん自身がよくわかっているはずだ、自分が今生き残っているのは運が良かったわけでもなければ勇戦したからでもない、貴族の悪行を弾劾するための証拠として、意図的に残されただけなのだと。

「それは……」

「誇り高き北方の守り手とされたベルゲン家が、賊と組んで何をなそうとしていたのか！」

騎士たちが押し黙る。彼らとて喜んで悪事に手を染めたわけではないのだ。数代にわたって仕えた主家に、逆らえなかっただけのことなのだ。

「言えぬか、では、その豪華な馬車の主に尋ねるしかない」

「それだけは、ご容赦を……」

「ならぬ、これはもはや、ベルゲン伯爵家の存亡に関わる案件になっているのだ」

ベアトの追及に、騎士たちは頭を垂れることしかできない。沈黙がいつまでも続くかと思ったその時、装飾過剰の馬車から、小太りの女が出てきた。年の頃は母さんと同じくらいかなと見えるけど、何だか雰囲気がだらしない感じで、とても北の境を預かる武人とは思えない風采だ。

「お前たち、どうしたのか！　早く進みなさい！」

「いえ、あの……王女殿下が」

「何だと……むっ、貴女様は……」

「さすがに、私の顔を忘れてはいないようで重畳だ。ベルゲン伯爵、貴女はなぜ、野盗どもと共にあるのか、答えなさい」

　ベルゲン伯の顔から血が引き、一気に青白く染まる。まあ、この事態は予想していなかったのだろうな、軍にも情報網を張り巡らして、大きな摘発の動きがあればすぐわかるはずだったわけだし。

「答えられぬか。では私から言おう。貴女は若い婿の歓心を買うため、身の丈に合わぬ贅沢を行い、本来裕福であるはずの所領財政を破綻させた。それでも婿殿の浪費は止まず、それを賄うためにアルトナー商会の後継問題に介入し、王国三指に入る大商家の財を掠め取ろうと企んだ……そしてこの野盗団を使って商会の跡継ぎを殺害したのだ。すでに野盗の本拠は押さえ、証拠は山ほど確保している……大人しく罪を告白し、ベルゼンブリュック貴族にふさわしい形で、償うが良い。素直に認めるなら、名誉ある自裁を許そう」

　色に狂った貴族に諄々と罪を説き、裁きを宣告するベアトの目は、冷徹かつ威厳にあふれる、間違いなく支配者のそれだ。細く頼りない彼女の身体が、今は巨人のように見えてしまう。やっぱり、国を率いるために生まれてきた奴なんだよな。

　だが、己の死と、おそらく家名断絶を示唆されたベルゲン伯のほうは、往生際が悪いようだった。しばらく青い顔のまま目尻や唇をピクピクと痙攣させていたけれど、突然その目をかっと大きく剥いたかと思うと、信じられない暴言を吐き出した。

「小娘！　数代にもわたり帝国の脅威から我が国を守護してきたベルゲン家の功績を忘れたか！　かくなるうえは我ら王国から離脱し、帝国に身を投ずるまでだ！　土産はお前の首としようぞ！　者共、あ奴を討ち取れ！」

ベルゲン家の騎士は暫時逡巡したものの、長たる女性騎士が剣を抜くと、みな一斉に立ち上がってこっちに剣を向けてくる。伯爵本人は土魔法の達人であるらしく、すでに頭上で大きな岩塊を四つか五つぐるぐる回し、今にもベアトに向けて飛ばそうとしている。アヤカさんは、静かに俺の前に立ちはだかって……彼女にとってはどこまでも、俺を守ることが第一義なのだ。

ちょうどその時、俺たちの脇を、光の塊がすり抜けて行った。

「なっ……」

その光塊は先頭にいた騎士を鎧袖一触の勢いで吹き飛ばすと、そこで少女の姿を取った。結い上げたストロベリーブロンドが少しほつれ、汗に濡れたうなじに貼り付いた姿は、普段俺が見ている彼女と違って、なんとも色っぽい。

「グレーテルっ！」

「思ったより手間取ったわ！　私が来たからには、もう勝手なことはさせないわよ！」

そこには、中剣すら捨ててその拳に黄金のオーラをまとわせた、頼れる幼馴染の姿があった。

「はっ！」

気合の声とともに打ち出したグレーテルの拳で、鎧をまとっているはずだった騎士の胸がべコっと大きくへこむ。続いて繰り出したローキックが命中した別の騎士の脚は、ありえない角度に曲がる。

「敵は素手ではないか！　何を手間取っている、さっさと討ち取れ！」

オバちゃん伯爵ががなり立て、騎士が三人がかりで、グレーテルに挑みかかる。だけどあの伯爵はわかっちゃいない……グレーテルが一番得意なのは、光系統の強化魔法を目一杯使った、肉弾戦なのだと。

一人目の騎士が振り下ろす剣を、真横から空手を叩きつけてへし折り、二人目の剣を軽快なステップで躱しつつ、腹に渾身の拳を見舞って吹っ飛ばす。そして三人目の騎士を無視し、一気に伯爵に向かって突っ走る。

「小癪な！　これを喰らえっ！」

オバちゃん伯爵の叫びとともに、大人の頭ほどもある岩が七、八個、グレーテルに向かって殺到する。一個なら躱せもしようが、これほどの多数……俺もさすがに、拳を握りしめる。

「ふんっ！」

その瞬間に何が起こったのかは、俺以外には理解できなかったろう。皆の目に映ったのは、砕かれた岩粉でもうもうと曇る大気の中、伯爵の首にそのしなやかで長い腕を巻き付け、絞め落とさんとしているグレーテルの姿だった。

まあ、その後のあれこれは「以下省略」って奴だ。

野盗のアジトからはベルゲン伯との共謀を示す証拠が、まあ出るわ出るわ。そして首領を締め上げて、共謀の悪事がこれ一件ではなく、誘拐や密輸までありとあらゆる犯罪に関わっていたことを吐かせたってわけだ。

甘いんじゃないかと言うくらい寛大な女王陛下も、さすがにこれには慈悲の与えようもなかったらしい。ベルゲン伯は爵位を剥奪、領地も没収。おかしな婿を迎えて以降邪険にされて遠ざけられ、結果として悪事のあれこれに関わっていなかった長男が、辛うじて準男爵の爵位を得て元の十分の一程度の領地で細々と家名をつないでいくことになった。

色男の婿については犯罪に直接関わった証拠が見つからなかったため罪に問われなかったが、ベルゲン伯からねだり取った金品をすべてはぎ取られたうえで放逐された。どこかでまた若いツバメとして、生きていくのだろうか……まあ、興味ないわ。

「そういうわけで、やっと片付いた。グレーテルもアヤカも、ご苦労だった」

ベアトが側室の二人を、手ずから紅茶を淹れつつねぎらう。王女が自分で茶を準備するなんて驚きだが、彼女はこういうことが好きなようだ。

「ああ、ルッツも一応、頑張ったな」

一応かよ、と思わないでもないが、俺は荒事に関してまったく役に立たなかったからなあ。むしろアヤカさんに守ってもらっていたというか、足を引っ張る側だったし。俺が口許を緩めると、ベアトがなぜか照れたような微笑みを浮かべる。最近こういう仕草がますます可愛く思えてきた……成り行きで婚約した間柄だけど、なんだか本気で好きになってきちゃったかもしれない。

そんなことを考えていた俺は、鼻の下を伸ばしてしまっていたのだろう。気が付けばグレーテルが眉を吊り上げて、俺をにらんでいる。アヤカさんはいつもの優しそうな笑顔を顔に貼り付けているけど、何やら圧を感じる……下手に笑顔だから、余計に怖い。俺が固まっているのに気付いたベアトが、助け舟とばかりに話題を変える。

「そういえば、あの時のグレーテルはすごかった、やはり光のSクラスは、戦闘では無敵だな」

「そ、そんな……」

ぽっと頬を染めるグレーテル。憧れのお姉様枠であるベアトに褒められて、さっきの不機嫌など吹っ飛んでしまったようだ……やっぱりこの幼馴染は、チョロい。

「まあグレーテルの戦闘能力は私も十分承知していたが、アヤカの闇魔法があれほど何発も撃てるとは思わなかった」

「私自身もあの時は驚きました。いつもの数倍魔法を使っても、魔力切れにならなかったので」

アヤカさんが真顔で応える。急に魔力が増えたことについては、彼女も違和感を自覚しているのだ。

「魔力は生まれながらにして決まる。いくらアヤカが魔法を鍛錬したとて、魔法制御力は上がれど魔力の総量は大きくならないというのが、常識なのだがな」

「ええ、私もそう教わりました。ですが私には、魔力が増えた原因に、心当たりがあります」

「何だと?」「どういうこと、アヤカ?」

アヤカさんが少し首をかしげながら発した言葉に、ベアトもグレーテルも驚きに目を剥いて食いつく。そうだろう、魔法使いとしての能力が人間としての価値を決めるこの世界では、使える魔力の量を増やす方法なんか編み出しちゃったら、それは最終兵器みたいな位置づけになるだろう。

「私が使った魔力は、この子の魔力です」

そう言いながら、アヤカさんは優し気に、自分のお腹に左手を当てた。

「どういうことだ？　お腹にいる子の魔力を使った例など、聞いたことがない」

ベアトも怪訝な表情だ。まあそうだろうな、妊婦が胎児の魔力を自由に引き出せるのなら、それに気付く者がこれまでの間に必ずいたはずだ。そんな事例があれば、王室に情報が上がっていないはずはない。

「ええ、私もそう認識しておりました。ですが間違いなく、先日の戦いで私が使った魔力は、この子から流れてきたものです。それはまるで最初から私が持っていた魔力のように身体に染み込んで……何の違和感もなく使えました」

「じゃあ、今までの常識と、何が違ったというの？」

「マルグレーテ様、私もそこが気になって、真剣に考えました。そして、わかったんです」

「教えてっ！」

グレーテルが必死の形相で迫る。そうだ、彼女の操る光魔法は万能だが、魔力の消費が大きい。戦闘系の魔法使いにとって魔力切れイコール死だ、それを回避する方法があるなら、代償に何を差し出しても欲しいと言うだろう。

「ルッツ様の種だからです」

「ふぇっ？」「何だと？」

間抜けな返答をする俺たちに構わず、アヤカさんは冷静に話を続ける。

「私は、ルッツ様の『洗礼』で子を授かった皆さんに、話を伺ってきました。そしたらわかったんです。ルッツ様の種を授かったその時から、皆さん魔法の調子が信じられないほど上がったと口を揃えておっしゃるのです」

「そ、そんなことが……」

「特にお仕事で魔力を毎日限界まで使う方は、早くに気付いておられました。農務省のヘルミーネさんは妊娠以降、一日に整備できる耕作地の面積が三倍になったそうです。神官のダニエラ様も、治癒の業を与える信者の数が二倍以上になったとか……ルッツ様の力としか、考えられません」

ベアトたちが驚く様子を確認してふっと微笑んだアヤカさんは大きく息を吸って、さらに俺たちを驚かす発言をぶちかます。

「さらに、お二人のお話と私の実感を合わせ、極めつけの事実がわかりました。私たちが出産し、お腹に子供がいなくなっても、増えた魔力はほぼそのままなのです。つまりルッツ様の『神の種』でできた子の魔力は、母親のそれと溶け合って……その能力を飛躍的に鍛えてくれるのです」

「じゃあ、その官僚さんと神官さんの能力は……」

「教会で測定していただきました。ヘルミーネさんはもともとDクラス、ダニエラさんはCクラス……ですが現在持っている魔力は、お二人ともAクラス相当だそうです」

「アヤカ。ではお前自身は……」

「はい、Sクラスを超えるようです。ただ、今はお腹の子から魔力をもらっていますので、私自身の魔力がどの程度まで伸びているのかは、正確にわかりませんけれど」

おい、マジか。やたら能力が高い子供が産まれるだけでもヤバいって言うのに、母親の能力まで鍛えられるなんてわかったら……また肉食系の女性に狙われちゃうじゃないか。実際たった今もグレーテルが、俺に獰猛(どうもう)な肉食動物の目を向けてきてる。

「ルッツ、子作りしよっ！」

「いや、それは俺たちが正式に結婚してからで……」

「待てないっ、すぐしよう。ねっ、ルッツ！」

「グレーテル。お前は貴族令嬢として、自分がどれだけ恥ずかしいことを言っているか、自覚があるのか？」

「あ……」

ドン引きする俺にグイグイ迫ってくるグレーテルに冷や水を掛けてくれたのは、ベアトだった。自分が言ったことの意味に今さら気付いたグレーテルが、耳まで真紅に染める。

「い、いやあの、閨(ねや)がどうこうという意味じゃなくて、王国を守るためにもっと強くなれるって思ったら、我を忘れちゃったというか……ごめんルッツ、はしたなかった」

いつもに似ずもじもじしながら恥じらっているグレーテルがやたらと可愛く見える。答える代わりに彼女のひんやりした手を俺の両手で包み込むと、その表情が次第に落ち着いて……やがて、大輪の薔薇が花開いたような笑みが、そこに浮かぶ。ああ、なんか幸せだ。

「こほん」

しまった、不覚にも二人の世界をつくってしまった。ベアトの咳払いに我に返り、ぱっと手を離す。

「仲良きことはすばらしきかな。だが正室の前で堂々といちゃつくのはいかがなものか」

「面目ありません」「ごめんベアト」

「許す。私もグレーテルも、ルッツと婚儀を挙げる日を楽しみに待つとしよう。だが、これでルッツの種付け相手を選ぶのが、さらに難しくなった……」

確かにそうなのだろう。この事実はもはや隠しようもない……野心を抱く者は競って俺の種を求めてくるのだろうが、その「種」にここまでのご利益があるということになれば、それを与える相手は、ベアトに忠誠を誓い絶対に裏切らない者に限定する必要がある。だが、自らの取り巻きにのみ種付けを許せば、反対派の敵意はさらに燃え上がるだろう。

「実に厄介な種馬だ、ルッツは」

不本意なベアトの言いようだが、王室に迷惑をかけている自覚があるからしかたない。

「ごめん」

「だけど、ルッツにぎゅっと抱き締められるのは、かなり好きだ」

不意討ちで頬を染めながらそんなことを言われたら、惚れっぽい俺はあっさりと陥落してしまう。彼女のスレンダーな上半身をぎゅうっと引き寄せ、その体温を確かめる。ああ、俺の嫁……と言っていいのかどうかわからないが、俺のベアトは可愛い、とっても幸せだ。

二時間後、目を吊り上げたグレーテルに訓練場に拉致られ、雷撃と鉄拳で鍛錬という名の制裁を加えられたのは言うまでもないのだが。

第5章 今日も種付け生活

アルトナー商会のスザンナさんへの種付けから始まった大騒ぎから、もう半年が経つ。

お取り潰しとなったベルゲン伯爵家の領地も、エリザーベト女王陛下が優秀な官僚を山ほど送り込んだこともあって、ようやく落ち着いてきたらしい。仮想敵国のリュブリアーナ帝国に隙を見せないために一番大事なところだったはずなので、とりあえずは良かったかな。

俺はいつものつまらない学校生活に戻っている。何しろ政治科の生徒は俺以外全員女の子だからな、中身定年ジジイの俺と話が合うはずもない……と思っていたのだが、なんと彼女たちのほうからグイグイ話しかけてくるので、戸惑いしかない。もちろんその狙いは俺と仲良くなりたいからではなく「神の種」をゲットして来いと親や姉妹から厳命されているからだ。

彼女たちと一緒に遊んだりおしゃべりしたりできれば、それはそれで楽しい学園生活なのだろうが、そうは問屋がおろさない。ベアトの密命を受けているらしい忠誠度ガチガチの令嬢たちが俺のまわりをがっちり固め、肉食令嬢の接近を完全にシャットアウトしてしまうからだ。

「なあベアト、そこまでしなくても、いいんじゃないか？」

「危ないからダメ。ルッツは本気で迫られたら、必ずほだされる。放っておくと側室百人の未来図が見える」

ベアトに軽く抗議してみたのだが、あっさり一蹴されてしまった。つくづく俺って信用ないよなあ……だけど確かに、女の子から積極的に迫られたら流されてしまいそうだってことは、まったく否定できない。そういう意味でベアトは俺のことを、よくわかっているんだろう。

「だが、男は定期的にしないと辛いという。闇の一族へ種付けすることだけは許すから、それで我慢して」

ベアトの言っていることは、まあアレだ。

ベアトとグレーテルはまだ結婚前だから貴族の品位的に子供が産まれたらマズいし、アヤカさんはお腹が目立つようになってきたからもちろんそういうのは辞退だ。そして半年前に猿のような俺をしっかりと受け止めてくれていたスザンナさんも、いまや毎日お腹を愛しそうにさすっている。そんなわけで、ベアトが呆れ気味に「猿並み」と評する俺のお相手は、現在のところいなくなってしまったのだ。

というわけで、俺はここのところ、闇の一族から選ばれた四人のお姉さんやお嬢さんの下へ、毎晩代わる代わるせっせと通っている。もちろんベアトは、猿並みの俺を満足させる目的で彼女たちとの子作りを許しているわけではない。権力者にとって実に役立つ闇の一族に、固く忠誠を誓わせるためだ。

アルトナー商会の一件で調査に護衛に、さらに戦闘にと大活躍した闇の一族に対し、ベアトは多額の金品を褒美として与えようと申し出た。だが族長に対応を一任されたアヤカさんは、思わぬ答えを返してきた。

「ベアトリクス殿下のご厚情、誠に有難き幸せに存じます。しかしながら、褒美の金品は求め

ません……もっと、いただきたいものがありますので」

「それは何だ？　だいたい想像がつくが」

「我が一族の女たちに、ルッツ様の『神の種』を授けていただきたく、お許しを」

「……やはり、それか」

結局、俺の種付け権を持つベアトは、それを許した。もはや最終兵器扱いの「神の種」を与えることとで、権力者にとっては実に使い勝手の良い存在である一族の忠誠を、確実なものとしようと考えたのだ。そしてきっと十数年後ベアトが女王になる頃には、強力な魔法使いを俺の種で増やした闇の一族はさらに強くなり、彼女の頼れる片腕になってくれるはずだと。

もちろん、種付けのお相手は厳選された。力を得てもおかしな野心を抱かず、間違っても次期族長であるアヤカさんに逆らわない忠誠度百パーセントの女性を、アヤカさん自身が厳選したのが、俺がせっせと通っている四人なのだ。もちろん俺自身には選択権も拒否権もないわけなのだが、十代から三十代までバラエティ豊かな四人の女性は、不思議とみんなストライクゾーンにずばりで、不覚にも俺は夢中になってしまった。

「きっと彼女たちなら、ルッツ様に満足いただけると思っていました」

例によって日付が変わるほど熱い夜を過ごした翌朝、鼻の下を伸ばしつつ家に帰る俺の顔を見て、アヤカさんがいつもの優しげな微笑みを浮かべつつ、そんな不気味なことを言うんだ。アヤカさんは一族のために役立つというだけでなく、俺の好みも含めてお相手を選び抜いたらしい。昔の日本では、側室を選ぶのも正室の義務と権利だったというから、そういう感覚なのだろうか。まあ俺も、義務的にするより、楽しくできたほうがいいからな、ありがたく心づかいはいただくことにする。

だが正直なところ、アヤカさんが優しい笑顔の下にどういう感情を隠しているのか、よくわからない。元世界でも嫁から「あなたは鈍感」って言われ続けてきた俺には、それを読み取るのは無理だ。グレーテルみたいにわかりやすければいいのに……と思ったりもするが、あれはあれで、物理的に怖いしなあ。

◇◇◇◇◇◇◇

「さあ、お楽しみの時間ね！」

珍しく早く帰宅した母さんが、なんだか鼻息を荒くして、無駄に豪華な装飾が表紙に施された本を、テーブルの上にどんと置く。

『王国スタッドブック　王国暦八百三十五年度　改訂版　魔法血統協会　編著』

ああ、この百万円本か。まるでダ○スタの、種馬選定マニュアルだな……そう他人事のように言えたのは昨年まで。洗礼の結果が出てしまった今年は、俺自身の個人情報が、だらだらこに晒される羽目になっているはずなのだ。

「ルッツ、何を冴えない顔してるの！　自分の評価、見てみたいでしょ？」

いや、この微妙な転生チート能力に関しては、あんまり素直に喜べないんだよな。俺が何かを努力して勝ち取ったわけでもないし、そもそもこの能力って、俺自身に関しては一ミリすら強くしてくれないんだからなあ。

　俺の憂鬱なんか知らぬげに、母さんはウキウキとページを開き……その顔を輝かせた。

「ほらっ！　やっぱり筆頭種馬よ！　すごいじゃない！」

　弾むアルトで開いたページをぐいぐい押し付けてくる母さんに根負けし、自分の「種馬」評価を眺める。なんだか、気恥ずかしいのだが。

【氏名】ルートヴィヒ・フォン・フロイデンシュタット
【生年】王国暦八百二十一年
【髪色】銀　【目の色】碧
【評価】ＳＳ
【種付料】算定不能（王室許諾が必要であるため）
【血統】エグモント系
父　アルブレヒト・フォン・フロイデンシュタット
父の父　エルヴィン・フォン・アイスフェルト
母の父　エーリッヒ・フォン・ヘルブルグ
【適性】火Ｓ　水Ｓ　木Ｓ　金Ｓ　土Ｓ　風Ｓ　光Ｓ　闇Ｓ（暫定値）
【魔力】Ｓ　【魔法制御力】？　【体質】？　【安定性】ＳＳ
【女子出生率】　百％（８／８）

【主な子】　成人済の子供なし
【短評】　王国種馬界に彗星の如く現れた天才。洗礼で得た子はすべてAクラス、しかも母と同属性の女子という抜群の安定性を示し、教会から「神の種」の称号を得ている。成人を前に種付け希望が殺到するも、すでに第二王女と婚約を結び、王室の勅許を受けないと種付けが叶わない超品薄状態。高位貴族の間では「金貨五千枚でも安い」とささやかれる。代わりの選択肢としては全兄のジークフリートが挙げられ、そちらも人気急上昇中。

なんだこりゃ。ありとあらゆる評価がカンストしてないか？　これが自分の評価だって実感が、さっぱり湧かない。

「すごいなルッツ！　オールS以上なんて、王国の歴史上初めてじゃないか？」

「そうよね！　これで、ジークの将来もバッチリね！」

いつも落ち着いて余裕をかましているジーク兄さんも、興奮気味だ。だけど母さんのコメントが意味不明だ。なんで俺の種馬成績が、兄さんの幸せにつながるんだ？

「ああ、ルッツはこういうことに興味がなかったよな。だけど考えてごらん、ルッツは不世出の種馬だけど、種付けは王室の認めた限られた相手にしかできない。それなら、どうしても優秀な子が欲しい貴族は考えるだろう……ルッツと血統がそっくり同じ男が、そこにいるじゃないか、つまり僕だよね！」

とってもいい笑顔で語られてしまった。確かに、元世界の競馬でも、GⅠ馬と父母ともに同じ「全弟」は、注目の的になってオークションでも高値がついていたっけなあ。そしてよく見れば、俺のスタッドブックコメントの最後に「代わりの選択肢として」ジーク兄さんがお薦めされていた。

だけど、兄さんは俺の「代用」でいいのかなあ。誇りが傷ついたりしないのだろうか。

「ああ、ルッツが何を考えているか、よくわかるよ。だけどこれって、すごくラッキーなことじゃないか。僕の成績が特に良くなくたって、ルッツのおかげで勝手に評価が上がるんだよ」

まあ、そうも言えるか。だけどサラッとそう言えるのは、ジーク兄さんが人格者だからだと思うなあ。マテウス兄やニクラウス兄だったら、絶対に悪態をつくだろう。

「そうね、ジークの評価も気になるわっ！」

まだ興奮している母さんがペラペラとスタッドブックをめくると、驚くほど早く兄さんのページが出てきた。それは、兄さんの格付けがぐぐっと上がったということ。

「うわあ、格付けがAランクになっているわ！　それに、種付料もすごい！」

「三百金貨とは、びっくりだね。ここまで上がるとは思わなかったよ」

たしかにすごい。三百金貨といったら、下級役人の年収に等しい……これを一晩で稼ぐんだなあ。まあ実際の種付けをこの値段で申し込んで来るかどうかはケースバイケースだけど、「スタッドブック」の権威は高い……概ねここに記されたレベルの金額が、実勢価格になっていくのだという。

それだけではなかった。俺の格付けがやたらと高くなったことで、当然だけど俺を生み出した「種馬」である父さんの格付けも上がるわけで……ここ二十年くらい種付け活動など母さん以外とはしていなかったはずなのに、勝手にAランクになっていた。

「すごいわアルブレヒト。やっぱり私の男を選ぶ目は、正しかったってことよね！　でもAランクともなれば、若い令嬢からのお申し込みもいっぱい来そうね……」

「何を言っているんだヒルダ。私は君以外と、そういうことをする気はないよ……誰より君を、愛しているからね」

「アルブレヒト……」

おい、父さん母さん、仲が良いのはいいけど、思春期の息子の前でメロドラマを演じるのはやめて欲しいぞ。

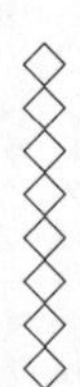

いつまでも続くかと思っていたのんびり平和な生活は、北方からの使者によって唐突に断ち切られた。

「ベアトに、求婚だって？」

「そう」

陶器人形にも例えられる白皙の美貌が今はさらに冷たさを増して、まるで氷の彫刻みたいだ。

「もちろん先方は、ベアトが俺と婚約してるのを、知ってるわけだよね？」

「当然、そうだな。そしてそれを知ってなお求婚の使者を送って来るということは……実質の宣戦布告と見るべきであろう。ベルゼンブリュックも、舐め切られたものだ」

俺の疑問に答えたのは、女王陛下だ。ベアトと同じく抜けるように白い頬に、怒りが紅を差している。そう、ベアトにしれっと使者を送ってきた恥知らずの男は……もはや宿敵とも言えるリュブリアーナ帝国の皇子であった。

あろうことか使者の申し出は、ベアトを皇子妃として迎えたいというもの。女子のほうが魔法の恩恵で圧倒的に高い能力をもつこの世界では、基本的に上流階級の跡取りは娘であり、すなわち結婚は「婿取り」が常識だ。特に国同士の婚姻ともなれば、優秀な魔法使いを自国に留め置く目的から、まず「嫁入り」は行われないはず。それを承知でしゃあしゃあと嫁によこせと要求する帝国の行為は、降伏の印に人質を出せと言っているようなものなのだ。

王女には相思相愛の婚約者がいる故この縁談は断ると女王が宣言すれば、使者は笑顔で「婚約など破棄してしまえば良いこと、帝国皇子より良き配偶者がおりましょうか」などとうそぶき、ベアトは自分の後継者ゆえ他国にやるわけには行かぬと言えば「では皇子がこちらに婿入りしましょうか、さすればベアトリクス殿下即位の暁に、両国は統一されますな」などと信じられない言葉を返してくる。すっかり頭に血が昇った陛下は謁見を中断したが、使者は大きな顔で城の迎賓館に居座っているのだという。

まあ、外交なんか素人の俺がみても、こりゃ喧嘩を売っているんだろうってことはわかる。話を断ればそれを理由に攻め込んでくるし、もし受けたりしたら本当にその皇子が王配となってベルゼンブリュックを乗っ取るつもりなのだろう。

「たった今戦争したら、勝てると踏んでいるのですかね？」

「おそらくそうだ。もともと陸軍の力は、帝国のほうが一枚も二枚も上。二十数年前の帝国の侵攻を跳ね返せたのは、ひとえにヒルダが火炎魔法で無双してくれたおかげなのだ。あれがなかったら完敗だったはず」

女王陛下が、やけに弱気だ。確かに魔法抜きの王国正規軍は弱いと思うけど、魔法使いの数は王国のほうが上、そして「英雄」母さんも健在なのになあ。俺の言いたいことがわかったらしく、陛下が肩をすくめる。

「まあ、私が弱音を吐けるのは、家族の前だけだからな。ルッツ君ももう、うちの子だと思ってるから」

「そう言ってもらえてうれしいですが……陛下は本音で言うと、帝国のほうが有利だと思っているってことですか？」

「そう。おそらく敵は、陸軍の優位を活かした戦いをしてくる。そして彼らは、ヒルダの魔法を防ぐ方法を、何らか考えついたに違いない」

母さんの魔法を防ぐなんて、そう簡単にできるのかなあ。俺は一回だけ見せてもらったけど、雪原が一瞬で火の海になり、積もっていた雪がみんな溶けてしまったことにはさすがに驚いた。あんな魔王みたいな超絶魔法を躱す方法なんて、まったく思いつかない。

「まあ、そこを考えていてもしかたない。いずれにしろ結論は決まっている。あんな脅迫のような求婚で、ベアトを獣たちに渡すわけにはいかない。断固として戦うぞ……ベアト、ルッツ君、覚悟はいいか？」

「もちろん戦う」

「ベアトだけは守ります。肉壁としてですけど」

俺の言葉にこわばっていた頬を緩め、女王陛下は明るく笑った。

結局、女王陛下は翌々日、使者を帝国に向けて追い返した。

なぜ翌日ではなかったのかと言うと、高位貴族の間にこんな声があったからだ。

「ベアトリクス殿下が帝国に赴かれれば、戦は回避できるということでは？」

「王国国民の平和な生活を守るためだ、殿下には耐えていただくしかないだろう」

「ベアトリクス殿下が帝国へ行かれても、王国にはクラーラ殿下がおいでになる」

ようは、自分たちは戦いたくない。王女一人くらいならくれてやれ、ということなのだ。そしてもともとベアトの姉であるクラーラ殿下を支持していた貴族たちにとっては、この帝国の挑発行為が、一気に自分たちの勢力を逆転するチャンスに見えたようだった。

しかし、エリザーベト陛下がそんなたわごとをお聞き入れになるはずはない。

「そなたらは戦いを避けんがため、このように屈辱的な要求をのみ、我が娘に愛する婚約者を捨て、半ば人質として帝国に囚われて来いと申しているのですね」

「そのような不敬は申しませぬが、国家の利益は王族一人の利益と引き換えにできるような軽いものではありませんぞ、ここは耐えて臥薪嘗胆（がしんしょうたん）の……」

「黙りなさい」

「は？」

「黙りなさいと言っているのです。そなたたちはいつからそのような腰抜けになったのですか？　卿らの先代は、帝国の理不尽な侵攻をその身をもって止めました。その働きが嘉（よみ）されたゆえ卿らは今その地位にあるのです、それをわかっているのですか！　王国貴族としての誇りなき者に用はありません、とっとと帝国へなりと、去りなさい！」

もはや、反論する者はなかった。いつもは温厚な女王陛下の決然とした態度に、貴族たちは無言で、膝を屈して応えた。

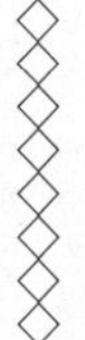

「帝国国境付近に、歩兵が二万ほど集結しています。追って三万ほどの増援が、王都を進発した由。兵糧を積んだ馬車も多く、長期の戦を想定しているのかと」
「うん、ここまでは予想どおりと言えるな」
闇の一族から上がってきた情報を簡潔に伝えるアヤカさんに、うなずく女王陛下。アヤカさん一族は、普段から周辺国に諜報要員を派遣し、一市民として潜り込ませている。おかげで何か事ある時は、こうしてホットな情報がすぐつかめるというわけだ。
使者を叩き出してすぐ、リュブリアーナ帝国が抗議声明を発するとともに宣戦布告してきた。

ずいぶんタイミングが早かったのは、奴らも王国がこの婚姻を蹴ることを予想して、前々から準備していたのだろう。

「しかたない、第一第二歩兵軍団を国境に向かわせなさい。そこに私とヒルダが出れば、通常の軍隊なら蹴散らせるだろう。ベアトもついてきなさい、戦場がいかなるものか知るよい機会だから」

「ルッツは？」

「ルッツとグレーテルはまだ学生だから、従軍の義務はない。だからあなたたちには選択の自由がある。どう、一緒に行ってくれるか？」

「もちろん、ベアトお姉様をお守りしますわっ！」

「行きます」

グレーテルはやたらと勢い込んで、役に立たないであろう俺は肩の力を抜いて……だけど二人とも、迷いなく答えた。

一気に侵攻してくるかと思われた帝国の進軍は、意外に遅かった。準備不足の王国側がバタバタと軍を編成して対峙した時、奴らはまだ国境から十数キロくらいしか侵出してきておらず、大きな村が三つほど占拠されただけだったのだ。
村があと二つ、陥落する寸前まで攻め込まれていたようだが、本隊に先行して駆けつけた母

さんが、帝国の最前線部隊を範囲魔法の一撃で文字どおり焼き尽くし、撤退に追い込んでいる。細かい狙いをつけなくてすむ限りにおいては、やはり母さんの超絶火炎魔法は最強のようだ。

「ずいぶんゆっくりした侵攻だ。何か、策があるのだろうな、どう思うヒルダ？」

「わからないわ、私たちが前線に出て来るまでモタモタしていたら、魔法使いの質に劣る帝国は不利になるってことが、わかっているはずなのに……」

　軍事関係の魔法使いとして王国の双璧であるところの女王陛下と母さんが、思ったより鈍い帝国の動きをいぶかしんでいる。まあそうだよな、陛下が土魔法で敵の足を止めたところに母さんが無慈悲な範囲火炎魔法で焼き尽くすという強烈コンボは、二十数年前に帝国軍を壊滅させて以来、まさに無敵だったのだ。その間に王国領土が広がらなかったのは、女王陛下が外征を一切行わない、穏やかな方だったからに過ぎない。

　だが、その疑問はまもなく解き明かされた。アヤカさんから、至急のメッセージが戦場に届いたからだ。

「リエージュ公国の軍が首都を出ました。目標は、ベルゼンブリュック王都」

「厄介なことになった。最初からこれが狙いだったわけか」

　陛下が苦い表情をつくる。そうだろうな、いくら母さんの魔法が強烈だと言ったって、二ケ国から同時に攻められたら、一方はお留守になる。そして男どもが中心になる力押し部隊に関しては、両国が誇る重装歩兵に対し明らかに劣っているのが、ベルゼンブリュック軍の実力なのだ。まあ、強力な魔法使いという最終兵器を擁していれば、雑魚である歩兵などの育成にカネや人材を掛けていられなかったということだったのだろうが……今回はそこの弱みを突かれた格好になっているのだ。

王国西方のリエージュ公国は帝国との結びつきが強い。帝国から出兵を促されて断れなかったのか……あるいはベルゼンブリュック主力が北方に釘付けになっている間に、火事場泥棒で一儲けしようと企んでいるのか。

東のポズナン王国は、長年婚姻政策を通じて親交を結んでおり信頼できる同盟国だが、軍事力は弱い。援軍を求めるのは酷だし、何より準備が間に合うまい。

束ねた三本指を眉間に当て、目を閉じて考え込んでいたエリザーベト陛下が、ようやく顔を上げる。意外なことにその表情からは悩みが消え、明るく朗らかなものになっていた。

「ベアト」

「はい、母様」

「そなたは我が名代として正規軍の三分の一を率い、リエージュ国境へ転進するのだ。そして恥知らずの空き巣狙いどもを打ち払って、ここに戻ってきなさい。私とヒルダはそれまでとにかく守って、現在の前線を維持することに集中する」

「ですが私は木属性……戦争には向かない魔法使いです」

「そう。だから若きSクラスの魔法使いを、ケチらずつけてやろう。アンネリーゼ！」

「はっ！」

なぜか部屋の隅に控えていたリーゼ姉さんが、直立不動の姿勢で答える。あの姉さんが、すっかり軍人さんだよなあ。

「第二第三魔法部隊を率いて、ベアトの指揮下に入れ。貴女の力を、王国全体に示す時が来たのだ」

「御意に！」

Sクラスの魔力を持ちながらも戦闘向きでないとされていた水属性のリーゼ姉さんは、軍に入った時に工兵部隊を選んだ。だけど俺がちょっとしたアドバイスをしたら一気に才能が開花したっていうか、ようは戦えるようになったんだ。それを知った女王陛下は、ためらう姉さんに構わず無理やり戦闘部隊に転属させた……それが三ケ月前。そんな経験の浅い姉さんにいきなり、魔法使い部隊の指揮を任せるというのだ。魔法使いは実力主義だと言うけれど、この大抜擢……女王陛下の大胆な人事には、驚かされる。

「そしてグレーテル、ベアトとともに戦ってもらいたい。今回は接近戦力で不利がある……『英雄の再来』と謳われるグレーテルの力で、切り拓いて欲しい」

「もちろん行きますわっ、ぜひ、私にお命じください！」

「ありがとう……ではハノーファー侯爵令嬢マルグレーテに命ずる。先陣に立ち、勝利を我が国にもたらせ！」

「謹んで承りましたわ！　必ず、敵将を討ってごらんに入れますっ！」

ストロベリーブロンドの髪が魔力でぶわっとふくらみ、その瞳がらんらんと輝く。愛しき暴れん坊幼馴染は、とても凛々しく、美しかった。

「結構本格的。きっと何年も前から準備してたはず」

ベアトのつぶやきに、俺たちもうなずく。目の前の平原には、リエージュ公国の兵があふれかえっていた。その練度はにわか徴兵された農民兵のものではなく、しっかり正規軍の動きができている。おまけに補給も十分で、士気も高そうだ。

「およそ一万五千というところか。魔法抜きなら絶対に勝ち目がない」

ストレート過ぎる言いようだが、みんな納得する。こっちの兵たちは寄せ集め、数も六千程度……まともな戦いを挑まれたら、まあ確実に負けるだろう。

「残念ながら私の木属性魔法は、こんな開けた野原ではまったく役に立ちません。アンネリーゼ卿とマルグレーテ卿、頼りにしていますよ」

よそ行き言葉に変えたベアトの言葉に眉をひそめたのは、三十代後半かと見える、吊り目の女性だ。本来なら彼女が魔法部隊の指揮を取るべき地位にいるのだが、女王陛下の勅令でその役目をリーゼ姉さんにかっさらわれたのだ。明らかにその目は、怨恨(えんこん)に歪んでいる。

「恐れながら殿下、『英雄の再来』と称されるハノーファー侯爵令嬢はともかく、アンネリーゼ卿は水魔法の使い手。防御や破壊工作を得意とされていることは存じておりますが、直接戦闘には、失礼ながら不向きと思慮いたします。どうでしょう、アンネリーゼ卿には一旦後方に引いていただいて……」

「そなたは、私と女王陛下の人選が、誤っていると言いたいのですか？」

「と、とんでもない！　ですが、魔法の適性は如何(いかん)ともし難いものでして……」

「黙りなさい。これ以上御託を並べるなら、卿を今すぐ王都に送り返します」

陶器人形のように無機的なベアトの美貌がさらに白さを増し、翡翠の視線が不満を訴えた将校をまっすぐ射貫く。彼女は何やらもごもご口の中でつぶやきながら、しぶしぶといった風情で自分の部隊に戻っていった。ゴネつつもここで引き下がったのは、彼女にとって幸運だった……だって、俺の隣ではストロベリーブロンドの幼馴染が、光のオーラを拳にまとわせ、今にも飛び出さんとしていたのだから。

「ベアトリクス殿下、ご面倒をお掛けして、申しわけございません」

「いいのだ、リーゼよ。この戦が終われば、国民はこぞって、水魔法のすばらしさを口々に叫ぶであろうよ。『あの』魔法を使うに、ここは格好の戦場ではないか」

いつもに似合わず、今日のベアトは饒舌(じょうぜつ)だ。初めての戦場に興奮しているのか、それとも……軽く触れれば、その白い手は細かく震えていた。

そうだよな、次期女王と言ったって、ベアトはまだ成人して間もない女の子なんだ。こんな大勢の人間同士で殺し合うシーンに、平静でいられるわけもない。俺がいつものように両手で包み込むと、手の震えは徐々に収まって……やがて薄い唇の端が、わずかに上がる。

「大丈夫。ルッツが隣に立ってくれている限り、私は強くいられる」

もういい加減慣れたはずなのに、ベアトがかましてくる不意討ちのデレには、毎回胸を撃ち抜かれてしまう。アホみたいに口を開ける俺の姿に、リーゼ姉さんはお手上げのポーズをとり、グレーテルは殺人光線みたいな視線をたっぷり突き刺してきたあげくに、小さくため息をついて笑顔を向けてきた。これは、許してもらえたってことで、いいんだよな？

「戦が終わったら、私にもご褒美をくれるよね？」

言い置いて、グレーテルは前線に出ていった。普通なら「勝ったらご褒美」なんだろうけど、彼女にとって勝利は既定事項なのだ。いったい何を要求されるのか……背筋につうっと、冷たい汗を感じる俺だった。

◇◇◇◇◇◇

戦はまず、遠距離からの魔法の打ち合いから始まる。攻撃方は主に火の魔法をぶつけ、守備方は土魔法を中心として、それを跳ね返す。魔法使いの力に大きな差がない場合は多少の被害を出しながらも双方が魔力切れになり、以降は兵隊同士の近接戦闘になだれ込むのが常道なのだ。

だが今回はこっちに、魔力Sクラスのリーゼ姉さんがいる。なかなか攻撃技になりにくい水魔法と言うところが泣き所と言えるのだが、今回は俺のアイデアで新魔法を用意している。

「攻撃魔法は撃つな！　敵の魔法から兵を守ることに専念せよ！」

姉さんの命令が魔法部隊に飛ぶ。魔法使いたちはさんざん馬鹿にしてきた水魔法使いの小娘から下りてくる指示に不愉快そうな表情をするが、戦場で勝手な行動をしては、死ぬ運命が待っていることもよくわかっている。渋々ながら従って、土魔法使いは防壁を造り、火魔法使いは敵の撃ち出す火球に自らの火球をぶつけて相殺する。

本来火魔法に対する防衛ならば水魔法使いがバリアを張ったほうが効率が良いのだが、姉さんの指示で水魔法使いは全員待機し、魔力を温存しているのだ。

公国がひたすら攻撃し、王国がひたすら受ける。そんな奇妙な魔法戦は、予想どおり公国側の魔力切れで幕を下ろした。魔法使いの能力だけであれば、王国は大陸随一なのだ……それゆえ軍隊の育成を怠(おこた)り、こういう時には苦労するわけなのだが。

そして、魔法を撃ち終わった公国軍が、ゆっくりと前進する。公国側とて魔法戦で勝とうなどと思っていない。できるだけ王国の魔法使いを消耗させたうえで、絶対優位である通常戦力をぶつけるつもりであったのだ。今のところその企ては、成功しているように思われた。

だがリエージュ公国の指揮官たちは知らなかった。この戦場にリーゼ姉さんとグレーテルと言う、卓越した魔力持ちがいることを。

「水魔法使いは全員、魔力切れ寸前まで目一杯水球を！」

姉さんの一見不思議な指示に、魔法使いたちが一斉に短い呪文を唱えて応えると、彼女たちの周囲に大小さまざまの水球が、ふよふよと漂い始める。水属性の魔法使いたちは火属性の者たちと違って、素直に姉さんに従っている……役立たず属性と蔑まれている水魔法の価値を変える何かを、この若き指揮官がやってくれるかもしれないということに、淡い期待を寄せているのだ。

やがて、魔法使いたちがほぼ魔力を使い切った時には、俺たちの頭上にはものすごく大量の……おそらく五十メートルプール三杯分くらいの水が、ひとかたまりになって浮いていた。

「みんな、よくやってくれました。後は私に任せて！」

その水は、ゆっくりと上空へ昇っていく。そして、敵の上空はるか高いところで広く薄く展開した。

その奇妙な様子は、敵からも見えていたはずだが……しばらく不思議なものを見るようにそれを眺めていた公国兵も、指揮官の叱咤でまたゆっくり前進を始める。おそらくは「またベルゼンブリュックの得意な、雨乞い儀式じゃないか？」くらいにしか考えていないのだろう。水属性魔法使いを侮ることに関しては、彼らも王国貴族たちと同様なのだ。

公国軍がさらに近づき、彼我の距離が二百メートルほどまで縮まる。両軍が弓に矢をつがえ始めたその時、一部の兵が頭上の異常に気付いた。

「おいっ！　何だかあの空、キラキラ光ってないか？」

「むっ、確かに。あれは……何だ？」

そう、はるか上空で、太陽の光が乱反射し、まるでシャンデリアが天井一面に配置されているかのように、きらめきを放っているのだ。その光はこの世のものとも思えぬくらい幻想的で美しい眺めであった。

それは、この世の者をあの世に送り込む悲劇の光であったのだが……公国軍がそれに気付くのは、あまりに遅過ぎた。

「見ろ！　光が、落ちてくる！」

光が落ちて来るのではなく、実際には光を反射する「何か」が落ちて来ているのだが、兵士たちにそんなことが理解できるはずもない。彼らが認識できるのは、陽光を複雑に反射しきらめいていたそれが、ものすごい速度で地上に……自分たちに向かって迫ってくることだけなのだ。

そして数秒後、平原は苦痛の声と、流血に満ちた。公国兵の上に落ちた「光」は兵を刺し貫き、身体の自由を奪い、多くは大量の出血とともに生命すら失わせた。身体を鋼板で覆った重装歩兵はまだ動けるものの、一万を超える軽装の歩兵と貴重な魔法使いたちは、一瞬で戦闘能力を失った。

「あ、あれは……」

先ほど不平を鳴らしたかつての魔法部隊指揮官が、目の前に展開する惨劇に頬を痙攣させながら、驚きの声を上げる。ベアトがわずかに口角を上げ、誇らしげに告げる。

「見ましたか、あれこそが『英雄の愛娘』が持つ真の実力、そしてこれまで評価されていなかった、水魔法使いたちの……本当の価値なのです。彼女らは膨大な水を生み出し、それを敵の上空で神の槍に変じさせ、大義なき侵略の誘惑にかられた愚か者どもに、天罰を加えしめました。このようなことが……卿にはできますか？」

「い、いいえ。小官が……間違っておりました。このように偉大な力を目の当たりにしてしまっては……アンネリーゼ卿、申しわけありませんでした。小官これより、貴女様に絶対の忠誠を誓わせていただきます。貴女が偉業をなし遂げるために必要な補佐を、全力で務めます」

　あれほどリーゼ姉さんの下で働くのを嫌がっていたはずの指揮官が、いまやその瞳をらんらんと輝かせ、己の生命すら捧げんと言わんばかりに畏まっている。まあ、この世界の魔法使いという連中は、ベアトやグレーテルに聞けば、おしなべてこういうものであるらしい。相手の人格などはさておき、強き魔法を体現した者を素直に尊敬し崇拝し、機会さえあらば師事し謦咳に触れんと願う、良くも悪くも魔法オタクたちなのだ。

「アントニア卿の言葉、嬉しく受け取ります。土魔法の達人であり経験豊かな貴女の助力なくば、魔法使い部隊の統率はおぼつきません。頼りにしていますよ。まずは魔力の残っている者を、マルグレーテ卿の援護につけてください」

「はっ、承知いたしました！」

激励の言葉に頬を少女のように紅潮させた指揮官が部隊再編のため退出するが、その足取りは弾んでいる。いやはや、最初は嫌な奴と思ったけど、この人も単なる魔法バカだったのか……この世界、まだわからないところが多い。

　そして眼前の公国軍は、まだ大混乱している。重装兵が無事とは言うものの、重傷の味方を救うかどうかで迷い、上層部の指示が混乱しているのだ。まあ、救うと言っても……数千の兵が一気に負傷し、ほぼ同数が死んでいるのだ。戦場から下げることすら困難であろう。

「さあグレーテル、お前の出番。あのいまいましい重装歩兵を蹴散らし、公国軍を我が国から追い払え！」

「はいっ、ベアトお姉様！」

瞳の奥に、激情の炎が燃えている。武器棚の前で少し考えるような仕草をした後、一つ気合を入れて大剣を背負った彼女は、意気揚々と敵に向かって駆け出した。

少女のかたちをとった光の塊が、公国軍の中枢たる重装歩兵部隊の分厚い布陣を、やすやすと切り裂いていく。

「はあっ！」

短い気合とともに、スレンダーな体格にそぐわない大剣を両手持ちで軽々と振るえば、公国兵がまとう鋼板の鎧が、まるでバターのようにぬるりと両断される。返す刀で自らに向け突きだされた槍の穂先を斬り飛ばし、蛮勇を以て立ち向かって来た男を、頭から尻まで唐竹割りに仕留める。

いつもは空手、持っても中剣程度の武装しかしないグレーテルが大剣を振り回す気になったのは、今回ばかりは派手な大量殺戮（さつりく）が必要だと判断したからのようだ。横殴りの一振りで四～

五人の敵兵の身体から一斉に血が吹き出すシーンを見てしまうと、まるで彼女が魔神のように思えてくる。だって、どうやっても切っ先が届いていない敵まで、倒れちゃってるんだぜ。人間のなせる業とは、思えないよなあ。

そして彼女が無茶苦茶な力技で公国軍に開けた穴を、必死で後に続く歩兵の男たちがせっせと広げ、敵の最精鋭とされる重装歩兵部隊を、徐々に分断しようとしていた。素の戦闘能力では到底敵わないはずだが、グレーテルの暴れっぷりに混乱している公国軍は、ずるずると後退していく。

ちょうど俺たちの軍はグレーテルを頂点とする縦長の二等辺三角形みたいな形をとり、辺に当たる部分では男どもが身体を張り、その内部には魔法使いの女性が陣取り、土魔法や火魔法を撃っては外周で戦う肉壁たちを援護している。

実のところこの陣立ては、俺が提案したものだ。なぜか軍議の席に呼ばれ、意見を求められたので軽い気持ちで言ってみたのだが、ベアトが即決採用したことには驚いた。

種付け以外には何の役にも立たない婿の分際で差し出がましく軍議に口を出すとは……なんていう聞こえよがしの陰口を叩く軍人さんも多かったが、ベアトが頑として異論を認めなかったんで、みんな渋々従ってくれたんだ。まあ、この戦法は三角形の頂点に立つ者が無敵に近い強さを発揮する必要があって……グレーテルの戦闘能力がその領域に達しているのを知っているのは、俺とベアト、そしてリーゼ姉さんくらいだったからな。

昭和日本生まれの俺としては、女の子……それも好きな娘を一番危ない場所に置くなんて案を口にすることに忸怩たる思いがあるのだが、事前におっかなびっくり相談したグレーテルの反応は、まったく違うものだった。

「その戦法最高ね！　ルッツが私の力を信じてくれてるのがうれしいっ！　大好きよ！」

そう叫ぶなりがっつりハグされて、呼吸困難になったっけ。このあたりがこの世界特有の考え方というのか……魔法の恩恵で女性のほうが圧倒的に高い能力を持っているここでは、俺の提案が「愛する女を危地に放り込む鬼畜の行為」ではなく「パートナーの能力を最高のものと信頼し心の底からリスペクトする、愛ゆえの行為」という解釈になるようなのだ。

結果として、俺がグレーテルに「先鋒として敵陣を切り拓いてくれ」とお願いしたことは、彼女の士気をめちゃくちゃ上げることになってしまったらしい。すでに数百の敵兵を一人で倒しているというのに疲れたそぶりも見せず、たった今も長大な剣を振り回してひたすら前進する彼女を、止めることのできる敵はいない。全身に光のオーラをまとい、ポニーテールにまとめたストロベリーブロンドが彼女の一挙手一投足に合わせて活き活きと躍動する姿は、もはや神々しいといえるレベルで……飛び散る汗すら輝きを放っているようだ。

そんな姿に見とれる俺は何をしているかと言うと、石がたっぷり詰まった籠を背負って、ひたすらグレーテルに遅れないよう、ついていくだけが役目だ。こんな本格的な戦闘じゃ、軍人としての訓練を受けていない俺では、肉壁にすらなれない。だけど彼女に一番危険なポジションを振った張本人の俺が、後方でのうのうと観戦というわけにいかないだろうし……そんなわけで、Aクラス土魔法使いの男爵様が彼女を守るために撃ちまくる石礫を運ぶだけという、ま

あ体力と根性さえあれば誰でもできる仕事に志願したってわけなのさ。

「坊や、遅れてるよ！」

「はいっ、すみません！」

籠一杯の石はくそ重たくて、この世界に来てから意識して身体を鍛えてきた俺も、さすがに息が切れてきた。男爵のおばちゃんがグレーテルの死角を襲おうとする敵に向けてひっきりなしに魔法で石を飛ばし、籠の石を四割くらい減らしてくれてなかったら、そろそろ落伍(らくご)してしまっていたかもしれない。

「しかしアンタ、見直したよ」

「えっ？」

「高位貴族のおぼっちゃまなんてのは、ベッドの上だけで活躍するもんかと思ってたからね。王配の地位が約束されているっていうのに、幼馴染を守るために前線に出てくるなんて、泣かせるじゃないか。たとえ、石運びしかできなくてもね」

そう言いながらおばちゃんは、グレーテルの真横から槍を突きこもうとしていた二人の敵兵を、同時に石撃ちで昏倒させて、にやりと笑った。

「役に立たないことは、自覚してます」

「いや、馬鹿にしてるわけじゃないのさ。アンタがすぐ後ろにいるって意識することで、あの武闘派お嬢様の力は、二倍にも三倍にもなるってもんだよ。アンタはちゃんと、戦に貢献してる、胸を張りなよ」

そうかなあ。凛々しく強いグレーテルの姿を見ていると、何もできない俺じゃ釣り合わないんじゃないかという思いで、もやもやしてしまうけど……この粗野で優しいおばちゃんの言葉で、少し元気になった気がする。うん、もうちょっと頑張ろう、あの活き活きと輝く、幼馴染のために。

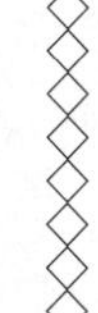

結局俺たちの組んだ二等辺三角形は、敵の精鋭部隊を突き抜け、完全に二分した。その頂点を担うグレーテルの武勇に不安はなかったけれど、この作戦は両辺の肉壁が崩れたら成り立たない危ういもので……なんとかなったのは、ある意味運が良かった。もともとリーゼ姉さんの大量殺戮魔法で混乱していた指揮系統は、分断されたことで完全に機能不全に陥り、本来弱いはずの王国軍に包囲されて、徐々に戦力を削り取られている。

そしてグレーテルはようやく、敵の主将をその視界に捉えた。プレートメイルに全身を固め、馬にまで鋼鉄の鎧をまとわせた、重厚な出で立ちだ。ちょっと見は男かと思わせる体格だったけれど、兜から覗く長い金髪が、女性であることを物語っている。まあ、魔法も使えない男を総指揮官クラスに任じることは、さすがにないか。

「小娘！　ここまで突破してきたことは褒めてやろう。だが健闘もここまでだ、主将同士、尋常に一騎打ちで決着をつけてやろうぞ！」

ここに来てなお上から目線の言い分に、俺も思わず呆れた。二倍以上の兵力を有する絶対優位をリーゼ姉さんの魔法で崩され、最精鋭の重装歩兵部隊をグレーテルの猛戦で突き破られた敵は、このまま行けば間違いなく敗戦だ。ベルゼンブリュック側には一騎打ちを受けるメリットもなければ、義務もないのだ……一騎打ちで一発逆転を狙うなら、むしろ奴らのほうが「お願い」しなきゃいけない立場のはずなのにな。

だけど、うちのエースは、残念なことに戦闘狂だ。格好の獲物が目の前で吠えているのを、見逃すわけはない。迷うことなく敵将に向き直って大剣を地面に突き刺す……一騎打ちを受けるという、意思表示だ。身にまとう金色のオーラが輝きを増し、その口角が上がる。髪をひとつに結んでなかったら、ストロベリーブロンドが興奮で炎のように広がっていたことだろう。

「見ててね、ルッツ！」

やる気満々で大剣を構えて立つ少女に向かって、敵将は一直線に馬で突進してくる。高位の火属性持ちらしく、手にする槍の穂先は真っ赤に燃えている。

おいおい、歩兵に一騎打ちを申し込んでおいて、自分は騎馬かよ。言うまでもなく速度においても打ち下ろす高さにおいても、馬に乗っているほうが明らかに有利だ、卑怯とまでは言わないが、騎士道にはもとるのではないか……そう考えてしまうのは、元世界の感覚に縛られている俺だけではないらしく、王国兵の間に、怒りの声が上がる。

だが、俺の大事な幼馴染は、そんなことは気にしていないようだった。流れるような動きで敵将が放つ渾身の突きをするりといなして、にやりと微笑む。間違いない、グレーテルはこのシチュエーションを、しっかり楽しんでいる。

必殺の攻撃を躱された相手は、素早く転回してもう一度迫ってくる。今度は避けさせないとばかりに、最高速度で、しかも最短距離をもって。馬の速度と重量が加わった突進はまともに受ければ刺し貫かれるだけ、ひたすら躱すしかないが、避けてばかりでは勝つことはできない。王国軍の兵たちは頼りなげな視線をグレーテルに送っているけれど、俺は何も心配していない……彼女の口元には、余裕の笑みが浮かんでいるのだから。

必殺を期した刺突だったが、グレーテルがゆるやかな動きで大剣を操り、コツンと横から軽く当てると、槍先は彼女の肩をギリギリかすめて逸れた。そしてグレーテルは腰の高さで大剣を一閃させ……敵将が駆け抜けたと見えたその後、なぜか馬体は騎手を乗せたままぐしゃりと地面に落ち、もといた場所には馬の四肢だけが、綺麗に残されていた。もちろん主将の駆る重装騎馬である、その脚も鋼板でしっかりと鎧われていたはずなのだが……光属性のオーラをたっぷり乗せたグレーテルの大剣にかかっては、両断されるしかなかったのだ。

「一騎打ちは、私の勝ちでいいわね？」

落馬してもがいている敵将を見下ろして、溌溂とした声で宣言するグレーテル。全速で走る馬から放り出されて地面に叩きつけられたのだ、もはや戦闘を続けられるはずもない。敵ががっくりと全身を弛緩させたのを確認した彼女が味方の軍を振り返って……地響きのような歓声が上がったその時。

「危ない！」

往生際の悪い敵将は、唯一自由の利く左手に火炎の魔法をまとわせ、グレーテルに向けていた。俺の叫びを聞いた彼女は、ちょっと驚いたようにくるりと身を翻し、次の瞬間には炎に包まれた手首が、虚しく宙を舞っていた。

「こんな卑怯な奴だと思わなかったから、つい油断しちゃった」

てへっ、とでも言いそうな雰囲気で舌を出すグレーテルは、飛びっきり可愛い……そう思っていた俺は、彼女の苛烈な本質を甘く見ていたらしい。敵将を振り返るグレーの瞳から発する視線は氷のように冷え切り、鋭く敵を射貫く。

「なめた真似をしてくれたわね」

「小娘が！　一思いに殺せ！」

「そんな楽に死なせてあげるわけないでしょう？　王国を侮り、私を侮辱した罪は、王都に連行した後、ゆっくりと償ってもらうわ。私の雷撃は、なかなか気持ちいいのよ……心臓が止まるまでに、何回耐えられるかしら？　ほら、死なない程度に、血は止めてあげる」

光のオーラをまとった大剣がそこから先を斬り飛ばされた手首に触れると、じゅうっと焦げるような音がして、確かに流血は止まった。止まったんだけど……哀れな敵将は、痛みにのたうち回っている。まあ、ケンカ売る相手を間違えたんだ、それなりの報いは受けてもらわないとな。

平原での戦いは、こうして王国側の圧勝に終わった。「空き巣狙い」と陛下が呼んだ公国軍

は万を超す兵力を失い、国境の砦まで退却してそこに立てこもっている。

「私たちは勝ったが、まだ敵には数千の兵力が残っている。王国軍がここを引き払ったら、また背後で蠢動するだろう。ここは徹底的に叩いて、しばらくは侵攻を考えられないようにしておくべき。北方には、英雄ヒルデガルドと母様……陛下がいる。急いで赴かなくても持ちこたえてくれる」

「私も賛成よ」「もうひと暴れできるわね」

表情を消しつつベアトが追撃を主張すれば、リーゼ姉さんとグレーテルもそれを肯定する。

まあ、グレーテルのほうは暴れられれば何でもいいのだ、まともに考えちゃいないのだろうけど。

「ところで、あのすごい魔法はどうやって？」

軍議と言いつつ、密室で決めた方針を通達するだけの会を終え、ようやく肩の荷を下ろした感じの俺たち四人は、公国から分捕った補給物資から甘いワインを失敬して、軽くくぴりとやっている。

「あれは……ルッツに教わったのです、私には到底思い付けませんでした」

ベアトに絶賛されたリーゼ姉さんが、ワインも手伝ってか頬を紅に染める。我が姉ながら、実にこういう仕草が可愛い。

「む？　ルッツは魔法が使えないのに、やたらと魔法に詳しいな。確か、リーゼの得意技『ウォーターカッター』とやらも、ルッツの考案だというが？」

「そうなのです。我が弟ながら、なぜこんなに水魔法の応用法に精通しているのか不思議で……」

いや違うんだよ、魔法に詳しいわけじゃないんだ。元世界では常識だった科学の知識が、この世界では知られていない……それと魔法を組み合わせると面白いんじゃないかと思って、強くなるためなら労力と時間を惜しまない姉さんと、試行錯誤しただけなんだよ。

「天空から落ちてきたのは氷の槍であったな？」

「ええ。『つらら』みたいなものと思っていただければ良いです」

「リーゼの力なら水を槍の形にすることは容易い。だが、凍らせる方法が思いつかない」

「それは……槍のような形にした水の表面を、言うなれば空気に変えるのです」

そうなのだ、俺が姉さんに提案したのは、水の一部を気化させることによって、水を冷やして氷に変えることだ。水では殺傷能力がないけれど、氷なら重力に任せて落っことすだけで、今日みたいな大量殺戮ができるからな。

「は？」「どういうこと？」

ベアトとグレーテルが疑問の声を上げる。まあ、そうだよな……そもそもこの世界の人に「水を気化させる、そうすればまわりから熱を奪う」って概念を理解させること自体が、ものすごく難しいことなのだ。水が目に見えない細かい分子でできていて、その距離を近づければ水に、遠ざければ水蒸気になるなんていうのは、俺たちにとっては当たり前でも、この世界では「なに言ってんだ?」的なものだろう。

姉さんにそれを教えるのにも、たっぷり一時間かかったからなあ。それでも一時間で済んだのは、例のウォーターカッター以来、俺に対する姉さんの信頼度が爆上がりになっていたからで……他の人だったらこうはいかなかった。

だが、一度それを認識したら、水魔法にかけては大陸随一の姉さんだ。水で形作った槍の表面から分子レベルで水を引っぺがして無理やり気化させ、「水の槍」から熱を奪って「氷の槍」に変えることを、あっさりやってのけた。そして今日、万を超える敵兵の上に、無数の氷槍を降らせるという、まるで神のような業を現出させてしまったのだ。考えたのは俺かもしれないが、姉さんが持つ化け物クラスの魔力と制御力をもって、ようやく可能になったわけで……俺は大したことはしていない。ああ、後であのアイデアの特許料でも、もらうとしようかな。

「ふむ、また妙な知識。ルッツは不思議な男……だが、そこが魅力的だ」

「そうです、ルッツはその知識で私に、魔法使いとしての誇りを与えてくれました、私の知っていた弟とはもう違う存在のように感じられるのです。まるで、天空から遣わされた預言者のように……」

うっ、リーゼ姉さんの賞賛が重過ぎる。そりゃ、大好きな姉さんに褒められて嬉しくないことはないのだが……氷魔法を教えた頃から、俺を見る視線が教祖様に向ける信者の目になってきてるような気がして、とっても気になる。そんな俺の思いを読み取ったように、姉さんは続けた。

「ルッツ、私にとって貴方はただの家族じゃない、もうかけがえのないひと……だって、灰色だった私の人生を、色鮮やかに塗り替えてくれた男のひとだもの」

弟に向けるにはあまりに熱く、潤んだ眼差しを突き刺されて、俺はどぎまぎするだけだった。ベアトもグレーテルも助けてくれる気配もないし……どうすりゃいいんだよ！

翌日、俺たちはゆっくりと公国軍を追跡し、ついに国境を越えた。

平原での大勝利以来これといった抵抗もなくここまで来たが、さすがに足を止めざるを得ない状況だ。目の前に、後退した公国軍が立て籠もっている、堅固な城があるのだから。

二百年前に建造されたというこの城については、俺も事前に書物で調べていた。安山岩の巨石を精密に切り出して組み上げたその城壁は高さ十五メートル、厚さも一メートル以上を誇り、ハシゴや櫓(やぐら)では攻略不能。さらにその高さを利用した弓の撃ち下ろしや投石で、過去の王国は甚大な被害を出した。そして城が主を替えたことは一度もなく、この城が有る故に国力に劣る公国でも、ここ二世紀というもの国境を維持できてきたのだと。

そんなカチカチの城など放っておいて、さっさと公都に向かって進軍……という考えもないわけではないのだが、まだ城には七～八千の兵力が詰まっている。こいつらが背後に回ると極めてヤバいわけで、結局のところここを攻略するしか道がないわけだ。

「で、ルッツよ。何か策はないか？」

おいおい、ここで俺に振ってくるのかよ。まあ、この城なら何とかなりそうなんだけど。

「まあね。この城の売りは堅固な城壁、逆に言うとそこしか強みがないわけさ。だから、そこを崩してやれば、奴らの心はぽっきり折れるだろうね。城壁さえなければこっちは魔法使い部隊が健在だし、一揉みにできるんじゃないかな？」

「ねえルッツ。こんなすごい石積みの城壁、どうやって攻略するのよ？　信じてないわけじゃないけど……」

「グレーテルの心配はもっともだと思うよ。だけどこっちには大陸最高の水魔法使いがいるんだ、なんとかなるさ。ねえ、リーゼ姉さん？」

「もちろんよ。ルッツがやれって言ったら、私はできる、いえ、やってみせるわ」

姉さんの表情が、完全に教祖様のお告げを聞いた信者のそれになっていることに、深くため息をつく俺だった。まあ、ヤル気になってくれてるのは、うれしいんだけどさ。

目の前で、高い高い石積みが音を立てて崩れていく。
ついでに、城壁の上から悪態をつき、無駄に矢など射掛けてきていた公国兵が、無様に落下してくる。堅固を誇ったはずの防壁が、四十メートルくらいの幅で、まるごと崩れるのを目の

当たりにした敵は、多分ポカンと口を開けて呆けているだろう。

一方、ベルゼンブリュックの兵は、みな拳を突き上げて歓呼の声を上げている。

「すげえぞ！　あんなでっかい城壁を、あっさり崩しちまった！」

「あんな精密で強力な魔法が使えるなんて……」

「さすがは『英雄の愛娘』だってことかしら？」

そう、今回はもう、手の内を隠しておくことはない。一般兵にも見えるように、リーゼ姉さんの超絶水魔法を、たっぷりと披露したのだ。

城壁がいかに堅固といえど、底部は上からの重量で押され続けている。それでも潰れたり崩れたりしないのは、壁を形作っているのが綺麗な直方体にカットされた、硬い火山岩だから。

じゃあ、底部の石に斜めに切れ目を入れてやればどうなるか？　上からの重力は下方向だけじゃなく横に向かっても働くようになって……底部の石は城壁の外にはじき出される。そうなれば上に十数メートル積み上がった石を支えるものがなくなるのだ。城壁は自身の重さで、勝手に崩れていくわけさ。

だけど石は固く、大きい。これに斜めの切れ目を入れるとか、石鋸（いしのこ）なんかじゃあ、絶対に無理だ。ある程度切れ目を入れることができても、鋸歯が石の重さで動かなくなるだろうからなあ。

そこに姉さんのウォーターカッターを使ったらいいんじゃないか、というのが俺の安直な発想で……姉さんが工兵隊に入ったのも、建物や壁を水流で破壊する技を磨くためだったのだ。

普通のウォーターカッターは、せいぜい板状のものしか切れないと思っていたけれど、姉さんはやや偏執的とも言える情熱をもって日々厳しい訓練をし、時間さえかければ岩塊をも両断することができるようになった。魔力上限は生まれつき決まっていると言われているけれど、魔力制御は鍛えれば伸びていく……そして姉さんは、もともと制御の才能が抜群なんだ。日を追うごとに彼女の操る水流は細く、かつ速くなってゆき……それは、切断力がより上がるということなのだ。

そんなわけで今回は、兵たちを前にして石切りショーをお見せしたってわけさ。ライトブルーの髪を風になぶらせながら、部下の水魔法使いがせっせと生み出した水球をふよふよと城壁の前まで進めては、それを細く絞って次々と要となる石にぶつけていく姉さんの仕事は、一見地味だった。

だけど結果は見てのとおり。水魔法使いたちはみなリーゼ姉さんをもはや崇拝しているけれど、今度はその神々しいまでの奇蹟を、惜しげもなく全軍に見せつけたのだ。


「すごいわ！　あんな分厚い石を、まるでチーズでも切るように……」

「あれだけのことを成し遂げても、水面のように平らかな様子……憧れるわ」

「こんな奇蹟を起こせる魔法使いを『英雄の娘』って呼ぶのは失礼じゃないか？」

「そうよね！　これからアンネリーゼ卿を『水の女神』とお呼びするのはどうかかな？」

「おおっ、それはピッタリだ！」

「水の女神様！」「女神様！」

何だかみんな盛り上がっているなあ。姉さんが賞賛されているのはうれしいけど……まだ戦は続いてるってこと、わかってるよね兵隊さんたち？

まあ、結果的に言えば、城壁が崩れた時点で、戦の帰趨は決まっていた。「水の女神」の奇蹟を目の当たりにして士気最高潮のベルゼンブリュック軍が城内に躍り込むと、そこにはペタンと地面にへたり込む公国軍の兵士たちがいた。ありうべからざるものを見た彼らはすでに戦意を失い、その多くは王国兵と一合も剣を合わせずして、捕虜となった。

さすがに高位の指揮官たちは尖塔にこもって抵抗したけれど、無駄な抵抗ってもんだ。緒戦で一人も失われず健在の王国魔法使い部隊が、火球や岩石で容赦なく集中砲火を浴びせれば、白旗を掲げるしかなかったたってわけさ。

「もうちょっと粘ると思ったんだけど、意外とあっさりしてるんだな」

「魔法使いがいない軍など、こんなもの。あの城壁がなければ、戦う前に降伏していたはず。唯一彼らの心を支えていたそれが破壊されたのだから、当然」

ベアトのつぶやきに、なるほどとうなずく俺だ。もともと魔法使いに関しては質・量ともにベルゼンブリュックのほうが優れていた。そこに持ってきて緒戦で姉さんが現出した、氷槍による範囲殲滅魔法を食らって、鋼の鎧などまとっていない公国の魔法使いはほぼ壊滅している。姉さんや母さんの殲滅系魔法は別格としても、実際に魔法使いたちの容赦ない攻撃シーンを見てしまうと、いくら訓練された兵士でも、敵し得ないことは俺にもわかる。

「リーゼの功績は巨大。これで水魔法を馬鹿にする者はいなくなるはず」

「そうだね」

「リーゼは努力を続けていたのに誇られてきた。ずっと口惜しく思っていたけど、やっと報いることができる」

　ベアトはリーゼ姉さんと親交があったから、そのへんずっと気にしてくれたみたいだ。終戦処理の指揮を取っている姉さんの姿に向けるベアトの目は、珍しく感情豊かに細められている。

「親友として、そして新たな英雄として、リーゼが誇らしい。だけどそれ以上に私は、ルッツのことも、我が配偶者として誇らしく思う」

「い、いや俺は今回、戦ってすらいないから……」

「水魔法を氷魔法に進化させるなんていう発想をした者は、王国にかつていなかった。そしてあの、ウォーターカッターであったか？　あんな水魔法の使い方をリーゼに指南したのも、ルッツの功績だ。術者はリーゼであろうが、術式を開発したのは、ルッツだ。後世の者から、偉大な魔法学者として讃えられるだろう」

　陶器人形に例えられる白皙の頬が今は桜色に染まり、翡翠色の瞳がキラキラと輝いて俺を見上げる。それは明らかに好意と敬意にあふれていて……うん、まあ俺は元世界の知識をちょっとリーゼ姉さんに教えただけなんだけど、俺が異世界人だなんて知らないベアトには、すごい奴に見えちゃってるのかもしれない。う～ん、そろそろまわりの女性からの過大な評価が重くなってきたぞ……元世界のことを、ぶっちゃける時が近づいてきたのかもしれないな。

　そんなことを考えていた時、尖塔に進出していた兵士たちから、驚きと喜びの声が上がった。

どうやら大物を捕らえたらしい。ベアトは緩みかけた頬をきゅっと引き締め、指揮官のほうに歩み寄っていった。

降兵の中にリエージュの第一公女がいたことで、公国との西部戦線は、一気に終息へ向かった。

なんで公国の後継ぎがこんなところに、と思ったのは俺だけではないのだが……帝国に主力を振り向けたベルゼンブリュックの留守を襲うという絶対有利な条件に驕り、楽勝気分で出てきたところをリーゼ姉さんに叩きつぶされ、あわてて国境の堅城に逃げ込んでいたというところが真相のようだ。ずいぶん頭の緩い公女様だなと言う感じだが、母親の大公も出陣を許したのだから、国全体が負ける可能性なんか考えてなかったのだろうな。

公女がこちらの手中にあることを告げる使者を送れば、その日のうちに停戦を要請する使者が来て、バタバタと停戦協定が結ばれた。俺たちは公女を始めとする八千の捕虜を伴って本国に戻り、転進して帝国に対峙する。公国は俺たちが帝国と決着をつけるまでの間、手を出さないというごく大雑把な合意だ。今回の侵攻に対する賠償金や領土割譲などの条件はその後話し合われるわけだが、後継者を含む数千の人質を取っているのだ、交渉上手の王国外交官の手にかかれば、公国の存在を揺るがすほどの補償がもらえるのだろう。

「本来は、私がその交渉を決着させたかったが」

「早く北方に向かわないといけないんだ、しかたないだろうな」

「こういう分野くらいしか、私は役に立たぬのにな」

ベアトの声に少し寂しそうなトーンが重なる。そうだ、ベアトは自分がSクラスの魔力を持ちながらも戦で活躍できないことを、結構気にしているのだ。俺からしてみれば農林業の生産性を倍増させる彼女の木属性魔法は素晴らしいものだと思うが、貴族たちの評価は、ついつい派手な戦働きのほうに偏ってしまうのだ。

外交であれば、彼女の陶器人形を思わせるポーカーフェイスは有効であろうが、今回その機会は与えられない。そうなるとどうしても西部戦線では「水の女神」リーゼ姉さんと「英雄の再来」グレーテルの輝きばかりが評価されることになり……第一王女派が裏でぐだぐだとベアトを誹謗する声を、止めることが難しくなる。

「大丈夫だ。リーゼ姉さんやグレーテルは確かにすごいけど、活躍できたのはベアトが二人を信じて、任せてくれたからだ。俺の仕事も褒めてくれたけど、その俺を含めて配下の人材に自由な手腕を振るわせるベアトの器量は、わかる人には必ず伝わる」

「うん……ありがと」

少しだけ頬を染めて、ベアトがうなずく。屈託が晴れたかどうかはわからないけど、ちょっとでも元気になってくれればいいんだけどな。

だけど、彼女の卓越した木属性魔法を戦に活かす方法、本当にないのかな……北部戦線に戻る旅の間、俺はずっと考え続けていた。

第6章 もう一発、イッとく？

公国捕虜のあれこれ始末を超特急で整えて、俺たちは帝国との戦場に戻ってきた。

意外なことに北部戦線は、俺たちが離脱した時点に比べると大きく……十数キロくらい押し込まれてしまっていたのだ。女王陛下と「英雄」である母さんがいれば、魔法使いの質に劣り、歩兵や騎兵頼みの帝国軍を止めることは容易いと思われていたのだが、日々じわじわと支配地域を広げられ、すでに大きな村が十ケ所くらい敵の手に落ちている。

このままあと十キロほど後退すれば、そこには北部交易の要衝であり、グレーテルの生まれた地でもあるハノーファー侯爵領の領都がある。ようは、かなりヤバい状況に陥っているのだ。

「どうしてこんなことに。フロイデンシュタット伯……英雄ヒルデガルド様の炎魔法があれば」

「ヒルダは緒戦で撃って以降、炎の魔法を撃たせてもらえない状況なのだよ、ベアト」

ベアトの疑問に、眉間に深くシワを刻みつつ答える女王陛下は、普段明るいこの方に似つかわしくもなく苦悩されているようだった。だが、あの母さんが魔法を使えないってのは、どういうことなんだろう。

「あれを見てみよ」

俺のいぶかしげな表情に気付いたのか、陛下が敵の最前線を指さす。帝国は平原を横一列になって、じわりじわりと進んでくる。こんな芸のない陣形であれば、母さんが一撃で焼き払えるはずなのだが……。

ベアトが不意に、ひゅっと息を飲む。そして俺も帝国軍の先頭を見て、思わず眉をひそめた。

そこには、老若男女取り混ぜた王国の庶民たちが数百人、荒縄で数珠繋ぎにされて、帝国兵に小突かれつつよろよろとこっちに向かって歩かされている光景があった。

なるほど、これじゃあ母さんの得意とする炎の殲滅魔法は、撃てないだろう。もちろん母さんは陛下がやれと命ずれば民を巻き込んででも敵を焼き払うであろうが、女王陛下は甘いと言いたくなるくらい国民思いの御方だ。数百の民を盾にされたら、攻撃命令など出せるはずがない……なるほど、母さんの魔法に対抗する帝国軍の秘策というのは、これだったのだ。

母さんの魔法さえ封じてしまえば、兵隊同士の力比べは帝国側が圧倒的に優位。ここ二週間ほど、ベルゼンブリュック側は陛下の土魔法で土塔をあちこちに立て、帝国軍の前進を遅らせる以外の抵抗ができなかったのだ。

「許せない。民は護るべきもので、盾にするものではない」

「私も同じ思いだ、ベアト。だがあれほど多くの民を巻き添えにするわけにはいかぬ。不甲斐ないことに私とヒルダでは、この事態を打開できなかった……接近戦に強い『英雄の再来』グレーテル、そして今や最強の魔法使いとなった『水の女神』リーゼの力を貸して欲しい」

「喜んでっ！」「御意に！」

俺にとって大切な二人が、その決意をきゅっと眉に込めて、陛下の願いに是と答える。命令じゃなくお願いってところが陛下らしいけど……そういう陛下だから二人は心から慕い、彼女のために生命をかけようとしているのだろう。

ひざまずく二人の姿を見て頼もしげに口角を上げるベアトだけど、やっぱり少しだけ寂しそうな表情を、その白皙の頬に刷く。まあ、無理もないか……戦いに向かぬ属性持ちとはいえ、この危急の時に敬愛する母が自分ではなく他人の少女を頼っているということは、娘としての心に傷を残さないはずはないだろう。

「そして、ルッツ。いや、ウォルフスブルグ伯ルートヴィヒよ。そなたは優秀な種馬であることのみが注目されておるが、どうやら魔法使いの女を導き、その力を最大限に振るわせるという稀有な才能を有していると、軍監より聞いている。従軍義務もないそなたに頼るのは実に心苦しいが、幕僚として知恵を貸して欲しい」

そうか、俺まで評価して、頼ってくれるのか。どこまでも優しい陛下に、ちょっと感動する。こんな国難の時なんだ、命令してくれればさくっと従うのに……あくまで陛下は、俺たちの人格を尊重してくれるんだな。国の指導者としては厳しさが足りない気がするけど、本当に立派な方だ。まあここまで望まれたら、昭和男子として応えないわけには、いかんだろう。

「俺に、できることでしたら」

俺の返答に、憂いを含んでいた陛下の表情が明るく変わった。母さんとベアトの顔に微妙な色が滲んだのが、気になるけれど。

「感謝するぞ、ルッツ。では早速なのだが……人質に害を及ぼさぬように、卑劣な帝国の連中を焼き払いたいのだ。策を出してはくれないか？」

「へっ？」

おい、いきなりそこを、ずばり要求してくるわけなの？　主力軍が何週間もかけて解決できてない問題を、俺に考えろと？　子供が誕生日のプレゼントを開ける時みたいなわくわくした目で俺を見つめる女王陛下は、何だかちょっとアレな思考をお持ちらしい。

「やっぱり、エリザって……」

「母さんはもともとこういう人。ルッツに教えておかなかった私の不覚」

母さんとベアトが憐れむように俺を見ている。ああ、さっきの感動を、返して欲しいよ。

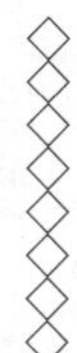

俺たちは深い森の中を、狩人くらいしか使わぬ獣道をたどって、重い装備を背負いつつこそこそ進んでいる。

こんなことをする羽目になったのは、女王陛下が無理難題を俺に押し付けてきたせいだ。人間の盾として使われてしまっている民を害さずして、母さんの殲滅魔法を敵に浴びせる手段を見つけろという、まあとんでもなく無理筋の要求だ。

なんだかここんとこの俺は、リーゼ姉さんの魔法を開花させたり、西部戦線で提案した陣形がうまく行ったりで、ちょっと目立ち過ぎたようだ。まあ、姉さんに関するあれこれは概ね、元世界で得た知識を使っているのだから、俺の能力とは言えないのだが……まだ陛下にそれをゲロってしまう決心はつかない。だから陛下の中で俺に対する期待が勝手に膨らんでしまったことは、ある意味自業自得ではある。

そうはいえ、陛下が与えて来た無理難題には、元世界の知識をもってしても名案が浮かぶわけもない。結局のところ「敵に悟られないように迂回し、背後から魔法をぶっ放す」という、まったく芸のない提案しかできなかったわけなのだ。

そして陛下はあっさりそれを了承……してくださったことまでは寛大さと器の大きさを示していたはずなのだが、その後がどうもよろしくない。

「うむ、その策やよし。ではその作戦の実行指揮を、ルッツに一任する。必要な戦力や資材はいくらでも出すから、よろしく頼むぞ」

おいこら、そこはもう少し考えて決めるところだろうと、相手が女王陛下でなければ百万遍突っ込みたい。何かアイデアを出せっていうところまでは納得していたんだけど、俺って実戦に役立つ能力、何も持ってないんだぜ？　なんでそんな俺が、こんな難題を自ら解決できると思うんだ？

しかし、相手はベルゼンブリュック絶対王政の頂点に立つ権力者。やれと命ぜられれば逆らえるはずもなく……俺は今にもあふれ出しそうな呪詛の言葉をぐっと飲み込みつつ、実行計画を立てざるを得なかったのだ。

敵が進んでくる平原の東側には平坦な大地がどこまでも広がっていて、ひっきりなしに斥候が遊弋（ゆうよく）している。たとえ少数のグループであっても見つからずに背後に出ることは難しかろう。

ならば、西側に広がる深い森を突破するしかない。鬱蒼と樹木が茂り、大型の害獣や魔物が徘徊している森は、熟練の狩人でもなければ踏み込む者もなく、ましてやそこを突っ切って先に進もうとする者など、そもそもいない。

　だけど俺は考えた。並みの旅人が越えることは不可能だが……あいにく俺のまわりにいる女性たちは、ある意味みんな「並み」じゃない。何とか彼女たちの力で、あの森を抜けることを考えようってことなのさ。

　俺はまず地元の狩人から二人を案内役として雇った。あとはできるだけ少人数にすべきだ。もちろん主砲である母さんは外せない。そして森の中では接近戦での強さが重要になるから、危ない目にあわせることになっちゃうけどグレーテルには付いてきて欲しい。

「任せて！　ルッツは私が、守ってあげるわ！」

　予想どおりではあるけれど、グレーテルは男前な了承を返してきた。昭和な俺の心情としてはむしろ「守ってあげる」側に回りたいのだが……どうしようもないのがこの世界だ。

　そして敵の斥候を潰すためには、偵察術や暗殺術が必要だから、アヤカさんの部下である「闇の一族」から三人選抜し、それに俺を加えて合計八人……こんなものだろう。

　だけど出発準備を終えた俺は、深緑色のローブのフードから豪奢な色濃い金髪と、陶器人形のように白い頬をのぞかせた少女の姿を認めて、驚かされることになった。

「ベアト！　なんでここにいるんだ？」

「婚約者が死地に赴くならば、ついていくのは自然なこと」

あまりに純粋でストレートな言葉にズキュンと胸を撃ち抜かれてしまったが、これは止めなきゃ。こないだまで出征していた西部戦線みたいに、護衛にぴっちり守られているならともかく、仮にも次期女王がこんな少数の特攻隊に参加するのは、絶対ダメだろ。

森には獣も魔物も出る。そして、もしうまく敵の背後に回って魔法を撃つところまで成功したとしても、その時点で俺たちの周囲に味方はいないわけで……包囲されて捕捉されてしまう可能性だって非常に高い任務なのだから。

それを一生懸命説いても、ベアトは首を縦に振らなかった。

「大丈夫、私が死んでもベルゼンブリュックの王統が絶えるわけではない。クラーラ姉様がうまく貴族たちをまとめてくれるはず」

「そんな簡単に……ベアトを後継にすることは陛下の勅命で」

「母さんの許可は取った」

はあ？　何てことしてくれるんだ、女王陛下。アンタ以外に、誰がベアトを止められるんだよ。

「私の父親は王配ではなく、種馬」

へぇ？　ベアトはいったい、何を言おうとしているんだ？

「母さんが好きになった男性はたった一人、クラーラ姉様の父上たる王配殿下だけ……彼は二十数年前に帝国との戦で陣頭に立って、死んだ。だからそれ以来、母さんは王配を立ててない」

「そうだったのか……」

「だから『愛する者を一人で死地に送り出すわけにはいかぬ』と私が言ったら、三時間部屋にこもったあげく、許してくれた。自分と同じ思いをさせるわけにはいかないそうだ」

あの明るく優しい陛下に、そんな悲しい恋物語があったとは。思わず同情しそうになるけど……俺にこんな無茶振りしたのも陛下だしなあ、やっぱり文句言いたい。

「何よりも、今回は森を抜けるのだろう。森の中であれば、私より役に立つ女はいないぞ」

翡翠の瞳がいつもより大きく見開かれて、その視線がまっすぐ俺を射貫く。結局俺は、いつもと違って雄弁になった婚約者に、言い負かされてしまったのだった。

「これは……快適ですね。森の獣道が、こんなに楽に進めるとは」

「さすがは、木属性最強の御方です」

案内役として雇った狩人たちが、口々にベアトを賞賛する。褒められて悪い気はしないのだろう、ベアトも白皙の頬を少しだけ桜色に染めて、俺にしかわからない程度だけど、口許を緩めている。

丈高い樹木が密生しているこんな森では、木々の葉に陽光がさえぎられるため灌木類が育たないことが多い。しかしこの森には、暗い場所に強いらしい低木が、わずかな光を一生懸命集めるべく横へ横へと枝を伸ばしており、歩きにくいことこのうえない。

だが、ベアトが短い呪文をぼそっと唱えると、イヤガラセのように獣道へかぶさっていた枝や丈高い下草が、まるで動物でもあるかのように俺たちをよけて道を空けてくれるのだ。そして俺たちの通った後を振り返れば、何もなかったかのように元どおり、雑草や枝が獣道をさえぎっている。

「まるで草木に、意思があるかのようだなあ」

「あながちそれは、間違っていない。ここの草木は魔力の影響を受けて……少し魔物化しているから」

「魔物だって?」

ぎょっとして身構える俺に、ちょっとだけベアトが視線を緩める。

「魔物と言っても、悪い魔物ばかりではない。ここの草木は大丈夫……だが、森の奥までいくと、生き物の精気を抜いて取り殺すような樹木もある」

ヤバいヤバい、元世界の森なら迷うことだけに気を付けていればよかったが、この世界の森は一味違うらしい。精気を取られたらたまらんから、早く森を出たいぜ。

「心配しなくていい。ルッツの身は、私が守る……森にいる限り」

あ、ベアトにもこれ、言われてしまったなあ。何だか俺、守られてばっかりだなあ。グレーテルに、リーゼ姉さんに、アヤカさんに、そしてベアトに。なんだか寂しいけど、俺に実力がないことは確かなんだし、「守ってもらう」ことを受け入れないといけないんだろうなあ。みんなに大事にしてもらってること自体は、うれしいしなあ。

「私の取柄は、森にいないと発揮できないから」

だけど、ベアトのつぶやきには、何だか自嘲のような響きがある。やっぱり王族として、外敵から国を守らねばならない時に貢献できないってのは、辛いものがあるんだろう。歴代女王は、たまたまかもしれないけど、おおむね戦向きの属性だったらしいからな。

ベアトには、堂々と前を向いていて欲しい。そんな思いで、俺はここに来る途中ずっと考えていたアイデアを、彼女にこそっとささやいた。言葉の意味を理解した瞬間、もともと人形みたいに大きいベアトの目が、さらに三割り増し大きくなったように見えた。

「……それなら私にもできそう。早く試したい」

「そのためには、早く敵を負かして、奴らの領土に追い返さないとな」

「うん、頑張る」

ベアトが陶器人形にも例えられるのは、その白皙の表情にいつも感情が窺えないからだ。だが今の彼女は違う。その目はかっと見開かれて翡翠の瞳には意志の炎が灯り、桜色の唇はきゅっと引き結ばれて強い決意を物語っている。俺はこっちのほうが好きかな……。

そんなことを思って鼻の下を伸ばしていたら、背後から殺人光線みたいな視線を突き刺される。恐る恐る後ろを振り向くと、そこにはストロベリーブロンドをまるで静電気実験でもしたかのようにぶわっと膨らませた、幼馴染の姿があった。

「ふうん、ルッツはずいぶん余裕があるみたいね。私の荷物をちょっと分けてあげるから、こっちへ来なさいっ！」

ああ、終わった。

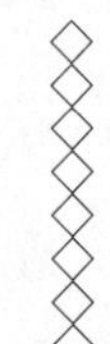

グレーテルに「ほんのちょっと」荷物を余計に持たされた俺は、小高い丘を息を切らせながら登っているところだ。光属性Sクラスの彼女は常時身体強化の魔法を自身にかけているから、そもそも他のメンバーのほぼ三人分にあたる荷物を自ら進んで運んでいる。その彼女が言う「ほんのちょっと」は、並みの一人分にあたる重さで……丘の頂上に達した時には、鍛えていたつもりの俺も、もう疲労困憊だった。

「うん、頑張ったわね。これで許してあげる……私も頑張ってるんだから、たまには構って欲しいわ」

意外にデレた台詞とともに、俺の荷物がすっと軽くなる。それと同時に俺の身体が淡く光ったかと思うと、さっきまでゼイゼイ息が切れていたはずなのに胸がすうっと楽になり、乳酸がたまりまくっていたはずのハムストリングスが、一気に軽くなる。

「回復魔法ありがとう、やっぱりグレーテルの回復は、抜群によく効くね」

そう、光属性は「聖職属性」とも言われるとおり、聖職者が駆使する回復魔法が得意中の得意なのだ。水属性の回復がじわっとゆっくり自己回復力を上げてやるようなマイルドなものであるのに対し、光属性は怪我だろうと病気だろうとその場で治してしまうすごい効き目がある。とりわけグレーテルのSクラス魔力をもってすれば、斬り飛ばされた四肢や潰された目すら治すことができるのだ。俺の筋肉疲労なんかに使うのは、もったいないお宝魔法なんだよな。

「え……あ、うん……そう、私は優秀なのよ！　枝で怪我したらすぐ言うのよ、治すから！」

素直な気持ちで賞賛を送ったつもりなのだが、なぜか頬を紅に染めて照れるグレーテルが可愛い。照れ隠しなのかさっさとスタスタ先に行く彼女だけど、実のところ三人ぶんの荷物を担いでるんだぜ……俺の幼馴染って、凄い奴なんだよなあ。

直線距離なら十キロちょっとも進めば敵の裏に出られるはずなのだが、樹木や下草が密生し、起伏や流れがあちこちにあるワイルドな原生林で、まっすぐ進むことなど到底無理だ。ベアトがせっせと魔法で草木の障害を除けてくれていても、日が高いうちに裏へは回れなかった。

母さんの殲滅魔法はある意味災害級のアレだから、相手の位置がはっきりわかっていないと危険極まりなく、夜に攻撃を仕掛けるわけにはいかない。そして実のところ俺は、前線の敵じゃなく、もっと後方のターゲットを狙いたいのだ。

そんなわけで俺たちは今夜、無理せずに野営している。誰もいない森で、俺以外は全員女性だ、ハーレム気分でわいわい楽しくキャンプ飯……なんていう状況になったら嬉しかったけど、そんなわけはないよな。そもそも隠密行動中だから火なんか使えないし、交代での見張りも欠かせない。

「また『闇の一族』に、ご迷惑をお掛けしてしまいましたね、すみません」

「あらあら、お貴族様……それも『英雄』閣下の坊っちゃまだっていうのに、お嬢様のおっしゃってたとおり、偉ぶらない方なのね、いいことよ」

俺は、多分二十代半ばと思われるお姉さんとペアで見張りについた。魔法で役に立てないんだから、せめて睡眠くらいは削って貢献しないとな。眠気覚ましに話しかけると、お姉さんからやたらフレンドリーな反応が返ってくる。彼女の言うお嬢様っていうのは、多分アヤカさんのことなんだろうな。

「今回は多数の帝国軍と直接戦闘になる可能性があるじゃないですか。昼間の集団戦闘は闇の一族としては苦手でしょう?」

「そうね。あたしらとしたら、お天道さまの下で戦うより、闇の中で密かに近づいてグサリとやるほうが確かに得意かな。まあそういう意味だと今回みたいなのは危ないって言ったら危ないけど……この仕事は、何より魅力的な報酬が期待できるから、無理もするよ」

「そんないい報酬があるんですか、さすがは女王陛下の勅令案件ですねぇ」

俺の返答に、お姉さんがちょっと驚いたような顔をして……それからぷっと小さく吹き出した。

「そっか、ルッツお坊ちゃまにはわかんないか……私らの言う『何より魅力的な報酬』ってのはね、貴方に種付けしてもらうことなのよ」

「へぇぇっ?」

思わず間抜けな声が出てしまい、あわてて口を覆う俺。お姉さんは苦笑いしながら周囲を慎重に窺って、それから声を低めて続ける。

「そりゃあ、任務の報酬としたらおカネも魅力的だけどね。ほら、この間の任務のご褒美で一族から四人、ルッツ様の種をいただいたでしょ？」

「そうでしたね……」

そう、アルトナー商会にまつわる陰謀解決に大きく貢献した褒美として、ベアトが闇の一族への種付けを許したことで、アヤカさんが選んだ四人のお姉さんと、夜毎せっせと励んだのだ。

まああれはむしろ、俺にとっても美味しいご褒美だったような気もする。

「その顔を見たら、ルッツ様も満更ではなかったみたいだね……お嬢様が選び抜いた子たちだったし。まあそんなわけでめでたく四人とも孕んだわけだけど……お腹に子が宿った途端、彼女らの魔力が恐ろしく上がったのよ、意味わかる？」

うぐっ、そこには思い当たるフシがある。俺とのあれこれでできた子供は、今までみんなかなり強い魔力を持っていた。そしてその母親は、お腹の子が有する魔力を自由に使うことができて……そうやって十月十日過ごしている間に親子の魔力が溶け合って、出産した後も母親の魔力は増大したままになる。ようは母親も鍛える「種」なのだ。

もちろんこの事実はあまりにヤバいから公表されていないけれど、目の前で四人も魔力アップするところを見せてしまったら、闇の一族ではもうすでにそれは公然の秘密になってしまっているのだろう。

「そんなわけで、今回の任務で活躍すればきっとその者にもルッツ様の『神の種』がいただけるんじゃないかって……あたしも含めて一族の女は皆、こぞって手を上げたってわけよ。だからここに来た三人はヤル気満々さ、ルッツ様やベアトリクス殿下のためなら、生命を惜しまず尽くすわ」

うっ……やっぱり、そうだったのか。不本意ながら俺の「種」評価は、爆上がりしてしまってるみたいだ。

だけど、「生命を惜しまず」とかさらっと口にするお姉さんには、きっぱり言っておかないといけないことがある。

「お姉さん、名前を教えてください」

「えっ？　サヤ、だけど……」

「じゃ、サヤさん。お願いがあります、生命は粗末にしないで。必ず生き残ってください」

「ルッツ様は優しいね。あたしみたいな身分卑しい者の生命も、惜しんでくれるなんて」

「いえ、そんなんじゃありませんよ？」

俺の返答に、お姉さん……いやサヤさんは怪訝な顔をする。

「じゃあ、何なのよ？」

「だって、死んじゃったら、できないじゃないですか。俺どうしても、サヤさんとしたいんです、したいから……絶対に、生き残らないとダメですよ、約束ですからね」

サヤさんがもう一度、小さく吹き出す。しばらく下を向いてくつくつとひそやかに笑っていた彼女が顔を上げると、目尻に何だか光るものが見えた気がした。

「そうよね、あたしもルッツ様と『する』のを、楽しみにしているわ。貴方が王国最高の種馬とされるのは、優秀な子を与えてくれるという理由からだけではないってことが、よくわかったわ……こんなに年下のくせに、女殺しなんだもん。約束はできないけど、精一杯生き残るつもりで、頑張るわ。そして生きて帰ったら、朝までしましょう」

「ええ、受けて立ちますよ」

真面目に答えたつもりなのに、なぜかまた笑われてしまった。サヤさんは微笑みながら肩を寄せてきて……最後にちゅっと、頬にキスしてくれたんだ。

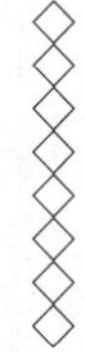

翌朝のサヤさんは俺に対して特別な仕草を見せたりしなかったんだけど、なぜかベアトからはジト目を向けられ、行軍中は殺人光線みたいなグレーテルの視線が背中に突き刺さるんだ。何と言うか女性ってのは、実にこの手の機微に敏感だよなあ。元世界で「あなたは鈍感」と言われ続けた俺としては、感心するしかない。

前線にいる敵の背後に回れる位置までは進出したけど、俺たちはさらに森を縫って前に向かう。敵が後方に大規模な前線拠点をすでに築いて、本格侵攻を目論んでいるという情報を、闇の一族が掴んで来たからだ。前線を叩いてもそいつらに追い回されるのはかなわないし……むしろ母国に帰る道を塞いでやったほうが、敵に与える心理的影響が大きいんじゃないかと思ったんだ。

だけどさすがに敵の拠点が近くなると、森の中まで敵の警戒が及んで来た。

「ルッツ様、前方から敵の哨戒部隊が進んで来ます。隊長含む歩兵七名、弓兵四名、魔法使い一名」

闇一族のナツさんというお姉さんがきびきびと前方偵察の結果を報告する。三十歳くらいの、鍛え上げられた筋肉の持ち主だ。このお姉さんも、俺の「種付け」を望んでこの任務に志願したのだろうか、こんな無駄のない引き締まった肉体に抱きしめられたら気持ちいいだろうな……いかんいかん、ここはすでにリアルな戦場なのだ、お楽しみは作戦が、成功した後だ。

「哨戒部隊にまで魔法使いを配しているんだな」

「おそらくは風魔法使いでしょう。人や獣の気配を探る術が、風と闇の属性にありますから。リュブリアーナ帝国に闇属性はほとんどいないはずですので、風属性で間違いないかと」

俺はちょっとあわてる。ナツさんの言うとおりなら、森に隠れていたつもりの俺たち一行も、すぐ探り出されちゃうってことじゃないか。過剰戦力のグレーテルがいる以上、戦えば勝てるだろうけど、騒ぎは敵の基地に伝わってしまうだろう、それじゃマズい。

「大丈夫です……皆さん、こちらへ集まってください」

集まった俺たちの中心で、ナツさんが合掌してなにかもごもご唱えると、周囲の空気が変わったような気がした。

「皆さんの気配を消しました。私から離れぬ限り、風魔法程度の探索には捉まりません」

「じゃ、あたしたちは行くよ」

怪訝そうな顔をしてしまった俺たちにナツさんが説明してくれている間に、サヤさんともう一人、ミフユさんという二十歳くらいの女性が左右に散っていく。どうやら闇一族の三人は皆、気配を消す術を持っているらしい。知れば知るほど、忍者っぽいよなあ。

「魔法使いを潰してしまえば、基地に異常を伝える手段がなくなるので、それはあの二人に任せてください。後は歩兵との白兵戦となりますが、そのあたりは我が一族の苦手とするところ。ぜひ接近戦は、マルグレーテ様にお願いできればと」

「任せて！」

ここんとこ暴れたりなそうな雰囲気を垂れ流していたグレーテルが、我が意を得たりとばかりに、グッと拳を握りしめて即答する。西部戦線であれだけ活躍したんだから、そんなに頑張らなくたってみんな褒めてくれるのに。

「私が戦う姿を、ルッツに見ていてもらいたいのよ」

そんなことを口にして、ぽっと顔を赤らめる彼女は、いつもの威張りくさった姿と違って、かなり可愛く見える。いつもこうだったら……とか考えたらいけないんだろうな。

「そろそろ、やります」

勝手に作ってしまった二人の世界を、ナツさんが遠慮がちな声で断ち切った。俺はあわてて、敵が来るほうを凝視する。元世界では近眼と老眼のダブルコンボだった俺だけど、ルッツ君の身体にお邪魔してからというもの、近くも遠くもやたらとよく見える。百メートルくらい先に、歩兵と弓兵に守られた魔法使いらしきオバちゃんが疲れた顔で歩いてきて……やおら立ち止まると、いかにも魔法術具っぽい杖を構える。ヤバい、あそこで探索魔法を使われたら、俺たちの存在はバレバレじゃないか。

俺がそんなことを頭に浮かべた瞬間、魔法使いオバちゃんの表情がこわばり、見る間に苦悶のそれに変わる。まわりの兵が異常に気付いた時には、その首は半ばから切断され……ころりともげて転がり落ちた。

「あれは……」

「我が一族が得意とする糸術です。蜘蛛の糸に闇魔法を掛けて強化したものに撚りを入れて造った、透明で決して切れない糸をくるっと首に巻き付けて、両側から引っ張ってあげただけですよ」

なにそれ怖い。そういや元世界のテレビで、必○仕事人がそんな技使ってたような。だけど仕事人は首まで切らなかったと思うなあ。骨まで切れちゃうってのは……やっぱり闇魔法がこもってるからなんだろうか。

「よしっ、行くわよ！」

グレーテルの声で、我に返る。そうだ、テレビ番組のことなんか懐かしんでる時じゃなかったよ。まだ敵がたっぷり、残ってるじゃないか。

「はあっ！」

だけど、頼れる俺の幼馴染にとっては十人ちょっとの敵兵など、顔にたかろうとする蚊を手で払う程度のものであるようだった。プラチナ色に輝くオーラを全身にまとい、中剣を片手に飛び出したグレーテルは、瞬く間に二人を斬り伏せ、あわてて剣を抜いた一人へは、ドテッ腹に前蹴りを見舞って十メートルほども吹っ飛ばす。彼女の強さを認識した敵は三方から一斉に斬り掛かってくるけれど、彼女が優雅にくるりとその身を一回転させた後には、胴を半ば断ち割られた三つの死体が、そこに転がるのだ。

そして、少し離れた場所では、サヤさんとミフユさんが投擲タイプの短剣を正確に放って、一投ごと確実に弓兵を一人葬っている。やっぱり闇の一族は戦闘のプロだ……自分勝手に暴れまわるグレーテルともしっかり連携して、一番助けになることをしてくれるのだから。

「これで終わりよっ！」

幼馴染が勇ましく宣言するとともに、剣を唐竹割りに振り下ろす。敵の隊長であったらしい男が合わせた剣はもろくもポキリと折れ、男は頭から尻まで真っ二つになった。

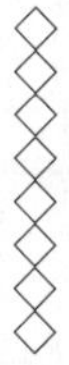

上機嫌なグレーテルを先頭に、俺たちは更に森の中を進んだ。哨戒の兵を倒してしまったからには、もはや時間の余裕があまりない。彼らが定時で戻らねば、基地の連中は異常に気付いて警戒レベルを引き上げてしまうであろうから。

そんなわけでやや急ぎつつ七～八キロほど歩いた先に、目当てのものを見つけた。木立の隙間から見えるものは、麦畑を潰して建設された、木の防壁が二重にぐるりと囲う巨大な拠点だ。その中にはおびただしい数の兵隊がいて……すでに立派な兵営や糧秣庫が建造され、輜重車も次々と帝国側から到着している。

「すごい規模。こんな前線基地を我が国の領土に造られてしまったとは不覚」

「中には二万五千の兵が、出陣を待っています。そして、五万の兵を半年養えるだけの兵糧も運び込まれました」

ひっそりと合流してきた闇一族の男が、ひざまずいてベアトに報告する。彼はここ十年くらい、族長の命を受けて帝国の民として潜り込み、情報を探っていたのだ。この戦にあえて志願し、敵拠点の情報を集めるだけ集めて、逐電してきたというわけだ。こういう働きをしてくれる人は貴重だよな……十分な報奨をあげるようにアヤカさんへお願いしよう。

「リュブリアーナ帝国は本気で腰を据え、王国を蹂躙するつもりなのだな」

「はい、一時の略奪を狙うものではなく、領土を拡大する陣立てです」

そうだろうな。前線に出て女王陛下やリーゼ姉さんと対峙している軍がおよそ二万、そしてその後方をバックアップするこの基地に二万五千……帝国はその軍事力の過半をこの戦線に振り向けているのだ。後詰めの兵が前線に出てきたら「人間の盾」のせいで魔法攻撃が使えないベルゼンブリュック軍は、またずるずると押し込まれるだろう。さっさとこいつらを片付けないと。

「ベアト、基地の兵が出陣する前に、叩こう」

「ルッツの言うとおりだ。ヒルデガルド卿、いよいよ出番だ、頼む」

「はっ！」

母さんが、いよいよ出番かとばかりにやたらと張り切って、呪文の詠唱を始める。火属性にふさわしい鮮やかな赤毛が風に揺れ、はしばみ色の瞳に光が満ちる。まあ、ここ二週間ほど、帝国の「人間の盾」戦術にヤラれて、魔法を撃ちたくても撃てない状況に追い込まれていたのだ。直情的な母さんが溜めたうっぷんは、かなりのものだったのだろう。

「我こそは火の精霊より祝福を受けし使徒なり……原始の炎よ、我が呼び掛けに応えよ……罪深き我が敵をその腕に抱き締め、食いつくすべし……」

なんだか厨二病っぽい台詞の羅列に少し引いてしまう俺だが、母さんの魔法流儀はいつもこうなのだ。何やらカッコイイ……と本人だけは思っている言葉を延々と紡ぎ出しながら、自らの集中を高めていくのだ。ベアトやリーゼ姉さんも詠唱はするけれど、こんな長ったらしく恥ずかしい呪文を必要とするのは、母さんくらいであるらしい。

だが、俺から見たらえらく恥ずかしい台詞を、母さんは照れることなく真面目に吐き切った。

「……神意の炎よ、あ奴らを灰燼に帰せっ！」

そう叫んで母さんが右の掌を帝国の基地に向けた瞬間、見渡す平原一杯が紅く染まった。何を燃料として燃えているのかなんてわからない。だけど、確かに大地が燃えているんだ……地面から炎が噴き上がり、そこにあるものすべてを焼き尽くそうとしているのだ。

そしてもちろん、大規模とはいえにわか造りの敵基地も、猛火に包まれていた。そりゃあ、壁も建物も、全部木造だからな。そして二万数千を数えるという兵士たちは、ある者は焼け崩れる木材の下敷きとなり、ある者は煙に巻かれ……そして多くの者は、理不尽な炎に直接その身を焼かれ、骨も残らず、まさに灰燼となっていく。

何も聞かされないまま帝国上層部に追い立てられて戦場に来たであろう下級の兵士は哀れに思わなくもないが、集団として彼らのやっていることは侵略であり殺戮であり略奪だ。ここでやらなきゃ王国の民が殺され奪われ、虐げられる……そう考えて、もやもやする思いを押し込めるしかないだろう。

「私は初めて見たが『英雄』の魔法は、さても恐ろしいものだ。帝国側が非道な手段を使ってでも撃たせたくない理由が、よくわかる」

「そうだね、母さんの魔法はすごい。だけど俺は、ベアトの優しい魔法が好きだな」

そう、母さんの魔法は唯一無二。こんな規模で敵を壊滅させられる魔法使いなんて、おそらく大陸でも彼女だけなのだろう。だけどこう言っちゃなんだが、母さんの魔法は使い道も唯一無二、こういう開けた土地にいる相手を、敵も味方もお構いなく、まとめて焼き払う……それだけなんだ。民衆は母さんの派手な武勇に熱狂するのだろうけど、俺は……野の草木や畑の作物を静かに育てるベアトの魔法を、とても素敵なものに感じるんだ。

「……ルッツはずるい。こんな時に欲しい言葉をくれたら、もっと好きになってしまう」

平原を焦がす炎が映っているのか、それとも照れているのか、ベアトの白皙の頬が紅に染まっている。なんか俺、柄にもなく青春しているなあ。実のところ中身は六十歳、過ぎちゃってるんだけどな。

「ベアトお姉様といい、サヤといい……戦の真っ最中なのに女性を口説くなんて、ルッツはどうしようもない男よね。緊張感がないんだから」

　はっと気付けば、そこには呆れ顔の幼馴染の姿が。

「ご、ごめん」

「いいのよ、最近はこれがルッツなんだって、あきらめられるようになってきたわ」

　大げさに肩を落としてため息をつくグレーテル。う〜ん、俺ってそんなに、悪い男なの？

「さて、これほどの炎と煙が上がったのだ。前線でも、気付かぬはずはない」

　ベアトの言うとおりだ。これだけ派手にやらかしたのだから、帝国も前線基地が失陥したであろうことは悟るだろう。まさか灰すら残さないほど綺麗に焼き尽くされているとまでは、思いもしないであろうが。

　補給から、傷付いた兵の治療や補充まで、何から何までバックアップしてくれていた拠点が破壊されたショックは大きいだろう。だがもっと彼らの不安をかき立てるのは、母国に還る道が、失われることだ。これまで勝ち続けて来た彼らだって知っている……王国の魔法使いたちが本気を出せば、攻守逆転する可能性は大きいこと。そしてたった今は素直に従っているように見える民たちも、帝国軍が一旦敗れれば姿勢を一変させて、撤退を妨害し補給を拒み、果ては敗残者狩りで兵士たちの装備や、生命まで剥ぎ取ろうとすることを。

　その万一の際にも彼らの安全を担保してくれていたのが、あの強大な前線拠点であったのだ。

それが失われたことが、帝国兵たちにとって「我が家に帰れない」と同義に感じられたのは、無理のないことだろう。

「おそらくはおっとり刀で引き返して来るな。二万の兵に追われたら、いくらグレーテルでも無理だ、一旦森に引き返そう」

「うん、そうする。ルッツの意思は、私の意思」

なんだかだんだん、ベアトの発言にヤンデレ臭がしてきたのは気のせいだろうか。俺たちって陛下の政略にもとづく婚約者だったはずなんだけど……やっぱり最近、やたらと好かれているように思えるのは、うぬぼれじゃないよな。まあ俺にとってもそれはとても心地よいものでる……こんな美少女に真剣な視線を向けられて、嬉しくない男なんていないだろうし。まあ、背中に突き刺さる幼馴染の殺人光線がやや気になるわけなのだが……後でケーキでもおごって、許してもらおう。

そんなわけで俺たちは、森に隠れた。とはいえ、もはや帝国軍が森を索敵する意味などないわけで……簡単な魔道具でお湯を沸かし、ベアトが自ら淹れる紅茶の風味を楽しみつつ、前線の敵が戻って来るのを待つだけの時間だ。

「やっぱり殿下のお茶は美味しいですわね」

「なぜでしょうね、同じ茶葉でもベアトお姉様が淹れると香りが違うというか……」

「あたしは緑茶のほうが好きだったはずなんだけど……こんな美味いのをいただいちまったら、紅茶派になっちゃいそうだね」

「邪魔だったけど、ポットを持ってきて良かった」

女性陣が次々と繰り出す賛辞に少し頬を染めつつ、ベアトの瞳はカップから立ち上る湯気にあごをくすぐらせている俺に、まっすぐ向けられている。静かな圧を感じつつ、一口含む。

「美味い。こんな野山でベアトのお茶が味わえるなんて、贅沢だな」

陶器人形にも例えられる冷たい美貌が崩れ、不器用な笑顔がこぼれる。その瞬間だけは、ベアトが普通の女の子に見えた。

「来たわ、先鋒に五千、その後に一万というところね」

何でも闇の一族で一番目がいいというナツさんが、前線から退いて来る帝国軍を樹上から観察している。さあっと眺めただけでおよその兵力がわかってしまう能力はすごいと思うのだが、彼女に言わせると闇一族の者ならこのくらいは基礎の基礎なのだとか。厳しいもんだよなあ。

「よしっ『人間の盾』はいないみたいね」

「まあ、急いで戻って来たのだろうから、歩みの遅い民は連れてこられないよな」

そう、これが俺の狙いなのだ。後方基地を攻撃されたことを知った敵は、何を置いてもとにかく早く状況を確認し、小癪な相手を撃滅しようとするだろう。そんな時に、老人から子供まで一緒くたに縄で繋いだ「人間の盾」なんて持ってくるわけがないからな。

「うん、じゃあ早速いくわよ！」

「ちょ、ちょっと待って母さん……もっと引き付けて、できるだけ多く倒してくれよ」

母さんの魔法は、ばんばん連発できるようなものじゃない。せっかく敵が最大勢力で攻めてきてくれたんだから、できるだけ多くの敵を巻き込んでくれなくては。

「う……わかったわよ。もう魔力は練り上げちゃったんだから、早く指示出してね、まだ？」

いつも仕事でせかせかしている母さんは、こんな戦いの時もせっかちだ。

「まだだよ、今撃ったら、先陣の連中にしか当たらないじゃないか」

「あんまり待たせると、炎が漏れちゃうわよ！」

「はぁ……じゃあ、あと二十数える間我慢して。二十、十九……」

「長いわよ！」

「十一、十……もう少しだから！」

「もう漏れちゃうっ」

「三、二、一……撃っていいよ！」

「よおしっ！　かの正しからざる者たちを紅蓮の炎で焼き尽くし、我が力をここに示さんっ……燃えよっ！」

なんだかさっき唱えた呪文とはずいぶん違う感じだけど、厨二臭いことはおんなじだよなあ。

そして、顕現した魔法も、さっきとまったく同じだった。目の前の平原にいきなり炎が噴き出し、そこに立つ敵兵を無慈悲に焼き焦がしてゆく。この一発でできる限り片付けたかったけど……母さんの詠唱準備が早過ぎたのと、基地に居た奴らと違って敵が密集していなかったこともあって、さすがに後方の敵は無傷みたいだ。

「ナツさん、どのくらい倒した？」

「およそ半数！」

そうか、それじゃあ七千くらいは、残ってしまったか。あいつらが俺たちを見つけたら厄介だ……奴らは仲間をしこたま殺された怒りを晴らさんとして、その数を恃んで襲いかかって来るだろう。母さんが撃つような大規模魔法は、一発かましたらしばらくの間、もう撃てない……それは魔法使いでない者たちの中でも常識だ。魔法使いがもう一遍チャージする前に殺すしかないと、みな思い定めているだろう。

「あっちだ！」

遠くにいて無傷の兵士たちが、俺たちを指差す。そりゃあんなに派手な火炎を放出したら、出所は一発でバレちゃうよな。

「しかたないな、ベアト……やっと出番だぞ」

「うん、頑張る。初めてルッツが、頼ってくれたから」

頑張る理由が微妙に違うだろうという気がするが、ベアトがやる気を出してくれているなら文句はない。

「みんな、できるだけ森の奥に急いで撤退！　闇一族は先導してくれ、悪いがグレーテルはしんがりを頼む！」

「ええ、任されたわっ！」

やたら張り切った声でグレーテルが気合を入れると、彼女の身体と手にした中剣に、プラチナ色のオーラが輝く。今日はストロベリーブロンドをきっちり結い上げているところを見れば、彼女も肉弾戦を覚悟していたのだろう。間違っても敵に掴まれないように……って言ってたもんな。

「グレーテルの出番はまだ後。出番が来ないようにするのが、私の仕事」

そう言いつつベアトが低い声で何やら不思議な呪文を唱えたかと思ったら、周囲の景色が変わった。森の、敵に面した側にある木々がなぜかみんなその枝を横に向かってにょきにょきと伸ばし、互いに絡ませ始める。瞬く間にそれは分厚い木の格子となり、人の出入りを柔らかく、しかし敢然と阻む壁となってゆく。

「これで少しは時間が稼げる。だけど母様の土壁と違って、木は斧で断ち切れるし、火にも弱い」

やや自嘲気味にベアトが吐く言葉は間違いじゃないが、人の脚より太い枝が二重三重に絡み合った木の防壁は、それほど簡単にぶち破れるものではない。ベアトはそれを幅百メートルくらいこさえると一旦下がって、五十メートルくらい後ろに、また壁をつくる。そうやってちょっと移動しては壁をつくり、また森の奥に向かって移動する。

これが俺の提案した、ベアトの木属性魔法を活かす戦い方だ。

ベアトの母上……女王陛下の繰り出す土壁は確かに強力な防壁だ。しかしそれを見た敵はそれを破壊することなど考えず、さっさとそれを迂回していくだろう。結局のところ、その防壁を延々と左右に延ばすことが必要になるわけで、術者の負担は大きい。

だが、目の前の壁が、ちょっと頑張れば壊せるように見えたらどうだろう。戦う人間の心理として、それを破って前に進みたくなるものじゃないだろうか。

そんなことを考えて、一見簡単に突破できそうだけど実は面倒くさいベアトの枝防壁を、何段も重ねて仕掛けることを俺は提案したってわけだ。そして最近やたらデレてくれる術者のベアトは、その案を迷わず丸呑みして……すでに追手との間に、五段の壁を構築している。

「殿下の魔法はすごいわね、これで逃げ切れそう！」

「それはわからないよ、敵がやけくそになったら……」

俺と母さんがそこまで言葉をかわした時、グレーテルのあわてた叫び声が聞こえた。

「うわっ！　あいつらバカなの？　火魔法を撃つなんて！」

そう、森の中で火炎魔法を撃つなんて、通常はありえない。下手をすればその火は森の木々に燃え移り、大規模な山火事を引き起こしてしまうのだから。そうなってしまったら敵も味方も、まとめて焼死の危険にさらされるからだ。

だが、目の前で母さんの超絶魔法が数千の味方を壊滅させたシーンを見てしまった帝国兵は、ある意味追い込まれた心理にあったようだ。あの魔法が次は、自分たちの上に浴びせられるのではないか……国に帰るためには、あれほど危険な魔法使いを生かしておくわけにはいかない、必ず抹殺せねばと。

おそらくそんなパニック的な心理状態で放たれたのであろう帝国の火魔法は、ベアトが構築した樹木のバリアを燃やし、じわじわ削り取ってくる。そしてかなり引き離したはずの敵兵が、着実に近づいてくるのが感じられる。

「こうなったら……もう一発でかいのをイッとく?」

「ダメだよ母さん、母さんの魔法なんか撃ったら、俺たちも焼け死んじゃうよ」

何かと思考が短絡的な母さんをあわててなだめる俺。母さんの魔法は強力だけど見境ない奴だから、森全体を焼き尽くしてしまいかねないよなあ。

「ルッツ様、僭越ながらここは、我々にお任せいただけませんか」

こんな事態なのに落ち着いた声に振り向けば、そこには闇一族のミフユさんが、真剣な表情で俺を見つめていた。

「自分の身を犠牲にして逃げる時間を……とかいうのは、ダメですよ」

「いえ、これは皆で生き残るための提案です。この状況は、私たち闇一族にとっては、利用すべきところがありますから」

確かな自信をもって言い切るミフユさんは、アヤカさんみたいに誰もが振り向く美人ではないし、サヤさんみたいに色気を振りまいてはいないけれど……その時の俺にはすっごく魅力的に、輝いて見えた。

こういう経験、元世界でもあったよなあ。まったく意識してなかった髪ボサボサの眼鏡女が、期末の修羅場で徹夜して職場のミスを修正して見せた時の表情に、思わずドキドキしたっけ。

あの眼鏡女は、今頃また髪を振り乱して残業しているのだろうか。

おおっと、そんなしょうもない追憶に浸っている場合じゃなかった。俺はミフユさんのやろうとしていることを手短に聞いたあと、二十秒だけ考えて結論を出した。

「お願いします、ミフユさん」

「はっ！」

ミフユさんが両手の指を複雑に絡ませて組んだかと思うと、一発気合を入れる。う〜ん、あの手の組み方、元世界で見た「九字」の一つだったような気がする。確かあれは……大金剛輪印とか言う奴じゃなかっただろうか。なんだかつくづく闇一族の文化は、昔の日本っぽいよなあ。

「ふんっ！」

重ねて彼女がかけた気合の声が聞こえたのとほぼ時を同じくして、森の様子が変わった。いや正確に言えば、森に漂う煙の流れが変わったのだ。

敵が魔法で着けた火は、森の木を燃やしつつある。だが森に生えている木は、キャンプの焚き木みたいに乾燥していない。水をたっぷり含んでいるから燃えにくいし、火勢が強ければ燃えるけどたっぷりと白い煙を吐き出すのだ。実際に敵が進んでくる方向からは、木が燃える匂いとともに煙が広がってきていた。

その煙が広がるのをやめ、まるでそれ自体に意思があるかのように再び集まり始めたのだ。

そしてそれは敵兵がいるであろう辺りに濃く立ちこめ、彼らの視界を奪った。これってまさに、忍者が操る「火遁の術」的なアレかと、俺の厨二マインドがわくわくしてしまう。

「普段は、煙玉を発動させたところに使う魔法なのですが、今日はおあつらえ向きに煙がもうもうと立ち込めていますので」

うはっ、煙玉とか、いよいよ忍者っぽいじゃないか。それにしても実用的な魔法だ、殺傷能力はないけれど、追手の視力を奪うことで、逃げられる確率をググっと高めてくれるのだからな。

期待どおりに敵の前進がピタリと止まり、あちこちからあわてる声や、煙を吸って咳き込む声が聞こえてくる。そこへ向かってサヤさんが立て続けに十本ほどの矢を撃ち込むと、激しい怒号とともに金属の打ち合わされる音、そして苦痛の声……どうやら失われた視界のなかで受けた攻撃に逆上した兵士が、同士討ちを始めたらしい。効果は予想どおり、いやそれ以上だな。

苦し紛れに走り回って、異常に濃い煙を突き抜けて姿を見せる奴もいるが、もちろんそれは組織的にではなく、個々の兵がめいめい勝手に出て来るだけだ。そういう奴らの首はみな、やる気満々のグレーテルが瞬時に刈り取っていく。集団で連携して掛かってくる相手でなければ、光属性の魔法で強化された彼女の近接戦闘能力に敵し得る者などいないのだから。ミフユさんが忍者っぽい魔法で煙を操り始めてから十五分くらいで、グレーテルはすでに百を超える敵兵を、それぞれ一撃ずつであの世に送っているのだ。

やがて、煙を乗り越えて来る敵は、いなくなった。

「今です、一気に撤退しましょう」

もちろんだ。俺たちはもと来た獣道をたどって、すたこら逃げ出した。

「そうか、やはり帝国軍は国境の向こうまで撤退したか」

複数の偵察部隊から報告を受け、安堵のため息をつきつつ女王陛下が頭を抱える。今回占領された村は徹底的に略奪しつくされており、復興のためには国庫から莫大な援助が必要となるだろう。

そして本来は豊かな穀倉地帯であったはずの地域は帝国軍に踏み荒らされ、今年の冬を越える麦すら望めない。民を飢え死にさせないために、どれだけの出費が必要となるのか……考えただけで頭が痛くなるであろうことは、理解できる。

「エリザ……まさかこのまま、帝国軍をお咎めなしで家に帰してあげるとか、言わないよね？」

軍幹部たちを解散させた後、夕食の席で母さんがぶっこむ。やけに砕けた言葉は、ここには陛下と母さんの身内しかいないからだ。陛下と母さん、そしてベアト、俺とリーゼ姉さん、そしてグレーテル。

「戦が嫌いな私も、今回ばかりは帝国を許すわけにはいかないと思っている。侵攻してきたことの是非を差し置いても、ヒルダの魔法を撃たせないために無辜の民を引っ立てて盾に使ったことは、断じて許せぬ」

「私も許せないよ、エリザ」

そう、陛下は戦嫌いだ。二十数年前帝国を破って以降、しばらくベルゼンブリュックは大陸最強国だった。周辺国を切り取ろうと思ったらいくらでもチャンスはあったというのに、まったく外征を行わなかったのだ。

だが、それ以上に陛下は、民を思いやる方なのだ。民の生命を盾に取る帝国の所業には、本気で怒っておられるんだよな。

「だが、帝国に鉄槌を下すには、力が足りないことも事実だ。ヒルダが二万数千の兵力を削り取ってくれたおかげで当面攻め込まれることはないだろうが、まだあれだけの兵力がウロウロしていては、帝国領土に攻め込むのはちと危険だな」

「撤退した時点で、二万くらいの兵力がいたはずですが、今はどこに？」

「あきらめ悪く、国境から二十キロメートルほどの城塞に駐留しているとのことだ。積極的にぶつかる力は残っていないであろうが、我々が退けば、また荒らしに来るつもりなのだろう」

しばしの沈黙が訪れる。それを破ったのは、リーゼ姉さんの落ち着いたアルトだった。

「帝国領へ侵攻しましょう。領土を削り取るかどうかは別として、このような侵略を当分したくならないように、痛手を与える必要があると思慮致します。今や戦力はこちらが上、攻め込めば敵は城にこもる可能性が高いですが……ルッツが、それを破ってくれるはずです」

何だか姉さんの過剰評価が重いが、陛下は進言に首肯した。

「リーゼの提案やよし。我々は帝国領に侵出するぞ」

予想どおりというか何と言うか、国境を越えて帝国領に侵出したベルゼンブリュック軍に対し、帝国軍はまったく手を出してこなかった。

まあ、それもむべなることか。もともと魔法使いの数においても質においても、ベルゼンブリュックは帝国をはるかにしのいでいた。帝国は大陸一の陸軍力でそれを補ってきたのだが……母さんが放ったたった二発の殲滅魔法を浴びて、三万を超える兵力を失ってしまったのだ。

そんなわけで、国境からほぼ二十キロメートルの間というもの、俺たちはほぼ抵抗に遭わず進軍してきている。もちろん帝国がやったみたいに、村を略奪するとか住民を縄で繋ぐとかいう非道なことは一切していないぞ。何しろ女王陛下はお人好（ひとよ）しと言っていいくらい、優しい方だからな。

そして、我々の前方には、帝国軍のこもる重厚な暗赤色の城塞がどんと鎮座している。長年の宿敵である王国への前線基地に位置づけられているだけあり、城郭と望楼が複雑に入り組んで、いかにも攻略が難しい城、という印象だ。

それなら無視して通り過ぎてしまえば、というわけにもいかない。背後に回られて本国との連絡路を断たれてしまったら、危地に陥るのは俺たちのほうになってしまうからな。

「どうだリーゼ。公国で卿が名を上げたアレと同じように『ウォーターカッター』であの城壁を壊してみるか！」

「恐れながら陛下、あれは難しゅうございます。公国の城壁は堅固ではありましたが、大きな石を積み上げた平たい壁一枚。重さが集中する要の石を何個か壊してやれば勝手に自重で崩れる構造のものでした。ですが、ここの城壁はそれと違います。きちんと煉瓦を一個一個漆喰で固めて積んであって強度は高く、形も平板ではなく入り組んでいます……底部の煉瓦を何個か除けたところで、全体を崩すことはできないでしょう」

リーゼ姉さんが明快に答える。ウォーターカッターの魔法を活かすため、工兵部隊で建設や破壊工作を学んだ彼女は、構築物の壊し方についていっぱしの専門家になっているのだ。魔法であっても学問であっても、絶対に手を抜かないのが、うちの姉さんだからなあ。

「ふむ。『水の女神』と称されるリーゼでも難しいか。力攻めでは損害が大きいからやりたくはなかったが……しかたない、やるしかないか」

「待って母様、私にやらせて欲しい」

陛下が眉根を寄せつつあきらめたようなため息をついたその時、決然とした響きのアルトが耳を打った。声の主は翡翠の瞳に明確な意志の光をたたえ、いつもの陶器人形みたいな姿とは見違えるように、生気にあふれている。

「しかしベアト、お前の魔法は木属性で……」

「そう、木魔法は民生用途専門、戦には役立たないって言われてる。私ももちろん、そう思っていた……だけどルッツがヒントをくれた。母様、私も戦えるってことを、見て欲しい」

きっぱりと宣言したベアトはとっても凛々しくて……惚れっぽい俺は、またちょっと彼女が好きになってしまった。

弓兵隊が、一斉に弓を引き絞る。

「風属性の者は詠唱開始っ！」

そしてリーゼ姉さんの命令一下、魔法部隊が一斉に準備を始める。ハズレ属性の小娘扱いだった姉さんだが、西部戦線で為した奇蹟の噂が轟きわたった今は、魔法部隊の総司令官として押しも押されもしない立場を確立している。「水の女神」とかいうファンタジックだがちょっと恥ずかしい二つ名とともに。

「第一射、てっ！」

斉射された矢は、よく見れば何かおかしな見た目だ。先端に小さな袋が結わえつけられ、とても殺傷を目的としたものには見えないのだ。その奇妙な矢は王国が誇る風魔法部隊の助力を得て通常射程の三倍ほど飛び、城壁や望楼にぶつかって、袋の中身を周囲に撒き散らした。

「第二射、てっ！」

傍目には、俺たちが何をやろうとしているのかわからないだろう。射手が放った矢は、みな虚しく煉瓦の壁に阻まれ弾き返され、何か怪しい粉のような粒のようなものをぶちまけるだけ。

だが、これにはきちんと、意味があるんだ。

第八射までを確認したところで、リーゼ姉さんは水魔法使いに命じた。

「城に雨をもたらしなさい！」

まあこれは、水属性の魔法使いならたいがいの者ができる、いわゆる「雨乞い」だ。干ばつに苦しむ地域で発動したならばまるで聖女のようにありがたがられるであろうが、残念ながらここ十年以上、この国は雨に不自由していない。宝の持ち腐れ状態であった「雨乞い」を、姉さんは敵の城に向かって使ったのだ。すでに姉さんの信者みたいになっている水魔法使いたちはそれに疑問を抱くことなく一斉に呪文を唱え、魔法の雨は城をしっとりと湿らせた。

「ベアトリクス殿下っ！　準備はできました！」

リーゼ姉さんの声に右手を上げて応えた俺は、今日の主役になるであろう少女に、目を向けた。

「さあ出番だよ、ベアト。君の素晴らしい魔法を、みんなに見せてあげよう。木属性でも国を守るために戦えるってことを、示すんだよ」

「うん……大丈夫、ルッツが信じてくれるなら、私は何でもできる」

ヤンデレ度が増してきた台詞とともに、俺の美しき婚約者が顔を上げて、大きく息を吸った。

黄金のように色濃い豪奢な金髪が、あふれる魔力でなびく。陶器人形と称される清冽で冷たい美貌が、ますますすごみを増している。翡翠の瞳に強い光を宿したベアトが、俺にはさっぱり理解できない長い呪文を低く唱えた後に一転、鋭い調子で叫んだ。

「……静かなる生命たちよ、我なんじらに、約束の大地を与えん！」

見渡す限りの範囲で、何も起こらなかった。少なくとも最初は、そう見えたのだ。だけどベアトの魔法は、静かで優しいけど、じわじわ着実に効いてくる魔法なのだ。彼女の身体を薄い緑のオーラが包んでいるのを確認し、俺は作戦の成功を確信する。

「何だあれは？　城壁の色が変わってきたような気がするな？」

「そう言えば城壁のてっぺんに、なにか生えて来たような気がしないか？」

「ホントだ、エリカの花が壁の上でどんどん咲いてるぞ」

そうさ。ベアトの魔法が、敵城の城壁や尖塔、櫓のあちこちに所構わず、最初は苔、次いで雑草を生い茂らせ始めたんだ。王国の射手が城にバラ撒いた粒のようなものは、さまざまな植物の種や胞子なのさ。そこに水魔法部隊が潤いを与え、ベアトが魔力で成長を促す……これがベアトの魔法を十全に活かす戦い方なんだ。

そしていよいよ、下草の中から、樹木の苗が顔を出す。それは信じられない速度でにょきにょきと、その丈を空に伸ばし、枝を横に広げていく。城壁のてっぺんにも中腹にもお構いなくへばりつき、見る間に成長していくそれは、新手の魔物かと思わせるくらい不気味なものだった。

当然のことながら、上に横にと育ちまくる樹木は、その拠って立つ大地に根を張ってゆくものであり……木々は漆喰の隙間がわずかでもあればそこに根っこの先を突っ込み、奥へ奥へと浸透していく。際限なく成長していく木の根は徐々に煉瓦同士の隙間を広げ、しまいには煉瓦そのものを邪魔者として排除しようとする。

「うわっ、あれを見ろ！」

兵士が城の隅を指差すとほぼ同時に、始めはガラガラ、しまいにはドカンというような轟音が響いた。場外を常時厳しく見張り、敵来たらば飛び道具を放つことで城を守護してきた堅固な煉瓦造りの尖塔が、どてっ腹に根を張った樹木に食い破られ、中間あたりからポキリと折れて、城内に崩落したのだ。一緒に落ちていく塔の中の兵は哀れだが、他国に侵略して暴虐を尽くした奴らなのだ、その程度の覚悟はできているはずだ……たぶんだけど。

「すげえ、あんなでかい塔を、木がぶっ壊しちまった！」

「塔だけじゃないわ、あっちを見て！」

女魔法使いが指し示す先では、暗赤色の城壁最上部ですくすくと育った樹が赤く大きな実をつけ……いや問題はそこではない、ついにその根がしっかりと堅く組み上げられていたはずの壁を崩し、支えを失った煉瓦がバラバラと落下してきているのだ。城壁の上から余裕たっぷりに俺たちを見下ろし、時折り矢など放ってきていた敵兵が、足場を失って右往左往している。

「よし、あと一歩だベアト、魔力はまだ大丈夫か？」

「問題ない。草木を育むだけならば力はそれほど必要ない」

答えるベアトの表情に苦しさのようなものが一切感じられず、平らかであることを確認して、俺も安心する。まあ書物で学んだところによると、植物が生存と繁殖のため時間を掛けて成長していくのを早めるだけなら、魔力消費はわずかであるらしい。たっぷり魔力を食うのは、以前、森の撤退戦で彼女が見せてくれたように、ありえない方向に枝を伸ばすとか、本来植物が望まないであろうことをする行為なのだそうだ。植物にも意思みたいなものがあるのか……この世界の植物は、やっぱりなんだか魔物っぽいよな。

そして目の前では次々と赤い煉瓦の壁が崩れ、樹木に飲み込まれていく。あわてて飛び出してくる敵は王国弓兵の格好の標的となり、何を為すこともできず次々と斃れるのだ。二時間もすると城内には二階より高い建物はなくなり……いやもはや、どこからが城内であったかすらわからない、不思議な密林に変わっていた。

「こんなことが、木属性魔法でできるなんて……」

「いいえ、あんな素晴らしい戦果を挙げられたのは、ベアトリクス殿下のSクラス魔力あればこそよ！」

「そうよ！　ベアトリクス殿下、万歳！」

「ベアトリクス様ぁ！」

兵士たちから、ベアトを賞賛する声が次々と上がる。その戦果に対する驚きは、むしろ魔法使い部隊のほうに大きいようだ。彼女たちにとって木属性は、民を豊かにするものではあっても、戦の先陣に立って民を守る力ではなかったのだから。

「私にも、こんなことが……」

「ほら、みんながベアトを讃えているじゃないか。応えてあげないと」

「う、うん」

なんだか自分の世界に入っていたらしいベアトが俺の声で我に返り、指揮櫓に登って全軍にぶんぶんと元気よく手を振る。その姿はいつもの陶器人形ではなく、桜色に頬を染めた、少女らしいものだった。

ベアトはもう木々に魔力を注いでいないけど、すでに熱帯雨林でもあるかのように鬱蒼と茂った森はもはや帝国兵をがっしりと捕らえていて、そこを抜けて逃げ出してくる兵もまばらだ。

今まで黙って戦況を見守っていた母さんが、意を決したように口を開く。

「陛下、如何いたしましょう。ここで私に火炎魔法を使えと御下命あれば、帝国軍を一兵たりとも生かして帰しはしませんが」

そうだ、二万を数える帝国軍はたった今、崩れた煉瓦と生い茂る樹木の檻に閉じ込められて動くこともままならない。そこに母さんの無慈悲な焼き尽くし系火炎魔法を浴びせれば、一人残らずこんがりと焼き上がることだろう。前線でぶちかました三万の損害も合わせれば、帝国軍の再建には、十年以上かかるだろう。

「うむ、ここまであからさまに敵対され一方的に攻め込まれ、果ては我らの民を盾に取られたのだ。さすがにここは徹底的にやらねばと思うのだが……」

女王陛下が、言葉を濁す。愛する民を害された怒りは何よりも大きいが、抵抗力を失った敵を虐殺することには、ためらってしまうのが陛下の性格なのだ。こんな大国を率いる君主としては甘いと思うのだが、その優しさが王国の民を安んじてきたことも、また事実ではある。まあこれを決めるのは偉い人たちの責任だ、俺の出る幕はない。

しばらく沈思黙考していた陛下が、ふと顔を上げた。

「うむ。今回の城攻め、殊勲を上げたのはベアトだ。奴らの処遇は、ベアトが決めれば良い。なあ、お前は奴らを、どうしたい？」

「私が……決めるの？」

「そうだ。母はこのとおり、個人的感情に振り回されて大局を観た決断ができぬ、弱き女王だ。だがお前は違う、冷徹に事実を見極め、流されぬ思考ができる娘だ。次期女王として、国の行く末を考えて判断するのだ、ベアトリクス。お前の判断に、私は異を唱えぬ」

ベアトの白皙の頬から血が引いて、今や青く見えた。それはそうだろう、ベアトのちっちゃな舌に、万を超す生命が乗っているのだから。

重過ぎる決断に、白く細い指が震える。俺が思わずその右手をとって両手でぎゅっと握り込むと、ベアトが何かを訴えるように、揺れる翡翠の視線を向けてくる。目をそらさないようにじっと見つめ返していると……なぜだか徐々に、その揺れが収まってくる。まあ少しは落ち着いてきたんだろう、これでいつもどおり冷静な判断をしてくれれば、とか思ってしまった俺は甘かったらしい。もともと大きな目を一段と見開き、きゅっと口角など上げたベアトは、予想もしなかった言葉を吐き出したのだから。

「ルッツなら、どうしたい？」

「はあっ？」

いや、それはないだろ。女王陛下はベアトに、次期女王として決めろっておっしゃったんだぜ。俺が余計なこと言ったら台無しだろ。俺の訴えを聞くだけ聞いたベアトは陶器人形モードを崩し、とってもいい笑顔になって、言葉を続けた。

「そうだね。決断は私がしないと。だから、ルッツがこうしたいって言ってくれたら、私もそうする。それならいいはず」

「いや、良くないだろ、だって……」

「ルッツ、王配の務めは何？」

ややあわてて反論する俺に、ベアトがかぶせてくる。もちろんそんなことは知ってるさ。

「女王を補佐し、助言すること、だけど……」

「なら助言して。それを私が丸呑みしたとしたら、それは私の判断ということ」

「う……」

「言ったはず。ルッツの意思は、私の意思」

これがデレだとしても、言ってることはめちゃくちゃだろ。こんな大勢の生命がかかった決断を、たかが伯爵家の四男ごときに委ねるとかって、ないだろ。

「なあベアト……」

「お願い、私を、助けて」

さっきまでふざけた色を浮かべていたベアトの目が、真剣なものに戻る。翡翠の瞳が、頼りなく揺れているのに気付いて、俺はうろたえてしまう。

そうだ。俺はいつもベアトの多少何があろうと陶器人形のように変わらない表情を見てきたから、さすがは国を率いる王族、多少のことなら動じないんだなってなんとなく思ってきたけれど、彼女だってまだ十代の少女なんだ。俺みたいに変に老成して「戦争仕掛けたんだから負けた時の覚悟はできてるだろ、やっちまえ」的に醒めた思考をするわけもなく……二万もの人間を虐殺することに重い罪悪感を覚え、逡巡するのはしかたのないことだ。

もちろん、公国との戦いではベアトの命令で、一万を超す兵をリーゼ姉さんの氷槍で葬っている。だがあの時は敵を倒さなければ、自分たちが蹂躙され、虐殺されていた。やるかやられるかの瀬戸際だったのだ、迷う余裕などなかった。

ひるがえって今は、すでに敵は組織的戦闘能力を無くし、植物の檻に囚われている。無抵抗の敵兵を殺すことが必要だと認めつつ、ベアトは迷っているのだろう。そしてベアトは、あの優し過ぎる女王陛下の娘なのだ。

しかたない、ここは中身六十代の俺が、悪者になるとするか。

「わかった、ベアト。俺の意見を聞いてくれ」

「うん。ルッツがどんなことを提案しても、私はそれを是認する。そしてそこから生ずる罪は、私が一生背負う」

何だか、ベアトの信頼がやたらと重い。まあ、敵とは言え万を数える生命を左右する決断を、母子揃って俺に押し付けたって後ろめたさも、ちょっぴり含まれていそうだけど。

まあ俺は、単純に殺すのでもなく寛大に赦すでもない、第三の選択肢をかねてより考えていたんだ。アイデアを披露する機会があるとは思わなかったが、せっかくここまでベアトがお膳立てをしてくれたことだし、ぜひ実現させてもらうとしよう。

「結論から言おう」

ごくっと、誰かが唾を飲み込む音が聞こえる。そうか、いきなり結論から来るとは思わなかったか……元世界では「ビジネスの世界では、まず結論から言え」ってさんざん言われて来て、俺もずっとそうしてきたんだけどなあ。

「あの連中にはまず、投降を呼びかける。反抗する者は押し包んで討ち取り、最後まで出てこない奴らは、かあさ……いや、フロイデンシュタット伯の魔法で殲滅する」

大きく一つうなずいたのはグレーテルだ。彼女とて一人の少女、多くの人命を奪うことに抵抗がないわけはないが……すでに数百を数える敵兵を、その剣尖に掛けてきたのだ。その重さも切なさも、すでに知ったうえで突破してしまっている。そして、直接肩を並べて戦った仲間を、目の前で幾人も失っていて……無用の戦を仕掛けてきた帝国への怒りは陛下やベアトのそれより、はるかに大きいのだ。

「呼びかけに応じて降ってきた者は、どう処遇するのだ？」

女王陛下が何やら急いた調子で口を挟む。まあ、敵であろうと過酷な処置を好まないお優しい……というより俺に言わせればお甘い陛下としては、そこが一番気になるだろうな。その娘はどうかとベアトに視線を向ければ、一生懸命言いたいことをこらえているみたいな様子……

俺に任せると言ったからには、余分なことは言うまいと思い決めてくれているのだろう。健気な様子にちょっとキュンときて、思わず抱き締めたい衝動に駆られてしまうけど、残念ながら陛下の御前でそんな所業に及ぼうものなら、後でどんな目に遭うか想像するだに怖い。ここは真面目にやらないとな。

「はい、投降者は全員、奴隷身分に落とします。貴族の指揮官も平民の一般兵士も、みんな平等に」

「奴隷だと！」

驚いたような反応を返してきたのは女王陛下。まあ、これは予想の範囲内だな。陛下は奴隷制度をいたく嫌っていて、ベルゼンブリュック国内ではその制度が廃止されていることは、つとに知られていることなのだから。

だがリユブリアーナ帝国でもリエージュ公国でも、同盟国たるポズナン王国ですら、奴隷制度は脈々と受け継がれている。そしてそれらの国を含むこの世界で発生する戦争において、捕虜となった者の行く末は、処刑されなければ奴隷落ちという流れが、それなりに一般的なのだ。むしろはるか西方では、労働力としての奴隷が欲しいゆえにたびたび侵攻を繰り返してくる異教徒たちもいるのだという。そういや元世界の中世でも、そんなことはよくあることだったって学んだ気がする。

まあ俺だって元世界で奴隷制を過去の汚点として批判する教育をさんざん受けてきたんだ、もちろん抵抗はあるさ。だが、郷に入れば郷に……とまでは言わないが、この世界の戦と奴隷制は簡単に切り離せない。うまく制度を利用するしかないだろう。

「陛下、彼らを奴隷にするのは、どうしてもお嫌ですか？」

「私は……」

視線を俺に合わせず、地面に落とす陛下。もちろん奴隷制を深く嫌厭する気持ちは変わらないだろうが、敵兵の処遇をベアトに任すと一度口に出してしまったのだ……それをちゃぶ台返ししてはならないという、君主としての矜持はお持ちなのだ。

「彼らを国に帰してやったなら、きっと短時日のうちにまた帝国に召集されて、実戦経験のえる精鋭兵として、再びベルゼンブリュックの脅威となるでしょう。それをやらせてはいけませんよ」

「む……確かに」

「ならば彼らには、我が国に迷惑をかけた分、働いて返してもらいましょう。奴隷化というのは、その方便のようなものです。南部には未開の『魔の森』があり、開拓の人手がなく放置されているではありませんか、そこで活躍してもらうのです」

「……」

「ですから、彼らを虐げようというわけではありません。人間としての尊厳を保てるくらいの待遇は与えた上で、できるだけ長く働いてもらいましょう。待遇が良ければ、我が国の生活を気に入ってくれる者もいるでしょうし……そういう人には奴隷の身分を解いて、ベルゼンブリュックの民になってもらえばよいのですよ。但し……南の地でね」

言うべきことを一気にしゃべり切って、俺はベアトに向き直る。

「どうだベアト？　俺の構想は」

「合理的だ。実行も可能」

そう言ったベアトは目を閉じ、しばし沈思する。やがて大きく一つ息を吐くと、その翡翠色の目を開いた。

「私は決めた。降伏を勧告し、従う者は奴隷として『魔の森』の開拓に就かせる」

決然としたベアトの言葉に、もはや陛下も異を唱えなかった。

「城内の兵に告ぐ！　諸君らの勇戦には敬意を表する。しかしもはや、勝機は失われた。知ってのとおり我が軍には『炎の英雄』あり、樹木の檻に自由を奪われし諸君を一気に焼き尽くすことができる。しかし人道的な観点から、生き残る選択肢を与えよう。今すぐ武器を捨て降伏すれば、生命は奪わぬ……」

城に向かって降伏勧告を朗々と行っているのは、なんとリーゼ姉さんだ。公国との戦で挙げた赫々(かくかく)たる戦功のおかげで、軍の魔法使い部隊はみな姉さんをトップとして認めて、というより崇拝の域に達しており……姉さんの指揮官という肩書きは、このまま恒久的なものになりそうだ。魔法使いのトップということは軍のトップに近い位置づけであり……そんな地位に十代で就くであろう姉さんは、まさに母さんと同じく華やかな出世コースを歩くことになる。

リーゼ姉さんの凛々しい宣告は、部下が操る風属性の「拡声」魔法に乗って、戦場全体に響き渡っている。聞こえなかったぜという言いわけは通らないが……さて、敵はどう出てくるか。

そして、待つこと十分ばかり。予想よりもずいぶん早く、生い茂る樹木の根を掻き分けくぐり抜け、白旗を掲げた使者が十人ばかり這い出てきた。ずいぶん豪華な服を着た若い男が混じっているけど、まあどうでもいいや。これで多分俺の仕事は、終わりだろうから。

隣に立つベアトに視線を向ければ、陶器人形の頬がちょっとだけ緩み、その目が優しげに細められる。うん、これもなかなか、幸せだ。

◇◇◇◇◇◇

「降伏の交渉団に、第一皇子がいるだと？」

「まさか、こんな最前線に出てきていたとは」

息せき切って駆けてきた伝令の報告に、目をみはる陛下とベアト。俺も驚いた、いくら帝国の勝機が大きい戦だったとしても、そんな簡単に長子を激戦地に送り出すものだろうか。

「第一皇子ってアレよね、ベアトお姉様を嫁に差し出せってほざいた奴」

殺気が目一杯こもった声に振り向けば、接近戦からようやく解放されて戻って来たグレーテルが、一度鞘に収めた剣を、また抜き放とうとしている。その姿はとても凛々しく、首筋に流れる汗まで美しいが……ここで暴走しないでくれよ。使者を斬るとか、いくらなんでもナシだからな！

「大丈夫よ、私は無抵抗の男をいたぶる趣味はないから」

ほぼ無抵抗の俺を平然と痛めつけるくせに、よく言うぜ。まあ、彼女は基本的に騎士の価値観で生きているからな、敵が白旗を上げてきたからには、自分の仕事は終わったと思っているだろう。

「そう、グレーテルの出番はない。だけど、相手側に皇子が出てきたならこちらもそれなりの者が対応しないと。母様……やはり私かな？」

「そう、第二王女で次期女王のベアトが交渉の席につくのが適切だろう。大丈夫か？」

「交渉ごとなら母様よりきっと得意だと思う」

そうだ。感情が顔に出やすい陛下と比べれば、いつも安定の陶器人形顔をしているベアトは、交渉相手から見たら何を考えているかわからない、ずっと手強い相手に見えるだろう。すでに、いくつもの外交案件も公務でこなしているし……任せておこう。

「だけど……もう少しだけ、勇気が欲しい。大事なひとが後ろに立っていてくれると思うだけで、私は強くなれる。だから、わかるよね」

何が「わかるよね」なんだよ、もう役目が終わったはずの俺を、また修羅場に引っ張り出そうってか？　文句言いたいけど、翡翠の瞳でじいっと見つめられたら、負けるしかないじゃないか。俺は深いため息をつきつつ、肩を落とした。

王国軍総司令部の天幕で、降伏交渉は始まった。

テーブルの向こうでセンターに座っている茶髪で紫の目をした……元世界では見なかったけど、こんな瞳の色もあるんだな……二十代前半かと見える青年が、噂の第一皇子様なのだろう。ラテン系を思わせるソース顔のくせに、なぜかさわやかな雰囲気を放つイケメンで、しかも敗戦後の相談をしに来たとは思えないくらい、やたらと明るい笑みを浮かべている。俺はあんまり詳しくないが、こういうのも交渉術なのだろうか。

「このたびは世話になる。俺はリュブリアーナ帝国第一王子、マクシミリアンだ。もはや我らの力では全滅を待つばかりゆえ、ベルゼンブリュックの慈悲を請いに来たというわけだ。おかしな駆け引きをするつもりはないから、そちらの条件を出してもらいたい」

驚いた。この男、本当にノーガード、開けっぴろげで交渉に臨むつもりらしい。こっちのメイン交渉役であるベアトも意表を突かれた感じで、人形のような唇が無意識に開いている。

「私はベルゼンブリュック第二王女、ベアトリクスです。このように若い交渉役で驚かれたでしょうが、女王より全権を委ねられておりますので、ご安心を」

こちら側はベアトの両隣に俺とリーゼ姉さん。そして後ろにはグレーテルが立っている。何でレディを立たせておくのかといえば……この場合グレーテルは交渉団の一員ではなく、最強の護衛官として、ここにいるからだ。

「王女殿下はともかく、まわりはこんな青二才ばかり……王国は我々を侮っているのではないか、許せぬ！」

皇子の隣りにいる三十代のまるまる太った女が、いきなりがなり始める。まあ、姉さんはともかく俺とグレーテルはどう見たって学生にしか見えないし、怒りたくもなるか。

「うるさいぞローザ、黙って座っていろ」

女に反論しようとしたベアトより先に、マクシミリアン皇子が鋭く言葉を発して制した。

「しかし、このような者たち相手に、まともな交渉ができるはずは……」

「黙っていられないなら、今すぐここを出てゆけ。相手が若かろうと年寄りだろうと、俺たちは従うしかない立場なのだ、それがわからぬか？　交渉の邪魔になる、去れ」

「で、殿下、仮にも将軍として一軍を預かる私にそのような言辞を……」

「そう、その一軍をあっさりと壊滅させてしまった無能な指揮官に対して、だな。いいから早く出てゆけ！」

さっきまでの呑気な笑顔が嘘のように厳しい眼光に、女はじりじりと後ずさりして……やがて逃げるように天幕を出ていった。

「すまんな。帝国にはどうも現実を見ない奴らが多いのだ。そんな連中にそそのかされこたびの戦を仕掛けた我が母が、一番愚かであったのだが」

小さいため息をついて、自国をくさすようなことを平気で口にする皇子。皇子の態度としてはどうなのかと思うが、言っていることは実にまともだ。

「マクシミリアン殿下は、正しいご見識をお持ちのようですね。ですが貴方のお立場ならば、その理を皇帝陛下に説いて、開戦をやめさせることができたのではありませんか」

柔らかい声ではあるが、ベアトの舌鋒は鋭い。ようは、皇子としてやるべきこともやらずに、後出しで文句ばっか垂れてんじゃねえよゴルァ、と言っているのだ。

「そうだな、王女様の言うとおりさ。俺はこんな無意味な出征を、やめさせることができなかった。それについては申しわけないとしか言いようがないな」

「努力は、されたと？」

「まあな。だが、第一皇子とはいえ俺は所詮、男子さ。ベルゼンブリュックでも事情は似たりよったりだと思うが、魔法も使えぬ王族などせいぜい婚姻政策の駒として使われるくらいのもので、国政などに口を挟んでも鼻で笑われるだけ。今回の戦だけは本気でヤバいと思って諫言したつもりだったのだが……逆にそれが災いしたか、臆病者と誹られてな。こうして最前線に送りこまれる羽目になったというわけだ」

そう口にした時、初めてこの楽天的に見えた皇子の眉間に、深くシワが刻まれた。そうか、魔法一辺倒でなく陸軍育成に力を注ぐ帝国においても、男の地位なんて、そんなものなんだなあ。ああ、なんとも切ない世界だぜ、ここは。

「ま、これだけ派手に負けた後になってみると、みんな皇子とかいう虚名にもすがりたくなるようでな。城内で連絡のつく兵たちは、概ね俺に運命を委ねると言ってくれているのさ。さあ、たそがれてないで前向きに交渉を始めるとしようか？」

にかっと笑った王子殿下のさわやかな表情には、すでにさっきまでの屈託は窺えなかった。

「ベアト、どうだ？」

「アレは嘘ついてない。こっちに向ける笑顔も、本物」

一旦取った休憩時間に確認する。そう、ベアトの持つ「精霊の目」は、ベルゼンブリュック王室に、何代かに一人くらい現れるレアスキルだ。相手が害意を持っているか、嘘を言っているかどうかを見分けられる、対人交渉最強の能力なのだ。

ベアトは自分の木属性魔法が国防に役立たないことを悩んでいたけれど、魔法とは異なるが支配者として最強のスキルを持っているのだ、もっと誇っていいと思う。まあ配偶者となる俺にとっては、絶対的に束縛される鉄鎖のようなもんだけどな……浮気なんか、一生できないってことだし。

まあこの場合、皇子が交渉相手として信頼できることがわかったことは大きい。

「よし、具体的条件を詰めよう、まずは……」

「うむ、私の側に異存はない。戻って兵たちにこの条件を示し、従う者をまとめて投降しよう」
タフな交渉を予想していたのに反して、マクシミリアン皇子は俺たちの提示した降伏条件に

一点の修正も要求せず、一発で丸呑みした。

「そんな簡単に妥結して、いいのか？」

「あいにく、複雑な交渉術は持ち合わせていないもんでな。それに、俺たちは一方的に惨敗した側なのだが……条件はフェア、というよりはむしろ甘いと思う。お前さんたちの気分が変わらないうちに、締結しておくべきと思ってな」

そう、俺たちが……というより、俺がほとんど起草した降伏条件は、かなり「兵士には」優しいものだった。逆に言うと、貴族が大半を占める将校には厳しいものになっているのだ。

まず「漏らさず全員を」奴隷にする。貴族であろうと平民であろうと、指揮官であろうと一般兵士であろうと、隔(へだ)てなく同じ身分に落とすのだ。この世界の戦争において、貴族の捕虜(ほりょ)については身代金が支払われて母国に帰れることが一般的だが、俺たちは身代金を一切受け取らないと宣言した……つまり貴族や金持ち出身の者たちも、奴隷となることを避けられない。

そして彼らは、南方の「魔の森」開拓作業に従事する。広大な未開地で開拓すれば豊かな領地になりうる場所だが、それはあくまでも開拓「したら」の話。現状は昼なお暗い深い森が続き、さまざまな魔物が闊歩する、どんな貴族も欲しがらない地なのだ。そんな重たい開発を一気に進めるためには、このくらい大勢の人手が必要になるはずだ。

奴隷にすると言えど、衣食住や医療に関しては健康を保つに十分なものを王国から支給し、わずかながら賃金も払う。もちろん現在のベルゼンブリュックに奴隷制度がなく、その扱いに関係する法律がない以上、彼らの身体や財産の安全は、平民と同様に国と領主が共同して守る。

平民との違いは移動の自由がなく労働の義務があることだけという、実にゆるい奴隷制になるわけだ。まあこれは、気持ちよく開拓作業してもらうためには、必要なことだからな。

奴隷同士で心通ずる者があらば結婚することも認め、奴隷同士の間で子供ができれば、その子はベルゼンブリュックの平民扱いだ。最終的に、十年間反抗せず真面目に労働に勤しんだと認められた者については、年季明けとして帰国するか、ベルゼンブリュックの平民として永住するか、いずれかを選べるのだ。

加えて、奴隷全員の「ご主人様」は第二王女ベアトリクスとし、所有権の移動は認めない。奴隷といえども売買や譲渡はしないと明言したのだ。それは彼らに提示した好条件を、解放まで変えないという宣言でもある。

「西の異教徒にまとめて売り払われたり、空きっ腹に鞭打たれて野垂れ死ぬまで使いつぶされたって文句は言えないところなのに、真面目に十年働けば許してくれるなんてのは、ずいぶん寛大じゃないか。そのうえ、貴族も例外なく同じ扱いというところはポイントが高い。兵士たちは喜んで受け入れるだろう、しかし……」

少し言い淀んだ皇子に、ベアトが応じる。

「貴族出身の将校たちがそれを理由に、従わない可能性があるということですわね」

「そうだ。高級貴族の子女たちは、当然自分たちは身代金さえ家族が払えば、お咎めなしでのうのうと家に帰れると思っている……これを知ったら、かなり暴れるだろうな」

そう、俺もこれを懸念していたのだ。彼ら貴族にとって、平民出身兵士がどんな処遇を受けるかなどあまり興味がない……己の身さえ無事で領地に帰れるならそれでいいと思っているはずだ。平民と等しく十年間労働せよなどと言われたら、キレるよなあ。

「では、条項の変更を要求しますか？　ふさわしき身代金を支払いし者は解放すると」

「やめておこう。そもそもこの戦争を犯罪行為とするなら、主犯は王族や貴族であって、平民たちは命ぜられ巻き込まれただけなのだ。せめて共に肩を並べて償うべきだと思うな」

「それは、マクシミリアン殿下ご自身も、同じ処遇を受けても良いということでしょうか？」

　さすがに驚いた俺が口を挟むと、皇子は少しきょとんとした顔をしたけど、すぐに破顔した。

「ああ、君が噂で聞く……王女殿下の婚約者殿か。稀代の種馬であるだけじゃなく、王室の知恵袋だそうだな。そうか、今回の条件は、君が考えたというわけだ」

「まあ……そうです。ですが、殿下は帰国できなくても良いのですか？　帝国は第一皇子のためなら、身代金を用意すると思いますが」

　皇子は笑顔を崩しはしなかったが、一つ大きく息を吐いた。

「はした金程度なら払うかもしれないが、皇族にふさわしい身代金など、決して払わぬよ。たとえ皇帝の長子であろうとも、男子では後継者としての価値がないからな」

「帝国でも、男子の扱いはそのように軽いのですか……」

「王国ほどではないが、似たようなものだ。だが、俺はもし皇帝が身代金を払うと言っても、戻るつもりはないぞ。上に立つ者が責任をとらず逃げ出したら、誰もこの約定を信じなくなるだろうからな。無駄に抵抗して犠牲になる者を最小限にするためには、一般兵に納得してもらわねばならん。『俺も汗水流して働くから、一緒にやろう』って言う必要があるんだ」

なるほど、この皇子は、じつにまともだ。戦の口実となったベアトへの婚姻申し込みの相手だったこともあって、俺はこの第一皇子に好意的ではいられなかったけど……この人があんな無茶苦茶を言うわけがない、まあ名前を使われただけなんだろうな。

まずは、この気さくな皇子を、信じてみようか。俺が視線を送ると、ベアトが小さくうなずいた……どうやら「精霊の目」も、セーフだと言っているみたいだな。

「はああっ！」

グレーテルが気合いの声を一つ上げると、その手に炎をまとわせ今にも放とうとしていた女魔法使いが、十メートルばかり吹っ飛んで失神する。やはり接近戦に持ち込みさえすれば、彼女はかなり無敵に近い。「なるべく殺さずに捕らえてくれ」という俺の贅沢な要望に応えて、せいぜい骨折ぐらいですませてやる余裕まであるのだ。

その手前では、別の魔法使いが木の枝や根っこに絡みつかれてバタバタと暴れている。もちろんこれは、ベアトの仕業だ。草を使った罠で足を引っ掛けられて転んだところに、左右から伸びてきた木々がまとわりつくというわけだ。木が意思あるもののように獲物を捕らえていく姿はあたかも魔物のようで……見守る一般兵士たちの中には腰を抜かす奴もいる。まあ、操っているのがベアトじゃなかったら、俺も気味悪さに逃げ出しそうだ。

さらに向こうで甲高い悲鳴があがる。リーゼ姉さんが「氷の槍」で、魔法使いの足を地面に縫い付けた音だ。公国との戦で空一面をシャンデリアのように飾った姉さんの氷魔法……あの時はつららが数万本もあったから、ただ重力に任せて自由落下させるしかなかったけど、数が少なければ望む方向へ正確に飛ばすことができる。たった今も「殺さないよう無力化」するため、あえて敵の足を貫いたのだ、さすがと感心するしかない。魔力量は母さんに一歩及ばぬとはいえ、不断の努力で研鑽を続け、もはや魔力制御能力は国内随一、いやおそらく大陸最強と言われるのが、俺の可愛い姉さんなんだ。

本来、王国魔法使いの双璧とされる母さんと女王陛下は、躍動する少女たちをのんびり眺めている。自らの娘の安全を心配するでもなく、紅茶などたしなみながら。

「ベアトの茶なら、もっと美味しいのだが」

「確かに、殿下の手練は最高ね」

いや、そういう問題じゃないと思うぞ。まあそういう俺も、呑気な二人に付き合わされて一緒に茶を飲んでいるのだから、同罪ではある。

「私たちの時代は、終わったようだな」

「ええ。あの三人がいれば、あと三十年は大丈夫」

二人の視線に安堵の色が浮かんでいる。無理もないか……さきの戦から数えて二十幾年、王国の存立は、ほぼこの二人の肩に掛かっていたのだから。

「そしてあの三人をがっちり掌握している男がここにいるからな。悪い男だが……頼りにしておるぞ」

陛下にいたずらっぽい視線を向けられた俺は、首を縮めるしかない。俺、そんなに悪いことしてるかなあ。別に彼女たちをたらしこむような真似をした覚えもないのだが……。

だけど、目の前で活き活きとその力を発揮し、次々と敵を無力化していく彼女たちを見ていると、胸の鼓動がなんだか速くなってしまうのも、また事実だ。姉さんは別として、あとの二人が俺の……妻になる女性だと思うと、誇らしいような浮き立つような気分になる。

「まったく、鼻の下など伸ばしおって」

しまった、女王陛下の御前だった。俺はあわてて背筋を伸ばし、照れ隠しにカップに口をつける。

こんなのんびりした状況になっているのは、抵抗する敵が少数の貴族だけだからだ。

あの交渉から……降伏条件を持ち帰ったマクシミリアン皇子は、王国側がつけた風属性魔法使いの力を借り、城全体に呼びかけた。

王国側は兵を殺すことはない、身分は奴隷とされるが売り飛ばされることはなく、生活は保証される。十年間真面目に働けば、故郷に帰ることもできる。このまま城にこもれば、ベルゼンブリュックの誇る「英雄」の容赦ない炎が降り注ぎ、皆焼かれるだけ……皇子たる自分は、王国の提案を容れるべきと考える。もちろん自分も、皆と共に労働に勤しむことで犯した罪を償うつもりだ。従う者は、武器を捨て城外の川べりに集合せよ、と。

城内に閉じ込められた兵たちが驚いたのは、皇子の勧告が終わった途端、不自然なくらいに生い茂って、彼らをがんじがらめに束縛していた樹木の枝や根っこがすうっと引いたことだ。さっきまで魔物のように見えたその植生は、梢が天に向かって伸び、その根が大地に息づく普通の森に、見る間に変わっていた。

ベアトの静かな魔法が兵士たちに与えた驚愕は、ある意味母さんの派手な火炎魔法より強烈だったようだ。じっくり時間をかけて刻み込まれた恐怖は、心に深く染み込む。それを取り払うことが、まるで神の御業であるが如く彼らに感じられたのも、無理のないことだろう。かくして帝国の平民一般兵は、ほぼ全員が従順に、武器を捨てて皇子の指示に従った。

しかし、高級将校の大半を占める貴族たちは、そう簡単にいかなかった。彼らは当然、家の者が身代金を用意し、自分たち「だけ」は故国に戻れることを確信していたのだ。平民たちが虐殺されようが、異教徒に売っぱらわれようが、自分さえ良ければいいってわけさ。

もちろん「兵と運命を共にするのが指揮するものの義務」ってカッコいいことを言って大人しく投降してくれた志高い貴族もある程度いたのだが……結局半数くらいは勧告を拒否して反抗を続けている。民を思いやりもしない貴族どもなど面倒くさいから焼き払ってもいいのだが、こいつらは皆、結構な魔法の使い手だ。南部開拓には魔法使いがいくらいたって足りない、ぜひ捕まえたい……そんなわけでうちの若きエースたちに「殺さずに無力化して欲しい」という贅沢なお願いをしてしまった俺なんだよな。

「これで最後ねっ！」

すでに二十数人抜きしているグレーテルが、まったく衰えない速度で敵のこめかみあたりに、思わず見とれるようにしなやかで美しいフォームのハイキックを叩き込んで、決着をつけた。

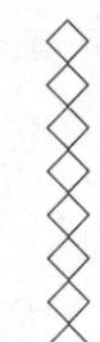

結果的に、これが最後の直接対決となった。戦死者と捕虜を合わせ五万を優に超える人的被害を出した帝国が、あわてて講和の使者を送ってきたからだ。

本来なら、ここで徹底的に敵を叩いてしまったほうが、将来のためになるはずだ。帝国の上層部に信義など期待しても無駄……国力が回復すれば、またぞろ豊かな土地を求め、ベルゼンブリュックにその毒手を伸ばしてくるに決まっているのだから。

だが、こっちの陣営も連戦連勝しているとはいえ、それほど長く戦を続けられるわけじゃない。何年も掛けて侵攻準備をしていた帝国と違って、王国側は不意打ちを食らってやむを得ず応戦しただけで……長期戦をするための補給や、人的支援体制がまったく整っていないのだ。

王国が誇る美しき魔法使いたちが奮戦すれば局地戦では勝ち続けられようが、帝都に向かう長い道のりで、間違いなく兵士が飢えてしまう。慈悲の人である女王陛下が現地調達……ようは略奪など許すはずもないから、このまま戦争継続していたら一回も負けないうちに詰んでしまう未来図が確定だ。

そんなわけで、適当なとこで切り上げたいのは俺たちも同じだ。大義のない欲まみれの戦を仕掛けて王国の国土を踏みにじり、民を害したことに対する補償は、たっぷりしてもらうこととしてな。

そういう交渉の前面に立つ役目は、本来なら女王陛下であるべきなのだが……陛下はご自分の味方だけではなく敵に対しても非情になれない、慈悲深いといえば格好いいが、ようは甘いお方だ。普段はその性格が国民を引き付けているのだが、こんな場面ではそこに帝国側が付け込んで来るだろう。

だけど陛下は賢いお方だ、ご自分のことをよくわかっておられた。

「私は捕虜を連れて一足先にベルゼンブリュックに戻ります。交渉の全権はベアトリクスに委ねるゆえ、皆よく補佐してください」

そうさ、ベアトは外交交渉には最適任だ。レアスキル「精霊の目」は、相手の害意や嘘を、決して見逃さないし、陶器人形のように抑揚の乏しいその美貌から、感情の揺らぎを読み取ることは著しく困難だ。唯一の欠点といえば、その若さゆえに相手に侮られることくらいだが……そんな上っ面でマウントを取ってくる相手は、後で泣きを見ることになるはず。

まあそんなわけで……帝国側からは軍務大臣だの国務大臣だのいろいろいかめしい肩書きのオバちゃんが出てきて、条約のあちこちにわかりにくい但し書きを付け加えて自分たちの利益を守ろうと汗をかいていたが、ベアトは一つとして、それに引っかからなかった。

そもそも俺たちは戦で連戦連勝しているし、帝国が国是として領土拡大を第一義としていることはすでに周知の事実、それを利用してやればいいのさ。

「こたびの戦、我が国には何ら非のないもの。賠償として国境に接する三つの州を割譲していただく程度のことは、当然でしょうね」

初っ端にベアトの冷たい唇からそんな言葉が抑揚を抑えたアルトで吐き出されれば、帝国の交渉役も、冷汗を背中に流さざるを得ない。王国代表が若者ばかりだってことを侮って最初は鼻息を荒くしていた奴らも、気がつけばこっちのペースに乗せられている。奴らの焦り具合をベアトの「精霊の目」で見極めつつ……しっかり頃合いを見て領土要求を「しぶしぶ」取り下げる代わりに経済的な条件を突きつければ、敵はそれに飛びつくしかないってわけさ。

そんなわけで結ばれた終戦協定は、実に有利なものになった。

ひとつ、帝国の捕虜約二万を、王国の奴隷とすることを認めること。奴らは貴族の女たちだけは返せと執拗に粘ったけど、返すわけがないだろ。軍に属する貴族女性はみな強力な魔法使い……帝国に戻したら、またろくでもないことを仕掛けてくるに決まっているからなあ。

ふたつ、今後ベルゼンブリュックがリエージュ公国に対して如何なる処分をしようと、帝国はそれに異を唱えないこと。あんな火事場泥棒共には、たっぷりお灸を据えてやらないといかんからな。公国は帝国の同盟国……というより半属国みたいなもんだけど、今度ばかりは見捨てざるを得なかったってわけだ。

みっつ、帝国の第二皇女を王国に留学させること。まあ当然これは、実質的な人質だ。継承権第二位のお姫様を預かっておけば、しばらく愚かな真似は控えるだろう。あくまで、しばらくの話ではあるのだが。

最後によっつめは、賠償金だ。帝国にカネの余裕を与えたら、それを軍備に注ぐことは間違いない。しばらくは貧乏でいてもらわないといけないのだ。毎年五億金貨を向こう十年払わせることで、決着がつく。帝国の国家予算は年に三十億金貨くらいだっていうから、むちゃくちゃ重いはずだ。当然先方はゴネまくったけれど……。

「これを呑んでくだされば、領土の要求は取り下げて差し上げてもよろしいのですが」

「そ、それは……」

「もちろん、交渉を継続しても構いませんわ。ベルゼンブリュックとしては、領土拡大のほうが望ましいですから」

「い、いえ！　是非賠償金でお願いしたい！」

チョロいぜ。こめかみに汗を流す帝国の大臣を横目に見て、俺は胸の中でつぶやいた。

第7章 キスの効能

かくしてこの大義なき戦は、ようやく終わった。早いとこ王都に帰って、のんびりしたいぞ。

だがその前に、なすべきことがある。敵軍に踏み荒らされた北部領地の復興支援と慰撫を、女王陛下に任されているからな。とりあえず軍需物資を放出して目先の救荒は行っているけれど、本来豊かな実りをもたらすであろう農地は、もう踏み荒らされてぐちゃぐちゃだ。今年の収穫は望めない……蓄えも乏しく、このままではこの冬が越せないだろう。

「ルッツ、どうすればいい」

俺の隣に立つ陶器人形が、ぶっきらぼうにつぶやく。どうやら母親の丸投げ癖が、このお姫様にも遺伝してきてしまったらしい。だが、ここはきちんと考えないといけないよな。

「幸いなことに俺たちは強力な魔法使いをほとんど配下においている。もう戦も終わったことだし、魔力が切れるまで使い倒させてもらおう」

「うん、ルッツの思うとおりにして」

「だけど、一番疲れるのは、ベアトだぞ？」

「民のために働いて倒れるなら本望」

こういう言葉がナチュラルに出てくるところが、我が婚約者ながらカッコいいんだよな。ノブレス・オブリージュを地で行ってるっていうか……現代日本人にはない感覚だ。

「よし、それなら……」

◇◇◇◇◇◇◇◇◇

「土魔法使いは、前へ！」

リーゼ姉さんの命令一下、百人を超える土属性持ちの女性たちが、一列に並ぶ。

「耕せ！」

目の前には、帝国軍に荒らされた麦畑。中途半端に育った麦が、踏み潰されてただの麦藁(むぎわら)になってしまっている。畑に鋤(す)き戻して肥やしにでもするしかないが、それをやるだけでも普通なら一週間はかかる……あくまで、普通なら。

だが、ベルゼンブリュックが誇る女性たちの土魔法は、凄まじかった。あっという間に表土が宙に浮き、空中でくるっとひっくり返って、次の瞬間にはストンと落下する。こんな作業を一時間ほども繰り返せば、見渡す限りの麦畑は、種まきを待つばかりの状態になる。

「よし、一斉に種をまけ！」

同じく横一列に並んで待機していた住民と一般兵が協力し、一斉に種まきを始める。広大な畑だが、万を超える兵が加わっているのだ、作業はごく短時間で終わる。

「水魔法使いは、雨を！」

号令に合わせ、畑の上「だけ」に、しとしとと柔らかい雨が降る。本来水魔法使いが得意とする「雨乞い」魔法だ。土はしっとりと濡れ、種籾(たねもみ)にも潤いがもたらされる。

「さあベアト、君の出番だよ。ベアトが操る魔法の優しさを、みんなに見せてやるんだ」

「うん、頑張る」

傍らに立つ陶器人形が、大きくひとつ息を吸い込む。そして、かろうじて聞こえる程度の低い声で、俺には理解できない長い長い言葉をその桜色の唇から紡ぎ出していく。聞けば、古代の魔法言語なんだそうだが……まあ母さんの厨二的なアレよりは、恥ずかしくない分だけいいんじゃないかな。

おっと、問題はそこじゃない。ベアトの身体が薄緑のもやのようなものに包まれたかと思うと、それはゆっくりと広がって……種をまいたばかりの麦畑を覆い始めた。そして息を呑みながら見守っていた民たちから、声が上がる。

「見ろ！　種が芽吹いた！」

「どんどん、緑が広がってる……」

「あれが、王女殿下の魔法なの？　すごいわ！」

「もしや、麦が収穫できるのか？　まさに……奇蹟だ！」

そう、俺たちの近くから徐々に麦が芽を出し、茎がしっかりと育って、やがて幼穂(ようすい)をつけていく。戦ですべてを奪われ、この冬の暮らしすら想像できなかった彼らにとって、目の前で展開するベアトの魔法は、まさに明日への希望そのものなのだ。すでにベアトの姿に向かってひざまずいて祈りを捧げ始める者も多い。

ベアトは、ちょっと見には変わらない表情で精神集中を続けている。だけど気付いてしまった、彼女の秀麗な眉が一瞬、ぴくりとわずか震えるのを。よく注意してみれば、白皙の頬は紙のように白く……というより、もはや青白くなってきている。

考えれば、無理のないことだ。見渡す限りの麦畑は広大だ。植物の成長を促すだけなら魔力消費は比較的少ないとベアトは言っていたけど、何しろ対象が多過ぎる。魔力Sクラスを誇る彼女といえども、魔力不足に陥りかけているのだろう。

こんな時に、力になってあげられないのは、なかなか辛い。この世界での俺は単なる役立たずの種馬でしかない、見守る以外にできることはないってのは、もちろんわかっているんだ。だけど、目の前で民のため身を削っている少女の姿を見て何もできないってのは、切な過ぎるじゃないか。

やがて、ベアトの呼吸が少しずつだけど、乱れ始める。ものすごい速度で広がって、手元ではすでに穂をつけ始めていた麦も、心なしか勢いを失ったように見える。そして大きな目がわずかに細められた瞬間、なぜか俺にはわかってしまった。無理を続けてきた彼女の魔力が、今まさに尽きかけようとしていることを。

そして不意に、ベアトの身体が、後ろに傾(かし)ぐ。

「ベアトっ！」

俺は思わず駆け寄り、その背中を支えた。

俺の腕の中にすっぽり納まった薄い上半身が、苦しそうにあえいでいる。その手をとれば、いつもになく冷たい感触と、細かい震えが伝わってくる。ああ、本当に限界まで、頑張ったんだな。

「良くやったよ、ベアト。もう十分だ、あとは自然に任せよう」

「だ、だめ……ここでやめたら、収穫は平年の半分くらいになる……間違いなく民は飢える」

「無理をしてベアトが倒れたら、なんにもならない。半分の収穫があれば、あとは王都に追加支援を求めて何とかしよう」

「もう少し、なのに……」

切なげに長いまつ毛を伏せるベアトの姿に、胸を締め付けられる。だがここで彼女を魔力切れで倒れさせるわけにはいかない……せっかく全軍が、新しき統率者としてベアトを認めたのだ。今しばらく兵士たちに、堂々とした姿を見せ続けなければいけないんだ。

そうしてただぎゅっと抱きしめているだけの時間が過ぎる。多分数分しか経っていないと思うのだが……気がつけば握っていたベアトの手に、体温が戻って来ている。震えも収まって、その頰を覗き込めば、薄紅を差したような少女らしい肌がそこにある。

「ルッツお願い、ちょっと放して」

あわてて両腕の拘束を解けば、ベアトは安定の無表情を崩して、不思議そうな顔をしながらも自分の足でしっかりと大地を踏みしめ、前を向いた。

「なぜだろう、すごく調子がいい気がする」

そう口にするなり、また長い長い詠唱を始める。あわてて止めようとする俺を左手で柔らかく抑えるその表情には、本当に余裕が感じられる。やや心配ではあるけれど……ここは、彼女の感覚に任せてみようか。

ベアトの魔法に応えて、眼前の麦が、また成長を始める。見渡す農地の隅々まで青々とした眺めが広がり、手前のそれはすでに薄黄色く色付いて、しっかりとした穂をつけて……民と兵士から一斉に歓呼の声が上がる。俺はどっちかと言うと畑よりベアトの様子が気になってしかたないのだが、彼女の表情は平らかで、むしろ口元には俺しかわからない程度の笑みが浮かんでいる。なぜだかわかんないけど、本当に調子が良くなっちゃったみたいだ。

「お願い、もう一度背中から」

ぶっきらぼうなおねだりに、俺はあわてて華奢（きゃしゃ）な身体にへばりつく。思わず腰を引いてしまうのはしかたない。こんなに密着してしまった体勢じゃあ、猿みたいな俺は、あらぬところを元気にしてしまうからな。そんな俺の心理を読んだのか、ベアトの口角が上がる。

「よし、最後の仕上げ」

それは不思議な眺めだった。一面緑の絨毯が、手前からじわじわと黄金色に染まっていく。ゆっくり……ゆっくりだけど、確実に生命を育み、豊かな実りをもたらす、ベアトの魔法。母さんやリーゼ姉さんみたいに派手な殺戮劇は展開できないけれど、とても優しくて、すべてを包み込む、慈母のような魔法なんだ。まあ、操る本人が無表情で、ぜんぜん慈母に見えないところが、アレなんだけどな。

そしてベアトが、深い深い息を吐いた。それは彼女の魔法が、満足すべきレベルまで完成したということ。いまや麦畑は見渡す限りの黄金色、重く実った穂がその頭を垂れている。

「こ、こんな……」

「たった一日で、麦を実らせるなんて！」

「ベアトリクス様、ありがとうごぜえますだ！」

目の前で民を飢饉から救う美しきお姫様。みんなが称賛してくれるのは当たり前。だがこのへんからが、この中世的世界の人々のめんどくさいところだ。

「奇蹟だ！　こんな奇蹟を起こせる王女様は、神様に違いない！」

「そういや王女様のお姿は、教会にあった地母神様の像に似ていらっしゃらないか？」

「そうよね！ベアトリクス様は、地母神の降臨された姿に違いないわ！」

「地母神ベアトリクス様！」

いやいや、神様はそう簡単に降臨しないでしょうよ。それに、ベアトの姿が地母神像に似てるって言うけど、教会に置いてあるあれは確か、石膏像だったよね。普段から「陶器人形」って言われているベアトの真っ白く無表情で冷たい容姿が同じように見えるのって、ものすごく当たり前だよね？　妙なところで神格化されると、後が厄介なんだけど……。

戸惑った俺がベアトに目をやれば、そこにはいつもに似ず、本当に母親が幼子に注ぐような慈愛の笑みをたたえた、少女の姿があった。戦では輝けなくとも、己の力で民を苦しみから救うことができた喜びが、その目に、口元に、柔らかく緩んだ頬に、あふれている。

「ありがとルッツ。こんな日が来るなんて、思ってなかった。みんなが私を、慈(いつく)しんでくれてる」

「全部、ベアトの力だ。ベアトは女王にふさわしい力を持って生まれてきたんだ、自分を信じて、進んでいけばいい」

「ううん。私一人じゃ、中途半端にしかできなかった。ルッツが手順を考えて、人々を集めて、役割を決めて……そして最後に、よくわからないけど力をくれた」

「……」

「もう私は、ルッツのいない人生なんて考えられない。だからお願い……ずっと一緒にいて。私がこの世の生を終えるその日まで、隣に立って見守って欲しい」

うっ、これもやっぱり、プロポーズ的な奴なのか？

「俺はベアトの婚約者だよ、心配しなくても、一緒にいる」

「それは母様に命じられた婚姻、それじゃ、いやなの。私自身が、ルッツを生涯の伴侶にしたいって、申し込んでる。ルッツ、私の望み、叶えてくれる？」

翡翠の瞳が、俺をまっすぐに見つめている。白皙の頬はもはや桜色を超えて、紅色に染まって……きっと精一杯の勇気を振り絞って、こんなことを口にしているのだろう。

ヤバい。なんだかベアトがすごく可愛く思えてきた。時折不意にぶつけてくるデレはいつも強力だけど、今日のこれはとびっきりの威力だ。

うん、女の子にここまで言わせたら、ビシッと決めないといけないよな。そして俺の気持ちだって、ベアトに迫られる前から、決まってるんだ。

「うん。ずっと一緒にいよう。俺たちのどっちかが、天に召されるまで」

ただでさえ大きいベアトの目がさらに大きく見開かれ、やがてそこから透明なしずくがとめどなくあふれ出す。そして彼女はその頭をぽふっと俺の胸に預けて……さらにそこが、温かく濡れてゆく。

ふと気がつくと、ぼうぜんと俺たちを見つめていたらしい兵士や住民たちが、みな一斉に微笑みながら、こっちに向かって拍手をしている。なんだろう、いくらなんでも俺たちのプロポーズ騒ぎは、彼らに聞こえてないはずだけどな？

「あ、ごめんルッツ。麦を刈り取る指示を出そうとして、風魔法の『拡声』を、入れっぱなしだったのよね……」

リーゼ姉さんが、てへっと頭をかく。おい、じゃあさっきのあれこれが、一万人に生中継されてたってわけなのか？

「かなり妬けたけど、ベアトお姉様のあんな姿を見たら、思わずキュンとしたわ」

「そうそう、みんなが感動したから、いいよね？」

いいわけないだろ！　これって、どんな公開羞恥プレイなんだよ！

とんだオマケドラマをつけてしまったけど、戦災地が冬を越すに十分な麦は実った。その収

穫も、一万人が一斉にかかれば、ちょいちょいっと終わってしまった。

そうなれば、気分は収穫祭だ。長い戦いの末に農作業にまで付き合った兵士たちを、ねぎらうことも必要だからな。もう補給物資を節約する必要もないから、補給物資から貴重な酒や肉の燻製なんかを景気よく提供して、無礼講の宴会だ。冬を越す蓄えの不安が払拭された喜びに沸く民と、無事生き延びて故郷に帰れる嬉しさを爆発させる兵士たちが、互いに入り混じって酒を酌み交わし、盛り上がる。暗がりに消えてゆく男女も多いみたいだが、これだけ開放的な気分になったら、そういう展開もあるか。

本来なら宴の主役は、大活躍したベアトであるはずなのだが、今は疲れ切って自分の天幕で気を失ったかのように眠っている。まあ、どう見ても異常な魔力量を使っていたからな……ダメージが残らないことを、祈るしかない。

そんなわけで、俺はグレーテルと二人、隅っこでワインをたしなんでいる。まあ俺たちはまだ学生の身だし、堂々と飲むのは何かと外聞をはばかるわけさ。

リーゼ姉さんが宴のど真ん中で部下たちに捕まって、魔法談義に花を咲かせているのを眺めつつ、グレーテルがしみじみつぶやく。

「終わったね……」

「うん、やっと終わった」

「リーゼお姉様と、ベアトお姉様のおかげだね」

いつもの調子と違う彼女に、ちょっと戸惑う。「私の武勇が戦を決めたのよね！」とか、普段だったら間違いなく来るんだけど。

「グレーテルだってすごく活躍したじゃないか。公国軍を一人で切り裂いた姿は、凛々しかったぞ」

すかさず入れたフォローに少し頬が緩む、やっぱり褒められれば、素直にうれしいらしい。

「ありがと、確かに私は頑張った。だけど公国との戦を決定づけたのは、リーゼお姉様の水魔法よ。姉様が氷の槍で敵をずたずたにしてくれていなかったら、万を超す軍勢の中に斬り込むなんてできるはずもないし。帝国軍主力を壊滅させたのはヒルダ様の炎魔法だし、籠城する残兵を捕らえたのは、ベアトお姉様の力。そして、踏み荒らされた北部領を生き返らせてくれたのも、ベアトお姉様……」

「グレーテル……」

「結局私は、ただの戦闘狂なのかもね。民を害する敵を追い払うことにも、傷付いた国土を癒やすことにも、あんまり役立ってない気がするんだ」

伏せたまつ毛が、白い頬に影を落とす。そうか……確かに前半はリーゼ姉さん、後半は母さんやベアトの活躍が目立ち過ぎて、あれを見たグレーテルが、魔法使いとして自分の目指すべき方向性に迷いを抱くのは、無理のないことかもしれない。だけど、言っておかないといけないことがある。

「グレーテル。君がより高みを目指すために悩むのは、いいことだと思う。多分君の魔力だったら、大規模な範囲魔法を使うことだって、修行次第できっとできるようになるだろうね」

俺の言葉にグレーテルは口許を緩めるけれど、その微笑には力がない。彼女が求めているのは、そんな励ましではないのだろう。

「だけど、これだけは覚えておいて欲しいんだ。俺は、戦うグレーテルの姿が好き。引き締まった表情も、したたる汗も、プラチナ色に輝くオーラも、全部綺麗だと思うし、大好きだから」

ひゅっと短く息を吸い込む音が聞こえて、半眼になっていたグレーテルが、その大きな目を一杯に見開く。曇り空のようだったグレーの瞳に力が戻り、下ろしっぱなしにしているストロベリーブロンドが、魔力を帯びて一気にふくらむ。なんかおとぎ話に出てくるゴルゴーンみたいと思わないでもないが、そんなことを口に出したらキレられてシバかれるのは確実だ。ここは「沈黙は金」だよな。

「ルッツ」

「う、うん」

やけに力のこもった彼女の声に、ちょっとだけ引いてしまう俺。

「ありがとうルッツ、私の迷いを払ってくれて。うん、もう余計なことは考えない……剣を振り回して敵を叩き切る私の姿でも、好きだって言ってくれたんだもの」

え、そんなんで、納得しちゃうの？　俺が褒めただけで、どうでもよくなっちゃうの？

「不思議そうな顔してるね……ねえ、私にとってルッツの言葉は、魔法みたいなものなんだよ。ルッツが褒めてくれるだけで、身体に力が満ちるんだもの」

ヤバい、いつもの粗暴で苛烈な外套を脱ぎ捨てた今日のグレーテルは、やたら可愛い。惚れっぽい俺の胸が、ばくばく暴れて止まらない。ついついその桜色の頬に左手を伸ばして触れれば、彼女は安心したように目を閉じる。次の瞬間には俺の右手が勝手に動いて、グレーテルの腰を引き寄せていた。彼女の鍛え上げられた筋肉がびくっと反応するのに思わずびびってもう一度顔を見れば、相変わらず口許を緩めたまま目をつぶっている……とりあえず殴られずにはすむようで、ありがたい。

「ねえ、ルッツ」

「うん」

「この戦が始まった時、言ったよね。『終わったらご褒美』って」

「そうだね」

そう、確かに聞いた。いったい何を要求されるのかとびくびくしていた俺だけど、この状況で告げられるのなら、そんなにむごい仕打ちにはならないだろう。ちょっと安心する。

「あのね、ルッツの婚約者は三人いるよね」

「うん」

「アヤカはもう、ルッツと子作りしてる。私とベアトお姉様は、ルッツと正式に婚儀を挙げるまで、子作りできないし、その後も……もちろん王女で正室のベアトお姉様が先。お姉様がご懐妊するまで、私は待つことになるんだと思う」

うん？　グレーテルは、何を言おうとしているんだ？　やっぱり二番目ってのが、気に入らないのかな。でも彼女は、ベアトを慕って、自分は側室でも構わないからって言ってたはずだけど……。

「もちろん、それを不満に思うわけじゃないの。私はこれからも、ベアトお姉様をきちんと立ててゆくつもり。結婚の誓いも、初めての子作りも、ベアトお姉様を先にすべきなの。それでいいんだけど……たった一つだけ、私に先に与えて欲しいものがあるの」

「それって、何?」

「……お姉様より先に……ルッツの、く、く……口づけをくださいっ！」

目を固く閉じたまま言葉をほとばしらせるグレーテル。桜色だった頬は、今や真紅に染まっている。

俺のキスなんかをそんなに求めてくれてるのはうれしいけど、最初のキスがベアトより先だってことが、そんなに重要なことなんだろうか。だいたい俺、アヤカさんはもとより、今まで種付けしてきた女性とはみんな、そういうことしてきたんだけど。

「わかってる、ルッツにとっては大したことじゃないって。だけど、私にはとっても大事なの……その想い出さえあれば、これからずっと、お姉様に無私の忠誠を捧げてゆけるの」

うっ、これは重い、重いけれど……そこまで想われたら、応えないといけないよな。

左手で、グレーテルのあごを軽く持ち上げる。右手で腰をもう少しだけ引き寄せれば、上半身の筋肉がきゅっとこわばるのがわかる。そうだよな、彼女は小さい頃から俺だけを想ってくれていて……キスの経験なんてないはずだから。

柔らかく、できるだけ柔らかく、俺は彼女の紅い唇に、自分のそれを少し触れさせて、すぐ離す。筋肉の緊張がほぐれた頃を見計らって、また軽く唇を合わせて……今度は触れたままで、しばらくお互いの体温を確かめる。上半身からふにゃっと力が抜けたところで、ゆっくりと舌で彼女の唇をこじ開けて、真っ白い歯をノックしていけば、それはおずおずと開いてゆく。するりと舌を口腔に滑り込ませれば、びっくりしたように一瞬噛まれたけれど、後はなすがままに受け入れてくれた。

最初は恐れるように引っ込んでいた彼女の舌が、少しずつ遠慮がちに俺のそれに絡んでくる。そのままお互いを探り合えば、やがてグレーテルはアクティヴ極まりない性格にふさわしく、積極的に舌を伸ばし、俺の内側を味わおうとするのだ。

そのまま数分、たっぷりと互いの、ワイン味した唾液を確かめ合った俺たちは、ようやく唇を離した。

「これで、良かったのか？」

「うん、すごく良かった。ありがとう、これは……癖になるわ」

精神的な満足なんだろうけど、こんなんで「英雄の再来」が幸せになれるなら、魔法の使えない俺も役に立つってことか。

「いや、これは……本当に調子がいいかも、身体に魔力が満ちてるのよ」

「え？」

「私は宴の前まで、目一杯身体強化を使って訓練して魔力を消耗していたはず。だけど今、ルッツの口づけを受けたら……すごい、今なら敵が千人来ようと、負ける気がしないわ」

うそだろ。もしかしてこれってまた、転生チートなのか？

「それって、俺がキスしたら、魔力が増えたって言ってるのか？」

「そうみたい」

「だけど、魔法が使えない俺に、魔力補給なんてできるもんなのかな？」

「確かに、ありえない感じよね。だけど、昼間にベアトお姉様が大魔法を使った時のことも考えると、原因はルッツとしか考えられない。あの時お姉様はもう魔力切れで倒れかけていたのに……ルッツが抱き締めた後、それまでの二倍くらいは魔力を使っていたように見えたわ」

うっ、確かに。俺の目からも、ベアトは確実に魔力切れに見えた。だけど俺に触れただけでなぜかまたしゃんとして、どでかい魔法を現出して見せたんだよな。ベアト自身も「調子がいい気がする」って言ってたし……俺から何か力が流れ込んだと考えれば、説明はつく。

「ね、ベアトお姉様にしてたように、私にもしてみて」

そんな可愛いおねだりをしつつ背を向けるグレーテルに、逆らえるはずもない。俺は彼女の脇から両手を回して、その筋肉質だけどしなやかな上半身を、後ろから抱き締めた。ベアトを抱いた時みたいなふにゅっと可愛らしい柔らかさはないけれど、無駄なく均整が取れ、鍛え上げられていることが一瞬でわかる肢体の感触は、また格別だ。

「もっと強く」

どうしても、遠慮がちに腰を引いてしまう俺に、グレーテルのお叱りが飛ぶ。いや、これ以

上密着したら、元気になってるのがバレて……まあいいか、さっきあれだけ口づけを交わしあったんだ、キレたりしないよな。

彼女の命令どおりに筋肉質の上半身を引き寄せようと腕をぐいっと回すと、右手にふにゅっとプッ〇ンプリンみたいな、えも言われぬ感触が。ヤバいとあわてて動かした手は、かえってそのプリンを柔らかく変形させるような動きになって……グレーテルの筋肉がびくりと緊張する。

「うぁっ、そんなとこ触れって言ってないのに……」

しまった、プッチ〇プリンサイズとはいえ、正真正銘乙女の胸をもみもみしてしまった。怒りの鉄拳が飛んでくる……と思ったけど、彼女はなんだか納得したような、そしてどこか嬉しそうな顔をしているんだ。

「やっぱり、間違いないわ」

「ふえっ？」

「ルッツと触れ合っているところから、明らかに何かが流れ込んでくるの。すごく気持ちいい、何かがね」

マジか。俺は魔法が使えないから自分の魔力がどうのこうのってのは全然感じ取れなかったんだけど、女性たちにエネルギーを供給することはできるってことか。言うなれば彼女たちがスマホだとすると俺はモバイルバッテリー……結局、いざという時には有り難いけど、それ自身では何もできない品、ってことだなあ。まあ、こんなに強い女性たちに力をあげられるなら、それは幸せなことのような気がする。

「そうね……やっと納得したわ」

「何を？」

「ルッツはやたらと魔法に対する耐性が強いから、変だと思っていたのよ。特にあの……記憶を失った後から、急に強くなってるの。ほら、私が訓練で何回も雷撃を当ててるじゃない」

「うん、あれは痛いよね」

本当に痛いんだよな、一瞬心臓が止まりそうになるしなあ。だけどそれほどダメージが残らないから、きっと内心は優しいグレーテルが手加減してくれているんだろう。

「普通の男なら、あれ一撃で間違いなく感電死しているわよ」

うわっ、違った。おいこら、俺が本当に死んだらどうするんだよ。

「不思議なのよね。普通の人なら悶絶するくらいの雷撃でもケロッとしてたから、毎回少しずつ強くしていったら……しまいにあの強度にまでなったわけ。王宮魔法使いの幹部たちですら倒せるはずなのに、ルッツは耐えきってしまうのよ」

「俺の身体で実験するの、やめてもらっていいかな……」

「ごめん。ついどこまで頑張れるか面白くなっちゃって……いや、問題はそこじゃなくて、ルッツの魔法耐性が異常に強いって話よ。魔法耐性は魔力の大きさに依存する、そうなるとルッツは常人の持ち得ない魔力を体内に貯めていることになるのよね」

え、俺って魔法も使えないのに巨大魔力持ちか……何も自覚できないけどなあ。

「不思議そうな顔してるね。まあルッツが自覚できないのは当たり前、だって魔力を使うことがまったくできないんだから、それを感じ取ることなんかできないわ」

そうなのか……魔法を知識としては知っていても体感できない俺としては、グレーテルの推定に、うなずくしかない。

「そして、その魔力を女性のために補給できるルッツの能力は、恐るべきものになる。昼間のあれを見ていればわかる、Sクラス魔法使いの二〜三人分をチャージして平然としていたじゃない。ルッツさえいれば魔力切れを気にしないで上級の魔法を撃ちまくれる……好戦的な帝国あたりから見たら、恐るべき最終兵器に見えるでしょうね」

「アレやったのは、マズかった？」

そう、昼間の「地母神の奇蹟」で俺がベアトを抱き締めていた姿を、兵や民にはっきり見せてしまった。中には鋭い奴もいるだろう、俺が大容量モバイルバッテリーだってことに気付かれちゃうかも……それはヤバいな。

「あんなことできるなんて誰も思ってなかったんだから、しかたないよ。大丈夫、ルッツの力を欲する奴らが迫ってきても、必ず私が守ってあげる。『一生守る』って、誓ったんだからね」

頬を染めつつも、俺にまっすぐ視線を向けながら凛々しく宣言する幼馴染の姿にグッときて、俺はもう一度彼女の身体を引き寄せて……唇を重ねたのだった。

第8章　そんなご褒美欲しくないよ！

戦後処理にも、被災地復興にもなんとかメドがついて、後は王都に帰還するだけ。うららかな陽光を浴びつつ、のどかな田園風景をのんびりと眺めながらの凱旋だ。道々待ち構えている村人たちが、ある者は歓声を上げ、別の者は野の花を投げて、自分たち一般庶民の平和を守るために勇戦した兵士たちをねぎらってくれている。

「ウォルフスブルグ伯、どうなされた？」

「い、いえ。ちょっとぼうっとしてしまって」

「気をつけませんとね。せっかく戦で生き残って栄誉を勝ち取ったというのに、帰途に落馬で生命を落とすとか、シャレになりませんよ」

「あ、はい。ご忠告ありがとうございます」

危ない危ない、傍目からでもわかるほど、ぼうっとしてしまっていたのか。

そうなのだ。俺は馬の背に揺られながらずっと、心ここにあらずだったのだ。青い空に浮かぶ白い雲を見上げながら考えていたんだ……俺の正体がみんなに愛されていたルッツ少年ではなく、異世界で妙な人生経験を積んだ定年ジジイだってことを、婚約者たちに明かすべき時が来たのではないかと。

心も身体も触れ合っている時間が一番長かったアヤカさんには、当然というか自然にと言うか、もうずいぶん隙を見せてしまっている。「ルッツ様は見た目より大人に感じます」「見た目と違って東方人のように見える時があります」とか口にしながら、不思議そうな視線を向けられることもしばしばになっている。控えめな性格で、男を立てることを美徳としているらしい彼女は、あえてそれ以上突っ込みを入れてくることはしないけれど、いつまでもそれに甘えているわけにはいかない。

賢いベアトは、俺が披露してきたいろいろな発想が、この中世的な世界の人間にはないものであることをとっくに見抜いている。翡翠の目に何かもの問いたげな光を浮かべることが時々あるのだが……根掘り葉掘り疑問をぶつけてくることはない。彼女の「精霊の目」スキルを使いながらあれこれ問い詰められれば、俺は嘘がつけなくなるのだが……ベアトはそうしようとしない。冷たい容貌から受ける印象と違って内面は優しい、ごく普通の女の子だからな。その優しさに付け込んでしまっている自覚はあるけど……やっぱり彼女が「精霊の目」を使う誘惑に駆られるより先に、男である俺のほうから告白するのが、婚約者としての信義だよな。

そして、直情的で深く考えるのが苦手で、一番ニブいと思っていたグレーテルにも、ついに気付かれてしまった。

あの日、二回目の深い口付けを交わしたあと、まだ息を乱している彼女が目を伏せながらつぶやいた。

「やっぱりルッツは、私が小さい時から一緒に遊んだルッツじゃなかったみたいだね。昔の記憶がなくなっただけで、他は何も変わってないんだって、自分に言い聞かせて来たけど……今日よくわかった。落馬する前に何度も触れ合った時には、こんなすごい力を感じることはなかったもの」

「そ、それは……」

これは俺も、うかつだった。俺が乗っ取ってしまう前のルッツ君は、しょっちゅうこの幼馴染からべったべたに絡まれていたのだ。お互い子供のことだし、そこに身体的接触が存在しないわけがない。深く考えない性分のグレーテルだけど、身体で感じる変化にはものすごく鋭敏だ……その時と今との違いが、彼女にバレてしまうのは、ごく当たり前のことだったのだ。

「大丈夫、私は昔のルッツと同じくらい、いやそれ以上に目の前にいるルッツが好きよ。だから今は、無理して言わなくていいわ……いつか、ルッツの気持ちに整理がついたら、教えてね」

濡れた瞳でそんな可愛い台詞を吐かれちゃったらもう我慢できなくて、思わずもう一度抱き締めてしまったけど……彼女の言葉をその場で否定できなかったことで、内心の疑問はきっと確信に変わっただろう。

慶事を避けるべきとされている「闇」年は終わり、今はもうすでに「火」年の半ばを過ぎている。帝国との戦争でそれどころじゃなくなってしまったけれど、戦に勝った今、婚約者である俺とベアト、そして俺とグレーテルが、正式に婚儀を挙げるのを妨げる要因は、なにもない。だったらやっぱり婚姻の前に、本当の俺を知ってもらわないとフェアじゃないよなあ。ダマされたって怒られるかもしれないけど、結婚後にバレて信頼を失うより、なんぼかマシなはずだ。

ああ。こんなこと悩んでしまうのは、俺もあの美しい婚約者たちに惚れ込んじゃっていて……失うことが怖いってことなんだよな。なんだか俺の意向とは無関係に正室だの側室だのとばんばん決められちゃったけど、惚れっぽい俺は、もう彼女たちを好きになってしまっている。ベアトも、グレーテルも、アヤカさんも……もう俺がこの世界で送る人生の、欠けちゃいけないパーツなんだ。

よし、王都に帰ったら、ベアトたちに真実を告げよう。突拍子もない話で、信じてもらえるかどうかはわかんないけど……とにかくこれを知ってもらわないと、俺と彼女たちは新しいスタートラインにつくことができないんだ。

俺はようやっと、心を決めた。

俺たちは、王都に凱旋した。

落ち着いたら婚約者たちに真実を告白しようと決心した俺だけど、未曾有の戦勝に沸く王都市民や宮廷貴族たちは、そんな余裕を与えてくれなかった。

帰還した翌日にはもう戦勝セレモニーが中央広場で組まれ、それが終われば凱旋パレード。夜は王宮での祝賀パーティーあり、郊外に大規模な野外会場をしつらえて将兵たちに対する慰労会ありと、くたくたになるまでイベントを山盛りに詰め込まれた。まあ、一般の兵隊にしてみたら、わけもわからないまま駆り出されてさんざん働かされて、おまけに生命の危険にまでさらされたんだ、最後くらいはいい思いをしないと割が合わないよな。彼らの功績に報いる場に付き合うのも、貴族の務めってもんなんだろうが……とにかく疲れる。

本当は俺に公務をやる義務はないはずなのだが、成年王族のベアトにはその義務があり、おまけに戦の英雄ときている。もともとその美貌で国民人気は高かったのだ……引っ張りだこになるのはしかたなく、契約上俺はそのパートナーとしてくっついて回らないといけないってわけなんだ、勘弁して欲しいよなあ。

兵士たちが飲み騒ぐテーブルを一個一個丁寧に回って柔らかく声を掛けてゆくベアトは、陶器人形のような冷たい容貌に、今日ばかりは笑みを浮かべている。それはせいぜい「氷の微笑」程度のものなのだが、高貴な王女のレアな表情を目にした兵たちがめちゃくちゃ盛り上がっているのを見れば、まあいいかという気分になる。

ベアトが何しろ目立ち過ぎちゃってるから、おまけである俺なんかを相手にする奴はいないかと思ってたんだけど、実際のところやたらと構ってもらえた……特に女性騎士や魔法使いから。まあ、ベアトが倒れかけた時、俺がずっと彼女にくっついてた姿とか、みんなに見られちゃってるからなあ。何か役に立ってることは、薄々理解してもらっているみたいだ。まあ、魔力モバイルバッテリーだとまでは、まだ気付かれてはいない……と思いたい。

「お坊ちゃん、久し振りだね。ずいぶん活躍したらしいじゃないか」

声をかけられて振り向けば、そこには公国戦でグレーテルを援護してくれた、土魔法使いのオバちゃん男爵様がいた。彼女が魔法でひっきりなしに飛ばす石を、俺がひいひい言いつつ籠に満載して運んだっけ。

「ベアトやグレーテルに付いて回っているだけで、俺自身は何にもできてないですよ」

「そんなことはないだろうよ。何でも女王様や王女様に戦の指南をしてたそうじゃないか。それにあの『水の女神』リーゼ様に魔法術式を授けたって聞いたよ、大したもんだね」

「いやまあ……ありがとうございます」

うん、まあ謙遜ばかりしていてもしかたない、素直にお礼を言っておこう。

今回の戦で俺がいろいろやらかしたことは、王室から意図的にリークされ、一般兵士にも知られている。女王陛下は愛娘の配偶者となる俺に、何か「箔」を付けてやりたくてしかたないみたいで、俺が別動隊を指揮して敵の前線基地をぶっ潰し戦況を変えたことなんかを、あれこれ脚色を加えて流しているようなのだ。

う～ん。俺に功績があったことは間違いないと思うけど、それは母さんや姉さん、そしてベアトやグレーテルといった規格外の魔法使いたちがたまたま俺のまわりにいたからで……俺自身の実力がもたらしたものではないからなあ、褒められても微妙だよ。

「ああ、謙虚な坊っちゃんが何を考えているのか、よくわかるよ。だけどね、そういう特別な力を持つ女たちがみんな、あんたの言うことなら文句も言わずにうなずく。これはあんたの持ってる貴重な力なんだよ、胸を張っていいさね」

そうかなあ。そもそも俺がベアトの隣に立てているのは、おかしなチート能力「神の種」を持っているからだし、そこに俺の努力は一ミリすら反映していないんだ。どうしても、素直に誇れないんだよね。

だけど、この男爵様はそんな俺の心理も理解したうえで、どうやら励ましてくれているらしい……うん、何となく元気が出てきたような気がする。粗野な感じのオバちゃんだけど、いい人なんだよなあ。

「おっ、少しはいい表情になったね。やっぱり男はそうやってどっしりと自信持って立っててくれないと。女は大空を力強く自由に舞う鳥みたいなもんさ……だけどどんなに強い鳥だって、疲れた時に確実に包み込んで癒やしてくれる大樹が欲しいもんなのさ。坊っちゃんは、その樹になれると思うね」

ずいぶん、上手いこと言うよな。そっか、俺はベアトやグレーテルの帰る場所になればいいのか。その俺がグラグラ揺れてたら、ダメだよな。だから堂々としていろって、アドバイスしてくれてるんだ……いろいろ刺さる忠告だ。

「だけど、この大樹には、止まる鳥がやたらと多くなる気がするねえ。あの武闘派の令嬢あたりを怒らせて幹ごと切り倒されないように、注意しないとねえ」

何だ、本当に言いたいのはそっちか。せっかく感動していたのに、台無しだよ。

「せいぜい気をつけますよ」

オバちゃんは、豪快に笑い飛ばした。

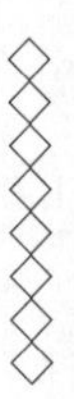

戦勝イベントのフィナーレは、論功行賞(ろんこうこうしょう)って奴だ。兵士たちには慰労金や休暇が与えられ、将校たちには昇進や勲章と言ったご褒美が授けられる。今回は景気よく帝国と公国から賠償金がふんだくれるから、褒美も気前よく出せるというものだ。

功績著しい者に対しては、王宮で褒賞が授与される。軍の指揮官クラスはもちろんとして、急遽発生した戦役の補給線を利益度外視で支えた商人たちや、戦傷者の治療に全力を注いだ地方神官あたりまで重い褒美をとらせたりするところが、陛下の人柄だなあと思う。

そして……その中でも特別に貢献した者たちが、最後に賞される。しかも、実にありがたくないことに、俺まで最終メンバーに入れられてしまったのだ。できる限り目立ちたくない俺は謹んで辞退しようとしたのだが、ベアトが許してくれなかったんだ。

「今回は逃げられない、素直に褒賞を受けるべき」

「そんなこと言ったって、俺の功績なんて、直接的なものが何もないじゃないか。結局のところベアトの婿ってことで箔をつけてもらうっていうだけ。そんなの普通、イヤだろ」

「それを喜ぶのが、普通の男なのだが……やはりルッツは変わっている。そうだな、今回の褒賞に私の配偶者を飾り立てる意図があることは間違いないが、王室の者は皆理解している……この戦に勝ったのは、ルッツの力あってのことだと」

まあ、いろいろ俺のやらかしを振り返ってみれば、陛下やベアトがそう評価してくれるのも無理のないことだけど……。

「確かに英雄ヒルデガルドの力は偉大だ。だがこたびの戦は、それだけでは勝てなかった。戦には使えないと言われていた水属性や木属性の魔法を、あんな場面で活かすことをルッツが考えつかなかったら、負けていたのは私たちのほう。王室が称揚するのは、ルッツの直接的な力ではなく、その『知恵』だ」

「ベアトや陛下がそう言ってくれるのはうれしい、だけど……」

「そうか。ルッツは私が他の者を配偶者に選び、つがっても構わないというわけか」

「ええっ？」

突然妙なことを言い出すベアトにあわてる俺。目の前にいる陶器人形が、声のトーンを一つ下げて言葉を続ける。

「高位貴族たちの中には、王配は王族か公侯爵家に限るべし、と主張する者が多いのだ。高貴な血が薄まるとか申してな……相手が相手だけに、母様もなかなかはねつけづらくて困っているのだ。しかし、配偶者が戦勝の英雄ともなれば、引き下がらざるを得ぬ。そんな意図で王室はルッツを持ち上げたがっているのだが……ルッツ自身が私などどうでもいいというのであれば、しかたないか」

言葉のトーンは平坦だけど、大きな目がちょっとだけ切なげに細められている。濡れた翡翠の瞳をまっすぐに向けられてしまえば、惚れっぽい俺が逆らえるはずもない。思わずその細い上半身を抱き締めて……結局のところ、褒賞辞退はうやむやにされた。交渉上手のベアトにハメられたと感じるのは、気のせいではなさそうだ。

というようなことがあって、結局俺は王宮の謁見室で、功績最上級とされる十名の末席に、肩を縮めて並んでいるところだ。もちろん、俺以外の九名はみんな女性であることは言うまでもない。

「フロイデンシュタット伯爵令嬢、アンネリーゼ殿！」

「はっ！」

「リエージュ公国を退けし戦においての功績は極めて大。また卿が操る魔法の精密なること王国随一と認め、卿を国軍魔法部隊の総司令官に任じるものとす」

「……謹んで、お受けいたします」

左右に並ぶ文武官から、驚きを含んだざわめきが漏れる。軍の主力である魔法使いをすべて束ねる総司令官は、実質軍のトップと言っても過言ではない。その座を占めるのが、まだ入隊して一年程度のリーゼ姉さんだというのだから。だが高官たちは驚きこそすれ、不満を口にする者はいない……公国軍に数万の氷槍を降らせた「水の女神」は、すでに軍では伝説扱いになっているのだ。

リーゼ姉さん本人は、もはや堂々としたものだ。かつての姉さんの態度……控えめと言えば聞こえはよいが、自信なさげな姿からは連想できないほど凛々しく、そして美しい。

王国建国以来最速の出世コースを歩み「水の女神」の二つ名を持ち、次期伯爵の身分と生まれ持った透明感あふれる美貌をそなえる超優良物件となった姉さん。貴族たちの間ではこれから、彼女がいかなる男をパートナーに選ぶのかが、最大の関心事になるのだろう。弟としては、変な男に引っかかるくらいならじっくり時間をかけてでも、姉さんを本当に幸せにしてくれる優しい男を探して欲しい。後継ぎを儲ける必要はあるにしても、まだ十代なのだ……長い人生を共に歩く相手を急いで決める必要はないだろう。

そして功績第一とされたのは、やはりというか、母さんだった。

そりゃそうだよな。確かに人間の盾戦術には手が出なかったけど、帝国軍五万超のうち三万を焼き尽くして王国領から追い出したのは、間違いなく母さんの超絶殲滅系火炎魔法だ。あんなマネは他のどんな魔法使いにもできない……王国唯一、おそらく大陸でも唯一のSSクラス魔力は、伊達じゃなかった。

「英雄ヒルデガルドよ。二十五年前も、そしてこたびも、卿の魔法がベルゼンブリュックを救いました。いくら感謝しても足りませんが、せめてもの印として、フロイデンシュタット家を侯爵に任ずるものとします。そして、軍における卿の処遇は望むままにしましょう。何か希望はありますか？　元帥杖を与える用意がありますが」

「陞爵のこと、恐悦至極にございます。軍の地位に関心はございませんが……望んでもよいならば、アンネリーゼ卿の指揮下で働きたく存じます」

「娘の下で働くと言うのですか？　そなたは唯一無二の英雄ですよ？」

「私は確かに戦においては最終兵器でありましょうが、私自身には組織を率いる才も、策を立てる能もございません。苦手な責任を負うことなく、陛下のお役に立つことが望みです」

ようは、面倒なことはリーゼ姉さんに押し付けて、魔法バカ一代で生きたいってことだよな。娘に指揮させて自分は実働部隊……めちゃくちゃなこと言ってるけど、確かに合理的だ。母さんのせっかちでムラっぽい性格は、組織運営には合わない。あんなのが上司だったら中間管理職がメンタルを病んじゃう……母さんも、自分の適性がわかってるってことなんだろうな。

「まあ卿は、そんなことを言うのではないかと思っていましたが」

女王陛下が、呆れたような顔で肩をすくめた。

年長組の功労者たちへ褒賞を授け終わった後は、俺とグレーテルの番だ。

「ハノーファー侯爵令嬢、マルグレーテ！」

「はいっ！」

きゅっと背筋を伸ばして一歩を踏み出した今日の幼馴染は、また一段と綺麗だ。大きく一つに編んだストロベリーブロンドを揺らして、そのグレーの瞳には自信の光があふれている。誇らしげにぐっと張った胸は相変わらず薄いけれど、出会った頃よりはほんのちょっぴり膨らんでいる気がする……そうだよ、まだ成長期だもんな。

「そなたはハノーファー侯爵の補佐として参戦し、リエージュ公国の精鋭に風穴を開ける大功を挙げ、帝国との戦にも常に最前線で身体を張り『英雄の再来』にふさわしい貢献を為しました。まだ学生の身分ゆえ、褒賞は母たる侯爵に遣わすこととしますが、いずれそなたのものになるのです、問題はありませんね」

「はっ、ありがたき幸せ」

「だが、卒業後そなたが進みたい道については、希望を叶えましょう。軍を指揮したいと言うのならば、将の座を空けておきますが？」

なるほど、学生枠だとこういうご褒美になるわけだ。卒業後好きな仕事と地位をくれるってのは、確かに魅力的かもなあ。だけど言っちゃなんだが、グレーテルは超絶優秀な戦士だけど基本は個人プレイの人、将軍に向いてるタイプじゃないだろ。

「ありがたき御諚……なれど私の最も大きな望みはルートヴィヒ卿と共に在ることです。ベアトリクス殿下と彼を、外敵から守り続けることが生涯の務めと思い定めております」

俺への想いをストレートに、照れることもなく口にするグレーテルに、また胸を撃ち抜かれてしまう。こんなにも強く求めてくれるなんてうれしい、とてもうれしいのだけど……並みいる文武百官の前でこれをやられるのは、結構な羞恥プレイなのだ。

「まあ、何とお可愛らしいこと、幼馴染の恋愛ってアツいわ」

「あの美しき勇士にあそこまで言わせるとは、未来の王配も隅に置けないわね」

「若いっていいわあ」

まわりのお姉さんやオバちゃんたちが口々にささやきを交わすのがいたたまれない。小声にしているつもりなんだろうけど、微妙に聞こえちゃうんだよ。耐えるしかない自分の立場が辛いわ。

「わかりました。すでにマルグレーテはルートヴィヒ卿の第二夫人に内定しています。ベアトリクスとその夫を護ってくれるというのなら王室としては重畳。それであれば、卒業後には近衛の一隊を任せることとしましょう」

「マルグレーテ卿の言葉、このベアトリクスも嬉しく思います。ルートヴィヒ卿をかすがいとして、共に手を取り合い、王国を守って行きましょう」

女王陛下が満面に笑みをたたえて締めれば、ベアトが絶妙のフォローを入れる。グレーテルが深々と礼を施して……さて最後はやっぱり、俺の処遇になるよな。

「フロイデンシュタット伯爵家令息、ルートヴィヒ！」

「はい」

さて、何をくれようというんだろうか。事前にベアトに結構しつこく聞いたんだけど、教えてくれなかったからな。もうこれ以上名誉とかもらってもしかたないし、金銭にも興味はない……だって次期女王と次期侯爵と、次期闇族長が妻なんだから、俺の甲斐性なんかまったく必要ないわけさ。そして俺はこれ以上目立つことをしたくないんだ。髪結いの亭主と呼ばれたっていいから、こんなすごい嫁たちを地味に支えて、生きてゆきたいんだよ。

「卿は学生の身にもかかわらず、婚約者ベアトリクスの危難を救うべく策をめぐらし、リエージュ公国軍を壊滅に至らしめた。帝国軍との戦に際しては別動隊を指揮して大胆な迂回作戦で敵の背後に出、英雄ヒルデガルドの魔法で数万の敵を灰燼に帰せしめ、さらには攻城戦にあたる献策でベアトリクスの魔法を十全に活かし二万の捕虜を得たる功業、まさに見事である」

はあ。やたらと美辞麗句を並べられて背中がむずむずして来たけれど、まあ俺のやったことをストレートに評価すれば、こうなっちゃうのか。だけどこれって俺のまわりの女性陣がやたらと俺に難題を押し付けてきたことに、ひいひい言って対応していただけで……まるで進んで軍師をやってたみたいな扱いをされているのは不本意極まりないぞ。

そうかと、頭に閃(ひらめ)くものがあった。王室はきっと、俺が魔力のモバイルバッテリーだってことに触れたくないんだ。これがあまねく知られたらまた厄介なことになるから、俺の活躍はすばらしき作戦立案ってとこを、ことさら大げさに強調して、あの麦畑での出来事は公式文書に残したくないんだ。現場にいた高位魔法使いたちにはなんとなくバレてると思うけど、わざわざ宣伝したら俺の身に危険が降りかかるだけだから……この恥ずかしい賞賛の嵐も、俺の安全に対する配慮ってわけなんだろう。

「よって、ルートヴィヒ卿には、褒美を遣わすこととする」

ほれ来た、いったい今度は、何の面倒事を押し付けられるんだろう?

「ルートヴィヒ卿、いやルッツ」

これまで御諚を読み上げていた侍従に代わって、陛下が直接語りかけてくる。

「はい陛下」

「卿にはウォルフスブルグ伯の家名を与えていましたが、まだ領地も俸給も授けておりませんでしたね」

「ええ、でもそれは両方とも、俺には不要なものですから」

「卿は欲がない、それは良いことです。だが功ある臣に褒賞を与えぬとあっては、王室としては信を問われてしまいます」

う、これはよくない流れだ。領地なんかもらっても経営に労力を割かれるだけで、面倒くさいだけ。どうにか一時金とかで、勘弁してくれないかな。

だが、民に対しても敵に対してもお人好し過ぎる陛下なのに、俺にはまったく優しくなかった。

「ベルゼンブリュック国王エリザーベトはここに宣言します。ここなるルートヴィヒ卿にバーデン州全域を領地として与えることを。これに伴いウォルフスブルグ伯の家名を廃するとともに、シュトゥットガルト侯爵家の名跡を継がせるものとしましょう」

えっ、それは。俺が一番避けたかったのは領地をもらうこと、それを思いっきり強行突破されたのはまあしかたないかもしれないんだけど、問題は「バーデン州」と言う領地だ。

バーデン州は、ベルゼンブリュック南部の果て。一番広大な領地であり、現在は王室直轄領だ。気候も比較的温暖で、耕地を拓けば豊かな実りが期待できる土地だ……あくまで「拓けば」だけど。

そうだ。俺が三万近くの戦争奴隷を使ってごり押しで開拓を進めようと提案していた土地こそが、そのバーデン州なのだ。じゃあ、たった今そこはどういう状況かと言えば、魔物がうようよいて、入り込んだら簡単には出られないという「魔の森」が領地一杯に広がっているというわけさ。

「あの……陛下」

「何か疑問がありますか？」

「それは……『魔の森』を開拓する事業を、俺にやれと言うことですか？」

「それ以外の意味に聞こえましたか？」

お、終わった。この戦では不本意ながらいろいろ頑張ったし……しばらくは王都でのんべんだらりと過ごせるはずだったのに。俺の平和な未来図、返してくれよ。

論功行賞が終わって、意気消沈したまま帰ろうとした俺だけど、ベアトから使いが来て引き止められた。素直についていくと、そこは晩餐のテーブルで……すでに女王陛下とベアトは席についていて、なぜか母さんとリーゼ姉さん、そしてグレーテルもいる。

「付き合ってもらってすまないな。ちょっと説明が必要かと思って」

陛下は軽く「ちょっと」とか言ってるけど、ちょっとじゃないだろと百万遍言いたい。そして、さすがに今回の処遇には、文句が言いたいぞ。

「結局のところ、母様が高位貴族どもを黙らせられなかったから」

「例の、婿は公侯爵以上じゃないと……って奴か?」

「そう。伯爵家令息というだけでなくルッツ自身に伯爵称号を授けたことで、なんとかしのごうとしたけど、連中は頑固。母様は母様で奴らを説得する材料を探せなくて、当事者の私に対応を考えてくれと」

何だか、ばつの悪そうな陛下に代わって、ベアトがいつもの調子でぶっきらぼうに説明を始めると、リーゼ姉さんがポンと手を打った。

「ああ、それで新たな爵位を賜ったというわけね。相手が侯爵なら問題ないだろうって」

「そう、リーゼは賢い。ルッツを侯爵にしてしまえば、貴族どもの主張は根拠を失う。だがそこにはひとつ問題がある。後継が断絶し『空き』になっている侯爵家がシュトゥットガルト家だけであり、その爵位を襲うということは、『魔の森』が大半を占めるバーデンの領主になるということと同義」

おいおい。もしかして、俺にバーデンをくれるってのは、単なる爵位のおまけってわけなの？　俺の知恵ならあのどうしようもない領地を何とかできると思ってくれたわけじゃ、ないわけね。何だか傷つくなあ。

「違う」

ベアトが強い調子で否定する。俺はまだ口に出していないはずなんだが……ああ、「精霊の目」で、ネガティヴな思考は筒抜けになってしまうのだった。

「この処置を決めたのは私。ルッツの妙な知識を信頼してるからこそ、バーデン領を任せることにした。ルッツならできる、そう思ったことは本当、それは信じて」

真剣な光を帯びた翡翠の瞳が、嘘をついているとは思えない。

「だったら、言ってくれれば……」

「爵位を上げるなんて言ったら、ものすごく嫌がるはず。だから今日まで黙っていた、ごめん」

はあ。そんなふうに素直に謝られたら、許すしかないじゃないか。だけど、あんな魔物しかいない国の開発なんか、面倒だなあ。

「ルッツが考えていることはわかるが……領主にならなくても結局、バーデンで開拓をやる羽目になることは変わらないけど？」

「何でだよ……」

「あそこは王室直轄領、王族の誰かが治めないといけない。これから三万の捕虜を使って『魔の森』を切り拓かねばならないが、彼らの主人は私ということになってる。つまりこのままだと、バーデンの領主は私ということになるだろう」

ああ、ようやくベアトの言わんとすることを理解できた。

「領主になることを拒んでも『領主の婿様』として、結局領地経営をやらされる未来図は変わらないってことか……」

「そう、どっちみち逃げ場はない。なら堂々と領主として手腕を振るうほうが良いと思わないか、ルッツ？」

はあ、この婚約者はデレると可愛いんだが……陶器人形モードの時はなかなかの腹黒だ。やり込められて結局言いなりになってしまう俺に、母さんやグレーテルが残念なものを見る目を向けた。俺のせいじゃないと思うんだけどなあ。

結局のところ、俺はバーデンの領主を断りきれなかった。

ベアトの言うとおり、侯爵だの領主だのという地位を辞退したとて、どのみち手伝わされるのは確実なのだ。ならば割り切って働くしかない……そうあきらめられるのは、元世界の企業戦士、いや社畜経験があるからだろう。自分がトップになってやるなら元世界のドリンクＣＭみたいに「二十四時間戦えマスカ」なんてひどいことにはならないと思うし。

そして、真面目な理由もある。帝国から得た二万の戦争奴隷のことだ。捕虜を奴隷にしてバーデンの開発で働いてもらうというのは、俺の発案だし、交渉にも立ち会ったからな。彼らがちゃんとした扱いを受けられるかどうかという点には、俺にもある程度責任があるだろう。領主の立場だったら、作業とか住環境とか飯とかに気を配ってやれるんじゃないかと思ったってわけさ。

なので、厄介事が片付いたとばかりにニマニマしている女王陛下からは、いろいろとむしり取ってやることにした。奴隷の食い扶持を一年間国が支給すること、そして向こう三年間は税を取らないこと、軍や魔法省に属する魔法使いを可能な限り大勢派遣してもらうこと。結構欲張ってみたが、陛下はあっさり首肯した……よく考えてみりゃ、ほとんど魔物しかいないバーデン領からは、これまでも税収なんか上がっていなかったわけだから、当然のことか。

そんなわけで、珍しく働いたんだからあとはのんびりできると思っていた俺のプランは、完全に崩れ去った。翌日から、各省の担当者と実務打ち合わせをびっしり詰め込まれ、一日中喧々諤々のやり取りに追われる。何だか元世界の会社勤め時代に戻ったかのようだなあ。

くたくたになって伯爵家に戻ると、今日は種付け業務もなく暇であるらしいジーク兄さんが、ワインの瓶とともに迎えてくれた。あれはたしか、母さん秘蔵のアイスヴァインだった気もするけど、まあいいか。

「お疲れのようだね、侯爵閣下」

「からかうのはやめてくれよ、ジーク兄さん。俺がそんなのを望んでないことは、よく知ってるだろうに」

「うん、よく知ってる。だけど、これだけやらかしちゃったらもう、後戻りはできないね。あきらめて王国男子のトップとして、我々を導いてくれるしかないよね」

いたずらっぽく笑う兄さんに、酸っぱい顔で応えるしかない俺だ。だけどちょうど良かった、俺もジーク兄さんに相談したいことがあったのだ。

「正体をバラす？　まあ、いつかそんな日が来るのはわかっていたけど」

「うん、もう隠しきれないと思って」

グレーテルとのやり取りを話すと、兄さんはため息をついた。

「う〜ん。一番鈍いグレーテルだけは大丈夫だと思ったけど、身体接触で気付かれるとは盲点だったね。僕が注意してあげられればよかったけど、ルッツに魔力譲渡の才能があるなんて、想像つかなかったからなあ」

「ねえ『だけ』って言うけど、あとの二人は？」

「ベアトリクス殿下は口に出さなくても、もう察しておられるんじゃないかな。アヤカさんはどうだかわからないけど、闇一族がルッツの身辺を調べ上げているはずで……落馬以来おかしくなったことは、バレてると思ったほうがいいよ」

「やっぱりか……」

「だけど、このお二人は、元のルッツと深い付き合いがあったわけじゃない。彼女たちが好きなのは今のルッツだからね、素直に白状してゴメンといえば、許してくれそうだよね」

うん、俺もそう思ってた。ベアトの態度には、なにか父親にわがままを言いつつ甘える娘のようなニュアンスがあるし、アヤカさんはずっと俺を年上の夫のように立ててくれている。多分二人は、本能的に俺の内面がはるか年上だってことを感じて、どうもそういうところを気に入ってくれているらしい。大事なことを隠していたことは責められるかもしれないけど、受け入れてはもらえそうだな。

「問題はグレーテルだね。彼女は『幼馴染のルッツ』が大好きだったから」

うっ、そうだ。もちろん彼女は「今のルッツも好き」って言ってくれてる。だが不本意とはいえ、俺がかつてのルッツ君を追い出してこの身体を乗っ取ってしまったことを告げたら、複雑な……いや、かなりの衝撃を受けるだろう。その時、グレーテルが俺を見る目も、変わってしまうだろうなあ。

深いため息をついた俺だけど、兄さんの次の言葉には意表を突かれた。

「ねえルッツ。君は婚約者の三人ばかり気にしているようだけど、本当に理解を得ないといけない相手は、もう一人いるよ？」

「えっ？　それって……母さんかい？」

「まあ、母さんもそれを知ったら悲しむだろうね。だけど僕が思うに、一生黙っていたほうがいい。母さんはああいう大ざっぱで単純な性格だから多分気付かないと思うし……なにかおかしいと感じても、黙っていてくれる人だよ」

おいおい、自分の母親に、えらい言いようだな。まあ確かに、せっかく俺をルッツ君として無条件に愛してくれている母さんを、無理矢理悲しませる必要はないわな。じゃあ、ジーク兄さんが「理解を得ないといけない相手」って言う人は、誰なんだ？

「ここまで言ってもまだわかんないかな。最後の一人は、グレーテルよりめんどくさいよ」

「だから、それって誰だよ？」

「……リーゼ姉さんに、決まってるじゃないか」

「え？」

「ルッツは本当にニブいんだなあ。はなはだマズいことだけれど……リーゼ姉さんがルッツを見る視線は、完全に恋する女の子のそれだよ」

呆れたような表情のジーク兄さんを前に、俺は言葉を失ってしまった。確かに、最近やたらと甘えられたりデレられたり、熱い視線を送られているのは自覚しているけど……。

「いやアレは、姉さんの水魔法に俺があれこれアドバイスしたのがたまたま当たったから、そこに感謝してもらっているだけで……ほら、弟子が師匠に向ける尊敬とか、新興宗教の信者が教祖に向ける信仰というか、そういうものじゃないかな？」

「師と弟子が男女の関係になるのはよくあることだし、教祖様が信者のハーレムを築くことだって、珍しくはないはずだけどね」

うぐっ。今日のジーク兄さんは、触れられたくないところを遠慮なくグサッとえぐってくる。

「だって、俺と姉さんは、姉弟じゃないか。この世界ではそんなこと、許されるのかい？」

「もちろん教会は認めないさ。だけど、禁じられた恋ほど燃え上がるって、よく言うじゃないか？」

言葉の調子はやたら軽いけど、兄さんの表情は真剣だ。少なくとも兄さんの目には、俺とリーゼ姉さんの関係が、そういうものに見えているってことか。

実のところを言うと、俺も姉さんの視線にヤバさは感じていたんだ。元世界で染み付いた昭和の倫理観が、それを認めることを拒んでいただけのことだ。だけどたった今、兄さんにズバリと指摘されて、事実を直視しなけりゃいけない状況になってしまった。

一旦それを意識してしまうと、リーゼ姉さんはものすごく魅力的な女性だ。色白の肌にライトブルーの長い髪、そしてピンク色の魅力的な唇から紡がれる柔らかいアルト……普段の優しくしとやかな様子と、戦いに臨み軍を指揮する凛々しい姿のギャップも、たまらない。もし、姉弟じゃなかったら間違いなく惹かれているはずで……いや不覚にも、今は姉弟とわかっているのに女性としての姉さんを意識してしまっている。

「俺、どうしたら……」

「まあ、実の姉弟だと、結婚は認められないからね。ルッツに許された側室三人の一人にしちゃうことは、難しいだろうな。まあ、愛人って手はあるけど……」

「いや、それは……」

兄さんの答えに、俺の悩みはますます深くなるのだった。

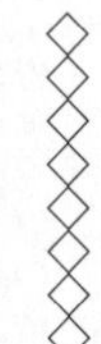

結局のところ俺の告白は、それから二週間くらい後になった。バーデン領のあれこれに関する会議は落ち着いたけど、もう一つの戦犯国であるリエージュ公国との終戦交渉に、ベアトが忙殺されていたからだ。

捕虜は八千人、そしてその中に公国の後継者である、第一公女がいたのだ。最精鋭の魔法使い部隊、そして堅固を誇る重装歩兵部隊はリーゼ姉さんとグレーテルが壊滅させている。公国との小競り合いは何十年も続いているけど、これほどこっちの立場が強くなったことはない。公国に二度とベルゼンブリュックに牙を剥かないように、たっぷりお灸を据えてやることができるのだ。

そして交渉の責任者は、今度もベアトだ。彼女の「精霊の目」は、百戦錬磨の公国貴族が長い長い条約文の隅っこにこっそり忍ばせた悪意を、確実に探り出していく。結局のところ公国側の卑怯な努力は何ら実を結ばず、公国との交渉は帝国とのそれより、王国側に圧倒的有利な条件で決着した。

まず、八千の捕虜は帝国のそれと同様、奴隷としてバーデン領開発のため働いてもらう。魔法使いの大半を緒戦でリーゼ姉さんが葬ってしまったから、帝国捕虜より人材の質が低いが……そこは待遇に差をつければいいだろう。

だが賠償金は、帝国に課したものより、はるかに重い。向こう十年間金貨五億枚の金額は帝国と同じだが、公国の国家予算は帝国の半分……十五億金貨くらいなのだ。三分の一を賠償に取られては当分の間、戦争どころか国内運営にもたっぷり支障をきたすだろう。ここまで公国を痛めつけたのは、火事場泥棒のような侵略行為が女王陛下とベアトの怒りに火を着けたから。そして公国側が第一公女の身柄返還を最優先にしたことで、不利な条件でも飲まざるを得なかったからだ。第一王子をあっさり見捨てた帝国とはえらい違いだが、後継ぎではしかたあるまい。

まあそんなわけで、交渉はようやくだけど終結した。

そして今日、ベアトの住まう離宮で、彼女自ら淹れる紅茶を味わっているのは、俺とグレーテル、アヤカさん。そして、悩みに悩んだけどジーク兄さんのアドバイスに従って、リーゼ姉さんもテーブルに招いている。婚約者たちが変に思わないか不安だったけど、三人とも姉さんの姿を見て「ああそうか」というような顔をしている。

「さあルッツ、わざわざ私たちを集めて、どんな面白い話を聞かせてくれるのか？」

おいベアト、いきなりハードルを上げるのは、やめような？

俺は、自分がここにいる経緯を、包み隠さず話した。下手な嘘を付けばベアトに見抜かれてしまうのだから、フェイクを入れるわけにもいかず、全部正直に。

おそらくこの世界とはなんのつながりもない日本という島国で、六十過ぎまで前世を送ってきて、妻も子もいたこと。その国には魔法なんか存在しないけど、進んだ科学の力で高い水準の暮らしをしてきたこと。そして、定年退職のお祝い会でついつい飲み過ぎて屋外で寝込んでしまった後、目覚めたらなぜかルッツ君の身体に乗り移ってしまっていたこと。そんな突拍子もない話を信じてもらえるはずはないと、今までジーク兄さん以外の人には、真実を告げてこなかったこと。

「ジーク兄さんの協力をもらって記憶喪失というカバーで何とかごまかし、ようやくこの世界の暮らしにも慣れてきた。だけど、これから生涯を共にする女性を騙し続けるわけにはいかない。みんな……ごめん、俺は本当のルッツ君ではないんだ」

しばらく、言葉はない。やがてその沈黙を破ったのは、グレーテルだった。

「つまり、私が小さい頃から一緒に遊んだルッツは、もうこの世にいないということでいいの？」

「そのへんは俺にもわからないけど、少なくともこの世界にはいないんだと思う。もしかして、元世界の俺に乗り移っているのかもしれないけど……」

幼馴染大好きグレーテルがまた怒りの鉄拳をブチかまして来るのかと肩を縮める俺だが、グレーの瞳には怒りはなく、ただ哀しみの色だけがある。視線を天井に向けて、深いため息をつくと、あとは貝のように口をつぐんで、ひたすら何か考えに沈んでいる。

「そうすると、ルッツがここのところ披露してきた妙な知識は、日本の『科学』というものなのか？」

「おおよそ、そうなるね。向こうの世界では、平民でもなんでも子供はみんな、学校に通って科学を学ぶんだ」

「そんな豊かな世界があるとは信じられぬ……と言いたいところだが、ルッツが嘘をつくわけがないからな」

今までこんな大事なことを隠していた俺なのに、なぜかベアトは信じてくれる。その健気さというか寛容さというか……ともかくグッと来てしまう。思わずその細い身体を引き寄せたくなるけど、今そんなことやったらグレーテルあたりが暴走しかねない、ここは我慢しないと。

「ふむ。いずれにしろ私は、リーゼやグレーテルと違って、今のルッツしか知らない。そして、母様が決めた婚約者とはいえルッツを好ましく思って、これからもずっと共に生きたいと願っている。隠し事をされていたのはちと不満だが、これに懲りてもうするまい？」

「ごめん、もうしない」

あっさりと俺との関係を続けると宣言したベアトに、やや驚いてしまう。まあベアトは理性的な少女だ、俺の持つ「神の種」と「魔力モバイルバッテリー」能力の価値を、きちんと評価してくれているのだろうな。そんなことを思い浮かべたら、ベアトがはっきりと首を横に振った。

「そんな理由じゃない。ずっと不思議だった、ルッツと一緒にいると、なぜか包まれるように心が安らぐ……私は父を知らないが、父親といるとこんな感じなのかと思うことがあった。やっとわかった。ルッツの精神が、私よりもずっと大人だったのだな。私はこの安らぎを手放すつもりはないぞ」

ベアトの言葉に、一番下座で控えていたアヤカさんが、深くうなずいた。ベアトが目配せして促すと、一瞬ためらってから、決然と口を開く。

「私も、ルッツ様がずっと年上の方に思えてなりませんでした。そして、時折お見せになるいろいろな嗜好が、私たちアキツシマの民と似ているのも、不思議に思っておりました。お話をうかがう限り、アキツシマとニホンは、同じような文化を持っているのですね、ようやく納得できました」

「うん、俺も闇一族の人たちの習慣がとても日本人に似ていて、驚いたんだ」

そうか、アヤカさん一族が後にしてきた国は、アキツシマというのか。そういや何かの古典で、日本のことを秋津島だか秋津洲とかって言ってたよな。もう高校の頃に習った話だから記憶も曖昧だが……あれは古事記だったか。そんなとこまで似てるとは、びっくりだ。

「私も、落馬された後のルッツ様しか存じません。そして私に、我が一族の宝となるべき子と、女子としての幸せを二つながら与えてくださったのは、ここに居られるルッツ様です。できることならば……これからもおそばに添うて参ることをお許しいただきたく」

そう口にしながら、深々と頭を下げる姿は、まさに十九世紀の大和撫子。そして彼女の膨らんだお腹には、もうすぐ産まれるだろう俺の子がいる。そんなアヤカさんが、俺とずっと寄り添いたいと言ってくれてる。嬉しくて、たまらないじゃないか。

「さあ、私とアヤカは心を定めたぞ。お前たちは、どうなのだ？」

そう言いながらベアトが視線を向けた先には、無言で俺に熱い視線を送ってくるリーゼ姉さんと、考えに沈むグレーテルがいた。

「小さい頃から一緒に遊んできたルッツが大好きだったわ。弱虫で優柔不断で頼りないけど優しくて、何より私を大事にしてくれてたから。そして私は、彼をお婿さんにするんだという望みを、幼い胸の中でずっと暖めてきたの。そのルッツは……どこか遠い所へ行ってしまったみたいね」

今日のグレーテルは、少しウェーブしたストロベリーブロンドの髪を下ろして、薄く化粧を施している。いつも元気いっぱいの姿を見ている俺には、ちょっと新鮮だ。グレーの視線はテーブルに落とされていて、俺のほうに向けられてはいない。まあ、この流れじゃあそうなっちゃうだろうな、見方によっては、その優しい幼馴染をこの世から葬ったのは、俺ってことになっちゃうだろうから。

「マルグレーテ様、それはルッツ様のせいでは……」

「うん、わかってるわアヤカ。今ここにいるルッツは巻き込まれただけ、悪いことなんてしていないわ。それはわかってる、わかってるのよ」

俺に向ける恨みのようなニュアンスを感じ取ったアヤカさんがかばってくれるけど、グレーテルはまだその瞳を俺たちに向けてはくれない。怒ってはいないみたいだけど、きっと複雑な思いがあるのだろう。

「今のルッツを恨むつもりなんて、全然ないわ。それどころか私は、今のルッツに牡としての魅力を感じて、強く惹かれているの。ただ守ってあげたかっただけだった以前のルッツと違って、私のことを支えてくれて、受け止めてくれて、包んでくれる……そして何か不思議な力までくれる。何より、私を好きだって言ってくれる……こんな男性のすべてが欲しい、生涯を共にしたいって思うのは、自然よね」

俺は、思わず息をのんでしまった。かつて俺をグズだののろまだのと罵っていたグレーテルの口から紡ぎ出された、俺に対する無条件の賞賛。

「でも……いえ、だからこそ引っかかってしまうの。私が以前のルッツに抱いていた想いは、偽物だったのかな、捨てなきゃいけないのかなって……」

「そんなことはないよ、グレーテル。その想いは純粋で、綺麗なものだ。落馬する前のルッツ君への想いを粗末にしちゃいけない。そして今の俺は日本で暮らしていた頃の俺じゃなくて……以前のルッツ君が築いてくれた温かい人間関係の中で、変わってきているんだ。ようは何て言うか……もう彼と俺は一体で、分けようがないんだよ」

思わず言い募ってしまう俺だけど、これは正直な気持ちだ。もちろん俺は自我を保っているし、その根底にあるのは元世界で六十年積み重ねた人生経験だけど……こっちの世界に来てからというもの、俺の人格や行動パターンは明らかに変わっている。それは異文化に触れた影響もあるのだろうし、ルッツ君の若い身体でいろんな経験をしたこともあるだろうし、ルッツ君に注がれるみんなの気持ちが俺に向けられたことだって、強く影響しているんだ。

だけどここまで言っても、彼女はグレーの瞳を俺に向けてくれない。どんな言葉なら、グレーテルの胸に響くんだろう……半ば焦ったような心理状態のまま、俺はひたすら語りかけた。

「今の俺を欲しいって言ってくれるのはとてもうれしいけど、無理に彼を忘れる必要はなくて……」

う～ん、自分でも、何言ってるかわけわかんなくなってきた。グレーテルの肩が少しぴくっと動いたけれど、まだその視線は伏せられたまま。くそっ、もうこうなったらヤケだ。

「グレーテル。多分俺が身体を乗っ取らなかったら、彼は君に安らぎと幸せを与えてくれたんだろうね。だけど俺は誓う。彼が与えてくれたはずの分まで俺が幸せをあげたい……だから、俺と生涯、一緒にいて欲しいんだ！」

最後は叫ぶように言葉を絞り出してから、我に返る。ベアトやアヤカさん、そしてリーゼ姉さんまで、驚きの表情を、俺に向けているんだ。

しまった、これはやらかしてしまったか。これはまぎれもなく、この世界では逆プロポーズ。彼女たちから見れば非常識極まりないし……ましてや、誇り高い戦士であらんとするグレーテルに対しては「ケンカ売ってる」に近い。

背中に冷や汗を流している俺など目に入らないのか、グレーテルは完全に目を伏せて、そのまま動かない。これってやっぱり、怒りの波○砲を発射する前のエネルギー充填百二十パーセント状態なのか？

　ふと、ぽたりというかすかな音とともに、濃色のテーブルクロスに小さな染みが一つできて……それは二つ、三つと増えていく。染みの数が二十個ばかりになる頃、彼女が深く息を吐いたかと思うと、がばりと顔を上げ、グレーの瞳を俺にまっすぐ向けた。決闘でもするような表情にビビる俺だけど、勇気を必死で振り絞って視線を合わせていると……不意にその目が優しい幼馴染のものに変わり、口角がきゅっと上がる。

「喜んで！　このマルグレーテ、ルートヴィヒ卿のお申し出、喜んでお受けしますわ！」

　その両目から透明なしずくをいくつもあふれ出させたまま、幸せそうな笑顔で俺を見つめてくれるグレーテル。俺のプロポーズをそんなに喜んでくれるなんて、どんだけ可愛いんだ。絶対この娘を、一生離さないぞ。

「なるほど、これを言わせるために、わざわざ話をこじらせたのだな。こんなあからさまな手管にあっさり引っかかるルッツは、先行き心配だ」

「こんなところも含めて、ルッツ様ですから」

　気が付けばベアトとアヤカさんが、俺にジト目を向けながらささやき合っている。

「ふふっ、やっぱりバレましたか。でもこういうのは、言わせたほうが勝ちなのですよ、お姉様！」

　悪い笑顔で、勝利宣言をぶちかますグレーテル。え、これって罠だったの？

フンスと鼻息を荒くするグレーテルを呆れたように見やった後、ベアトが姉さんに視線を移す。

「さて、リーゼよ。ルッツの妻となる三人は、心を決めたぞ。リーゼはどうなのだ？」

「小さい頃から惜しみなく愛を注いできた、弟の人格が失われたらしいということは、とてもショックです。ですが今のルッツも、間違いなく私の家族。これからも可愛い弟として……」

「そうではない。一人の女として、ルッツをどう思っているのかと聞いているのだ」

「……お聞きになりたいことが何なのか、理解しかねます」

リーゼ姉さんが表情を硬くする。俺も胃袋が悪魔の手に掴まれたようにぎゅうっと収縮するのを感じる。ジーク兄さんにあれこれ指摘されていなければ、もっと取り乱してしまっていたかもしれない。

「リーゼよ、私は迂遠(うえん)な会話を好まぬ。ルッツに抱かれたいのではないか、と聞いているのだ」

「そんな、姉弟間でそのような行いに及ぶことは公序良俗に反し……」

「リーゼは以前言っていたではないか。ルッツは天から遣わされた預言者のようだと、そして人生を変えてくれたかけがえのないひとだと。かけがえのない男であれば、つがって愛の結晶を得たいのではないか？」

「……確かに申しました。ルッツに授かった知恵を活かし、私は国軍魔法使いの最高位を得ることができました。領地で井戸を掘っているはずだった私がこのような晴れがましい地位に在るのは、ひとえに弟のおかげです。ただの弟ではなくいわば私の師、何より大切な人と思うのは自然でありましょう。恩師を慕う心はあれど、それはつがいを求める心とは……」

「違うと、言い切れるのか？」

答えはなかった。だけど、色白の頬が見る間に首筋に至るまで紅く染まっていくのを見れば、姉さんの真意は明らかだった。ジーク兄さんの言っていたことに、残念ながら間違いはなかったのだ。

「もう、言わずともよい。答えはわかってしまったから」

「……申しわけございません。このアンネリーゼ、弟に懸想してしまったこと、殿下のご指摘どおりです。最初はその知識に対する尊敬、次には自信に乏しい私の背中を押してくれる優しさへの感謝でした。それが恋情に変わったことを、いつしか自覚してはおりましたが……姉弟間のつがいは御法度。この想いは、墓場まで持っていくつもりでおりました」

覚悟を決めたように告白の言葉をほとばしらせる姉さんを、俺は呆然と見つめていた。軍務から直行してきた彼女のいで立ちは、指揮官仕様の黒い軍服。タイトなデザインの制服をまとったことで、女性的なラインがかえって強調されて……婚約者たちがいるというのに欲望を覚えてしまう。

「む、どうやら我が婚約者も、満更ではないようだぞ」

しまった。洞察力抜群のベアトにかかっては、猿並み思春期の俺が考えることなど筒抜けだ。否定しようにも、嘘をついたら最後「精霊の目」で見抜かれてしまうだろう。

「ごめん、ベアト」

素直に認めて謝れば、ベアトは少しだけ頬を緩めてうなずく。うん？　これってどういう意味なんだ？

「男はそういうもの、しかたないが……ルッツは、リーゼを女としてどう思っている？」

ベアトの言葉にはっとしたように、リーゼ姉さんが俺を見る。茶色の瞳は、不安と期待がない混じったような複雑な感情で揺れている。ここで誤魔化しても、姉さんを傷つけるだけで、どのみちベアトに嘘はバレる。しかたない、グレーテルあたりには軽蔑されるだろうけど、ここは正直に言うしかない。

「そんなふうに考えないように努力してきたつもりだけど、一人の女性として見た姉さんは、すごく魅力的だと思う」

「つがいたいか？」

「そんな、教会が許すわけ」「無理でしょ、教会が」

ベアトの単刀直入過ぎる問いに、姉さんと俺が同時に同じことを反射的に口にしてしまって、目を見合わせることになってしまった。おい、この羞恥プレイというか公開処刑みたいなプレイは、いつまで続くんだよ。

「なるほど。ざくっと言えばお主たちは『教会さえ許してくれればつがいたい』と言っておるのだな」

いやいや、それってざくっとし過ぎでしょ。と思いつつも、姉さんも俺も否定の言葉をとっさに口にすることができない……これってやっぱり、障害さえなければそういうことがしたいって、二人とも思ってしまっているのだろうか。

「なら、ルッツがリーゼお姉様の愛人になるってことでいいじゃない！」

「そうだな」

「よきお考えと存じます」

「はあっ？」

いきなり突飛な解決策をぶっ込んできたのは、一番この件に怒りを燃やしそうだと思っていたグレーテルだった。そして間髪入れずベアトとアヤカさんが賛成するのに、またびっくりだ。

「なんで愛人ならオーケーなの？」

「だって、さすがに姉弟じゃあ正式な結婚なんか教会が認めるわけないじゃないの。だけど愛人だったら、教会の許可なんかいらないわ。そもそも司教級の聖職者は、複数の愛人持ちは当たり前よ？」

聖職向きとされる光属性持ちのグレーテルがいらぬ知識を披露すれば、ベアトがうんうんとうなずく。ちなみに、あくまで愛人を持つのは女性の側で、男はその所有物という扱いである。

「だけどさ、俺は一応グレーテルやベアトの夫になるんだけど……愛人としてひょこひょこ他の女とつながっていいわけ？」

「いいわけないでしょ。でも、リーゼお姉様なら話は別、ルッツを共有して家族になるのは歓迎よ」

「ルッツ様が、それを望まれるなら」

「そういうことだ。まあ最低限、ヒルデガルド卿の許可は得ておくのだぞ？」

この辺が、元世界の中世とはまったく違う不思議な倫理観で、俺としては首をかしげるしかないのだが……。

「どうだ、リーゼ。一回だけ聞く。目の前にいる男を、愛人に欲しいか？」

「ほっ、欲しいですっ！　このアンネリーゼに……ルッツをくださいっ！」

いつも落ち着いている姉さんのアルトが、この時ばかりは上ずっていた。

かくして俺は、次期王配として側室も含めて三人の妻を持つ予定だというのに、その妻たちから別の女に愛人として差し出されるという、なんとも情けない男になってしまったのだった。

「みんなから聞いていたとおりね。素晴らしかったわ」

「俺も、とても良かったです。約束してはいましたけど……本当に、朝までしちゃいましたね」

「ふふっ、ホントね」

下町に建つ安宿のベッドで、俺とサヤさんがまったり微笑みを交わす。

しばらくゴタゴタと忙しかったけれど、ようやく南方領地開発の段取りを官僚さんたちと詰めた俺は、闇一族の女性たちとの約束を果たすことにした。帝国との戦役に危険を冒して参加し支援してくれたサヤさん始め三人の女性闇使いさんと、子作りをするのだ。

もちろん、俺の種付け権を握るベアトの許可は下りている。彼女の理性は、闇の一族を手懐けるためには俺の子種が一番と判断を下したようで……アルトナー商会へ最初の種馬業務で送り出した時は涙目だったはずなのに、今や俺が連日下町へ出かけても、眉ひとつ動かさなくなった。俺への想いが薄れたのかとも思ってみたが、例によってそういうネガティヴな思考は彼女の「精霊の目」に読まれてしまう。

「もう私は、ルッツの気持ちを疑うことはない。一生隣に立って支えると言ってくれたのだから」

これから他の女を抱きに行こうという際に、まっすぐな視線を向けられてそんな言葉を口にされたら、感激しない男がいるはずがない。思わず肉付きの薄い上半身を、折れそうなほど抱き締めてしまう。その日はもう闇一族への種付けはさぼろうとまで思ったけれど、ベアトは黙って俺の背を押し、送り出したのだ。

そんなベアトの手管にばっちり引っ掛かって、下町へつくまで彼女の面影をまぶたの裏に浮かべていた俺だけれど、いざサヤさんと寝床を共にしてみれば、そんな純愛はどっかに置いて、ただの猿になってしまう。まあ男なんてこんなものだと、婚約者たちにはあきらめてもらうとしよう。

「それで……王女様たちとの結婚式はいつになるんだい？」

「今年はもう『闇年』ではないので、実のところいつでもいいんですが……次期女王の婚姻ともなると準備が大変みたいで。この戦争が起こったせいでそのへんが全部リセットされちゃったんですよ」

「そうなるよねえ。だけどルッツ様は今度侯爵様になって、あの面倒なバーデン領を攻略しに行くんだって聞いてるよ。一旦赴いたら結婚式はなかなか難しいんじゃないのかねえ」

「ええ、なので領地に向かう前にというわけで、できるだけ急いでいるそうなんですが……なかなか」

「大変だねえ。まああたしたちはこうやって『神の種』をいただけりゃ、それで十分……と思っていたけど、やっぱりちょっと寂しいわ。ルッツ様が手の届かない遠いところに行っちゃうと思うと、ね」

　涙をためた目でそんなことを訴えられたら、惚れっぽい俺はまた反応してしまう。思わず引き締まった筋肉質の身体を抱き寄せた後は、もう東の空が明るいというのに、最終ラウンドに突入していくのだった……我ながらつくづく、猿だよなあ。

モンスター文庫

超難関ダンジョンで10万年修行した結果、世界最強に 1

～最弱無能の下剋上～

力水

ill 瑠奈璃亜

【この世で一番の無能】カイ・ハイネマンは13歳でこのギフトを得た。しかし、ギフトの効果により、カイの身体能力は著しく低くなり、ギフト至上主義のラムールでは、蔑まれ、いじめられるようになる。カイは家から出ていくことになり、王都へ向かう途中襲われてしまい必死に逃げていると、ダンジョンに迷い込んでしまった——。そのダンジョンでは、『神々の試煉』をクリアしないと出ることができないようになっており、時間も進まないようになっていた。カイは死ぬような思いをしながら『神々の試煉』を10万年かけてクリアする。クリアする過程で個性的な強い仲間を得たりしながら、世界最強の存在になっていた——。かつて、無能と呼ばれた少年による爽快無双ファンタジー開幕！

モンスター文庫

発行・株式会社　双葉社

本書に対するご意見、ご感想をお寄せください。

あて先

〒162-8540 東京都新宿区東五軒町3-28
双葉社　モンスター文庫編集部
「街のぶーらんじぇりー先生」係／「武藤此史先生」係
もしくは monster@futabasha.co.jp まで